Im Taumel der Begeisterung
Erinnerungen meines Lebensweges

BoD-Verlag

Monika E. Khan

Im Taumel der Begeisterung
Erinnerungen meines Lebensweges

BoD-Verlag

Bibliografische Information der Deutschen Nationalbibliothek:
Die Deutsche Nationalbibliothek verzeichnet diese Publikation
in der Deutschen Nationalbibliografie. Detaillierte Daten
sind im Internet abrufbar über: http://dnb.de/

Alle Rechte vorbehalten

Impressum
© 2014 Monika E. Khan, Hamburg
http://www.die-besten-singlereisen.de/
DTP-Satz Buchblock: Aike Zuther, Kollow
Cover-Gestaltung: Thomas F. Rohde, Norderstedt
http://www.thomas-frank-rohde.de/
Cover-Bild © 2015: Susanne Koch, Kollow
Lektorat: Helga Dudda, Helga Oswald & Heike-Maria Trabert
Herstellung und Verlag: BoD - Books on Demand,
Norderstedt, http://www.bod.de/
ISBN: 9783738616774

*„Die höchste Form des Glücks
ist ein Leben mit einem gewissen Grad
an Verrücktheit."*
Erasmus von Rotterdam

Inhaltsverzeichnis:

Vorwort 8
Eiscreme-Paradies 9
Die Schweiz ruft! 15
Atemberaubendes Panorama 19
Ein gefährliches Spiel...32
Hurra! London wartet auf mich! 36
Das (Ver)sprechen..41
Die Bretterbude..43
Ein falsches Spiel...48
Väterlicher Freund 51
Wahre Freunde! 58
Bei Nacht und Nebel: 61
Auf zu neuen Ufern..63
Ewig lockt das Abenteuer 67
Männer im Pub 70
Willkommen in meine Heimat..................................75
Auszeit – Babypause..77
Kreative Ader 77
Hühnerposten..82
Pillen, Salben und Zäpfchen… 84
Panzer, Betten und Matratzen..................................87
Rotwein mit Ei...89
Achtung! Die Neue kommt! 90
Feierlaune 95
Hotel- Geschichten...96
Stars und Sternchen 98
Blauer Satellit 103
Ein Unglück kommt selten allein 104
Das Fest der Feste..106
Malheur – Stolperfalle!..108
Sekt und Moneten..110
Die Nassauer! 111

Hamstern	112
Statt Sushi – Brötchenschwemme	113
Schmuggelware!	116
Ertappte Diebin	116
Freibier	118
Große Ereignisse und wichtige Leute	120
A propos Fußballstars	122
Auf dem Campus	125
Aller Anfang ist schwer!	125
Nichts als die Wahrheit!	127
Glückspilze	129
Die Büroflüsterer	132
Mit Schimpf und Schande	134
Standesdünkel	141
Mit Leib und Seele	141
Singapur und die Wunderheiler	143
Dreh – Schwindel	147
Prüfungsschock	150
Kurschatten	152
Liebesgerangel!	154
Wenn`s dem Esel zu wohl geht…	157
Zur Abwechslung gab`s noch `ne Bar…	159
Im Taumel des Eröffnungsrausches	160
Auf zum Kiez!	163
Undank ist der Welt Lohn	167
Dumm gelaufen!	168
Eine Frau will nach oben!	170
„Hamburger Modeberatung"	171
Vergoldeter Abschied	173
Eine Modeschule meldet sich	175
Kleiderschrank-Inspektion	176
Reisen und Schreiben…	178
Die glorreiche Idee	180

Vorwort

Viele Wege habe ich in all den Jahren beschritten. Ob ich auf einer Einbahnstraße oder Sackgasse, auf einer Überholspur oder auf einem holprigen Feldweg unterwegs war, stets hatte ich dabei ein ganz bestimmtes Ziel vor Augen. Mut und Begeisterung waren meine Begleiter. Ängste waren mir fremd. Bin ich dann mal auf einem Irrweg gelandet, habe ich ihn nach kurzer Strecke wieder verlassen, auch ohne mein Ziel erreicht zu haben. Anstatt enttäuscht zu sein, habe ich den Weg in vollen Zügen genossen. Darauf kommt es ja letztendlich an. Wie oft hatte ich dabei das Gefühl meine Arme auszubreiten, um davonzufliegen...
Ohne meine verrückten Ideen sowie meine ständige wiederkehrende Begeisterung für Neues, hätte ich wohl kaum so viele Geschichten zu erzählen.
Ich wünsche Ihnen viel Spaß beim Lesen!

Auch möchte ich mich hiermit einmal bei meinen vielen Arbeitskollegen und -kolleginnen sowie meinen Freunden und meiner Familie dafür bedanken, dass sie mich stets so akzeptiert haben wie ich bin und mich oft genug bei meinen verrückten Unternehmungen unterstützt haben. Ganz lieben Dank!
Die vielen Zitate im Buch hat mir Heidi Windeit, eine frühere, liebe Arbeitskollegin, zur Abschiedsfeier mit auf dem Weg gegeben. Auch, wenn Heidi nicht mehr unter uns weilt, möchte ich ihr im Nachhinein noch für diese Zitate danken.

Eiscreme-Paradies

Eiscreme war in meinem bisherigen Leben eine seltene Kostbarkeit. Nun hatte ich die besten Aussichten, diese süßen, bunten Schleckereien so oft zu genießen, wie ich wollte.
Drei Stufen führten hinunter in mein zukünftiges Zuhause. Blaue und gelbe Stiefmütterchen zierten links und rechts die halbhohe Mauer am Eingang. Kostbarer Florentiner Tüll schmückte das Schaufenster. Ziemlich aufgeregt betrat ich in Begleitung meiner Mutter das hübsche Eis-Café. Eine große, schlanke Frau mit dunklen, dauergewellten Haaren sowie freundlich dreinschauenden Augen begrüßte uns aufs herzlichste. Doch plötzlich verschränkte sie ihre Arme vor der Brust, musterte mich von oben bis unten, bis sie schließlich meinte:
„Ich weiß nicht, Frau May, ob Moni mir eine Hilfe sein kann, sie ist ja noch so zierlich, sie sieht überhaupt nicht wie ein vierzehnjähriges Mädchen aus. Wir müssen hier alle hart anpacken, das wird sie doch niemals schaffen." Ungläubig schüttelte sie ihren Kopf, so, als wolle sie damit ihre Aussage bekräftigen. Am liebsten wär ich im Erdboden versunken. Ich war nicht nur klein und zierlich, meine langen Zöpfe machten mich auch nicht gerade erwachsener. Doch Mutter lobte mich in den höchsten Tönen:
„Das sieht nur so aus, da lassen Sie sich man nicht täuschen, was meinen Sie, Frau Steckmeister, wie die Moni schon arbeiten kann." Ich traute meinen Ohren nicht, wie kam Mutter nur darauf? Ich konnte mich gar nicht erinnern, je in meiner Kindheit geschuftet zu haben. Und was den Haushalt betraf, so machte meine Mutter ihn sowieso lieber selber. Komischerweise war ich ganz still, ich ließ alles über mich ergehen. So, als wäre ich nicht anwesend. Meine Mutter redete und redete, bis Frau Steckmeister sich schließlich breitschlagen ließ. Ich durfte bleiben, und meine Mutter zog glücklich von dannen. In diesem Moment fühlte ich mich noch kleiner und ziemlich unsicher.
Kindheit ade: Im zarten Alter von vierzehn Jahren und vier Monaten begann für mich der Ernst des Lebens: Für zwanzig Mark im Monat, Kost und Logis frei – in der Gärtner Straße 107 in Hamburg.

Liebevoll wurde ich im Kreise der Familie aufgenommen, und wie es in einer Familie Sitte ist, durfte ich sie auch duzen. Ab sofort waren es Tante Käthe und Onkel Hans für mich. Durch einen langen Flur war die hintere Zwei-Zimmerwohnung vom vorderen, hübschen Eiscafé mit seinen kleinen nierenförmigen Tischchen und den Florentiner Kaffeehausgardinen getrennt. Hannelore, die sechsjährige Tochter, schlief bei ihren Eltern im Schlafzimmer. Ein kleines Zimmer, etwas größer als eine Besenkammer, lag neben der Küche. Hier schlief die zwanzigjährige Tochter des Hauses, Trauti. Ich landete vorerst auf dem roten Plüschsofa im Wohnzimmer.

„Ein eigenes Zimmer hast du auch", hatte Mutter mir vorgeschwärmt, als sie vom Onkel Ewald kam. Er war Tante Käthes Bruder und besaß in Schwarzenbek eine Eisdiele. Mutter war mit ihm und seiner Frau befreundet, deshalb nannten wir ihn auch Onkel Ewald. Während ich im Frühjahr 1953 die Schule beendete, schmiedeten die beiden diesen Plan.
„Kind, warum erst lange lernen, im Eiscafé verdienst du gleich Geld", überredete meine Mutter mich.

Das Wohnzimmer, meine vorübergehende Schlafstatt, war der einzige Raum, in dem sich das gesamte Familienleben abspielte. Es war nicht nur das Besucherzimmer für Bekannte und Verwandte, hier wurde auch nach Strich und Faden gequalmt. Naja, da es in einem Geschäftshaushalt keine Langeweile gab, fiel ich ohnehin erst gegen elf Uhr abends todmüde aufs Sofa und sofort in einen Tiefschlaf. Schlafprobleme kannte ich nicht, im Gegenteil, wenn morgens zwischen sieben und acht Uhr der Wecker klingelte, wunderte ich mich, dass die Nacht schon wieder vorbei war. Heute wundere ich mich, wie ich den Qualm vertrug, der sich zeitweise wie Nebelschwaden überall im Zimmer verteilte. Denn beide, Tante Käthe und Onkel Hans, waren starke Raucher.
In meiner Familie wurde zwar auch geraucht, aber nicht so stark, denn meine Mutter rauchte nur ganz wenig, außerdem war ich ja als Kind die meiste Zeit draußen an der frischen Luft.
Zwischen Küche und Schlafzimmer befand sich die Toilette mit einem kleinen Handwaschbecken für alle – auch für die Kunden. Ein Bad oder Dusche gab es nicht. Gewaschen wurde sich in der Küche.

Aber das kannte ich ja schon alles von zu Hause, doch da hatten wir nicht mal fließendes Wasser, sondern mussten es vom Dorfbrunnen holen.
Auch wenn wir auf engstem Raum lebten, so hatte ich ab sofort wieder eine richtige Familie. Denn, nachdem mein Vater vor eineinhalb Jahren verstorben war, zog meine Mutter bereits nach neun Monaten zu einem anderen Mann und seinen beiden Knaben nach Geesthacht. Dort fühlte ich mich nicht mehr wie in einer Familie. Meine Familie waren meine fünf Brüder, als sie noch zu Hause waren sowie meine Mutter und mein Vater, als er noch lebte, und wir alle gemeinsam noch in der Mooskate im Dorf Kollow wohnten. Obwohl ich dem Onkel Walter, wie wir Mutters neue Beziehung nannten, Unrecht tue, wenn ich sage: Ich mochte ihn nicht. Er war ein netter Mensch. Sein Sohn Dieter dagegen, der war ein arroganter, verwöhnter Knabe, mit dem ich nur Streit hatte, nee, was war ich froh, dass ich jetzt weit von ihm weg war und hier im Eiscafé ein neues Zuhause gefunden hatte.

Schön getrennt nach Weiß- und Buntwäsche versuchte Tante Käthe bei der nächsten Wäsche, den Einheitsgrauschimmer aus meinen Klamotten rauszuwaschen. Meine Mutter nahm es eben nicht so genau mit dem Waschen. Sie war froh, wenn sie damit fertig war. Außerdem mussten wir im Dorf ja auch noch das Wasser 'ranschleppen und es auf einem Kohlenherd heiß machen. Hier in der Gärtnerstraße hatten wir fließendes Wasser und einen Gasherd. Das war schon mal eine große Erleichterung.
War ich im Dorf ein braungebranntes Naturkind, so wurde ich jetzt von Tag zu Tag blasser. Wie sollte ich denn braun werden? Wenn die Sonne schien, sah ich sie ja nur von drinnen. Als meine Mutter mich besuchte, sagte sie: „Kind, was bist du nur blass geworden."

Keine drei Monate waren ins Land gegangen, da wurde ich krank. Eine saftige Angina schnürte mir den Hals zu. Schweißgebadet und mit hohem Fieber lag ich auf der Couch. Der Arzt kam und gab mir Penicillin. Mit sorgenvoller Miene stand Tante Käthe vor mir und sagte:
"Mädchen, werde bloß schnell wieder gesund, ich bin ja so froh, dich hier zu haben."

Nie hätte ich gedacht, dass du mir eine so große Hilfe sein würdest." In ihrer Hand hielt sie ein wunderschönes weißes Nachthemd aus weicher fließender Baumwolle mit roten Punkten und Rüschen am Ausschnitt. So ein schönes Nachthemd hatte ich noch nie besessen.

Nicht nur Schuften lernte ich schnell, auch gute Umgangsformen brachten Tante Käthe und Onkel Hans mir bei. Ständig verbesserten sie mein Deutsch. Hier gab es alles im Überfluss, nicht nur die Arbeit, auch gutes Essen. Wie ein kleines Kind freute ich mich jeden Tag aufs Mittagessen. Für mich war Tante Käthe die beste Köchin. Mit Butter und Sahne verfeinerte sie jedes Essen. Ich konnte essen, was ich wollte, nichts wurde eingeteilt. Schon beim Kochen lief mir das Wasser im Mund zusammen – kein Wunder bei der Küche.
Einkaufen gehörte zu meiner Lieblingsbeschäftigung. Wie im Schlaraffenland gab es rund um das Eiscafé kleine Lebensmittel-Fachgeschäfte, in denen man alles kaufen konnte, was das Hungerherz begehrte, und ein prallgefülltes Portemonnaie lag stets griffbereit in der Küchenschrankschublade. War mal nicht genug Geld drin, holte ich Nachschub aus dem Wäscheschrank, unter der Bettwäsche lagen genug Geldscheine aus der jeweiligen Tageskasse. Der einzige Haken der ganzen Geschichte, ich wurde einfach nicht dicker. Kein Gramm nahm ich zu. Bis Tante Käthe mich zum Hausarzt schickte. „Alles in Ordnung bei dir, versuch es mal mit ein viertel Pfund Schlagsahne pro Tag." Auch das half nicht. Es war die Schufterei. Ich glaube, in keiner Lehrstelle lernt man so viel verschiedene Arbeiten kennen wie in einem Geschäftshaushalt. Alles wurde selbst gemacht, keine Fertigware wurde fürs Kochen oder fürs Eis gekauft.

Das muss man sich mal vorstellen: Die Sonne scheint, der Laden ist gerammelt voll, die Kunden stehen bis draußen vor der Tür Schlange, und die Erdbeeren sind reif. Körbeweise Erdbeeren mussten nicht nur für den täglichen Eisbedarf geputzt und eingezuckert werden, nein, wir mussten nebenher noch zentnerweise einwecken, denn die Erdbeerzeit, in der man frische Erdbeeren kaufen konnte, war noch sehr begrenzt. Waren dann später die Schattenmorellen reif, wurden auch sie fürs Fürst-Pückler-Eis eingeweckt, (Halbgefrorenes wurde aus Schlagsahne, in drei Schichten hergestellt:

Eine Schicht war aus Sahne, echter Vanille, Zucker und Eigelb, die zweite Schicht mit Sahne und Kirschen und die dritte Schicht wurde mit Sahne und Kakao hergestellt). Denn das verkauften wir ja auch im Winter. Zum Glück hatten wir noch Tante Jark, die im Geschäft half sowie Tante Grete, Tante Käthes Schwester, die uns beim Einmachen unterstützte.

Kennen Sie Powerschlaf? Hier lernte ich ihn. Egal, wie voll der Laden auch war, Tante Käthe sagte nur: „Los Moni, verzieh dich und leg dich einen Augenblick hin." Ich band mir die weiße Schürze ab und legte mich auf die Couch. Sofort schlief ich ein und garantiert nach zehn bis zwanzig Minuten wachte ich automatisch nach einem Tiefschlaf wieder auf. Frisch und munter erschien ich dann wieder im Laden. Nur Onkel Hans, der übertrieb es ständig mit seinem Powerschlaf, setzte er sich erst einmal auf den gemütlichen Sessel im Wohnzimmer, mussten wir ihn nach einer Stunde mindestens zweimal wecken, damit er wieder zu sich kam.

Am liebsten stand ich hinter der Eistheke, wenn Onkel Hans abends und am Wochenende auch mitmischte, denn am Tage arbeitete er im Büro. Er war etwas kleiner als Tante Käthe, ein gemütlicher, rundlicher Mann mit lichtem Haar. War der Laden noch so voll, er war die Ruhe in Person. Mit Späßen hielt er stets die Kunden bei Laune oder zeigte seinen Heiermann-Trick, den er aus seinem linken Jackenärmel zu zaubern pflegte. Wir hatten das beste Speiseeis in der Gegend! Die Arbeit nahm kein Ende. Zwar musste ich das alles erst lernen, aber wie gesagt, ich lernte schnell. Sehr bald durfte ich auch den Knüppel der großen Eismaschine in die Hand nehmen, um das Eis von den Wänden zu streichen, wenn die Trommel rotierte. Trotz meiner dünnen Arme hatte ich viel Kraft. Kein Wunder bei dem guten Essen. So rackerten wir von morgens bis in die späten Abendstunden. Als Trauti heiratete, zog sie aus.
Überglücklich zog ich ins kleine Zimmer. Endlich hatte ich mein eigenes Reich. Es war zwar klein jedoch urgemütlich mit seinem großen Fenster, den bunten Übergardinen sowie dem schmalen Eckschrank, die Frisierkommode und das kuschelige Bett.

Komischerweise empfand ich die viele Arbeit gar nicht als Schufterei. Wir saßen ja alle im selben Boot. Wenn ich dann um 23 Uhr todmüde ins Bett fiel, war für Tante Käthe der Tag noch lange nicht zu Ende. Dann nahm sie sich die Bügelwäsche vor.
Die sechsjährige Hannelore war ja auch noch da, sie war wie eine jüngere Schwester für mich. Meistens brachte ich sie abends ins Bett. Egal wie voll der Laden auch war, sie kannte kein Erbarmen, sondern brüllte solange aus dem Schlafzimmer meinen Namen, bis ich kam und ihr eine meiner ausgedachten Geschichten erzählte. Stets begann ich mit den Worten: „Es war einmal ein kleiner Klaus, der hatte eine kleine, weiße Maus..."

Im Winter ging es beschaulicher zu. Da kamen in der Woche nur ein paar Kaffeetrinker, die gemütlich die Büchermappe lasen. Die Tasse Kaffee oder das Kännchen wurden in Handarbeit stets frisch gebrüht. Zuerst wurde der Kaffee mit der Hand portionsweise frisch in der Kaffeemühle per Hand gemahlen, ein gehäufter Messlöffel kam in den Tassenfilter und wurde mit etwas kochendem Wasser übergossen, damit das Kaffeepulver quillt und sein Aroma entfaltet. Nach und nach wurde dann kochendes Wasser nachgegossen, bis die Tasse voll war. Auf einem kleinen ovalen Silbertablett mit Sahnekännchen und Zuckerdöschen brachten wir sie dem Kunden. Diese Wertarbeit gab es für 30 Pf. Meistens hielten einen die Kunden auch noch mit einem Klönschnack von der Arbeit ab. Samstags wurde den ganzen Tag Kuchen, für den Außer- Haus-Verkauf am Sonntag, gebacken. Genau eine Stunde lang mussten die Zutaten mit dem Holzlöffel zu einem geschmeidigen Teig verrührt werden, sodass der Puffer schön saftig und locker wurde, damit er wie zarter Schokoladenschmelz auf der Zunge zerging. Außerdem stellten wir Buttercremetorte und Hamburger Speck, auch ‚Kalter Hund' genannt, – in Schokoladenguss eingebettete Kekse – sowie den beliebten Apfelstreusel her. Pfundweise verkauften wir frisch geschlagene Sahne. Die schlug Onkel Hans mit einem riesigen Schneebesen in einer großen halbelektrischen Sahnemaschine so lange, bis sie steif und flockig wurde. An manchen Sonntagen kam er so auf vierzig Liter. Das war noch richtige Handarbeit. Wie gut, dass er so kräftige Arme hatte.

Entspannt ging ich zweimal die Woche auf die Gewerbe- und Haushaltsschule in der Uferstraße. Manchmal, je nach Wetter, brauchte ich danach nicht zurück ins Geschäft. So schuftete ich mich in meinen ersten drei Berufsjahren durchs Leben.
Mein Abschlusszeugnis der Gewerbe- und Haushaltschule hatte ich in der Tasche, da wurde es Zeit für mich, was Neues anzufangen. Nun suchte ich einen plausiblen Grund, meine neue Familie zu verlassen, ohne sie zu kränken. Am Wochenende studierte ich die Samstagsausgabe des Hamburger Abendblattes und zwar die Seiten mit den Stellenausschreibungen fürs Ausland. Eine besonders große Annonce stach mir ins Auge.
„Haustochter für Privathaushalt, außerhalb Zürichs, Schweiz, gesucht".
‚Das ist es! Ich gehe ins Ausland! Endlich werde ich mir meinen Kindheitstraum erfüllen', schoss es mir durch den Kopf. Nun musste ich nur noch meine Mutter überreden, denn ich war ja noch nicht volljährig. Tante Käthe und Onkel Hans, wollten mir natürlich keinen Stein in den Weg legen und freuten sich für mich. Und so machte ich mich mit wehenden Fahnen auf den Weg ins ferne Land. Bisher war ich nicht weiter als fünfzig Kilometer im Umkreis von Hamburg gekommen.

Die Schweiz ruft!

„Beeil dich Moni, wir müssen los, der Bus fährt in einer viertel Stunde!"
"Ja, Mama, ich bin sofort fertig." Strahlender Sonnenschein empfing uns, als wir ins Freie traten. „Was für ein schöner Spätsommertag, gerade richtig um meine Heimat in bester Erinnerung zu behalten", sagte ich zu meiner Mutter. Der Ort schien wie ausgestorben. Die paar Seelen die hier in der kleinen Ortschaft, Burgstall wohnten, waren fast alle auf dem Feld Kartoffeln sammeln. Da brauchte ich wenigstens nicht jedem Einzelnen ‚Tschüss' zu sagen. Ich brach auf, um in der Schweiz für ein Jahr zu arbeiten. Auch, wenn ich nur selten hier bei meiner Mutter auf Besuch war, so kannte mich doch jeder.

Auf halber Strecke zur Hauptstraße, von wo aus der Bus nach Hamburg fuhr, setzte ich für einen Moment den Koffer auf den staubigen Feldweg ab und blickte zurück. Nur zwei langgestreckte Reihenhäuser standen mitten in der Feldmark. Links und rechts der Häuser standen eine Scheune und ein Kuhstall. Verschnörkelte gusseiserne Wasserpumpen vor jedem Haus versorgten die Einwohner mit frischem Grundwasser. Windschiefe Holzschuppen mit integrierten Plunmpsklos bildeten eine natürliche Grenze zwischen den familieneigenen Gärten und den Feldern.

Strohgelbe Stoppelfelder leuchteten in der Nachmittagssonne. In der Ferne sahen die Menschen, die mit Kartoffelsammeln beschäftigt waren, wie Spielzeugfiguren aus. Kein einziger Knick versperrte mir den Blick bis zum Sachsenwald. Träge plätscherte die Bille dahin, sie schlängelte sich zwischen den Feldern und dem Sachsenwald. Hierher hatte es meine Mutter mit Onkel Walter verschlagen, der neuerdings auf dem Gutshof Sachsenwaldau, als Vorarbeiter beschäftigt war. Und hier hatte ich noch ein paar Tage Urlaub gemacht, bevor ich loszog, um in der Ferne zu arbeiten. Kaum waren wir auf der Hauptstraße angekommen, kam auch schon der Bus. Er brachte uns zum Hamburger ZOB. Von dort waren es nur noch ein paar Schritte bis zum Hauptbahnhof. Auf dem Bahnsteig drückte meine Mutter mir etwas Kleines relativ Schweres mit den Worten in die Hand:
„Pass gut auf ihn auf, damit er dir stets auf deinen Wegen Glück bringt!" Ihr wurde schwer ums Herz. Ungern ließ sie mich mit meinen siebzehn Jahren allein in die Fremde ziehen. Ich öffnete meine Hand und freute mich riesig über die kleine bronzene Hummelfigur – ein Hamburger Wasserträger. Wenig später stand ich im Zugabteil am offenen Fenster und winkte meiner Mutter mit dem Taschentuch zu, bis sie immer kleiner wurde und aus meinem Blickfeld verschwand.

Nun machte ich es mir auf meinem Sitzplatz am Fenster bequem. Meinen braunen Lederkoffer, den mir Tante Käthe zum Abschied geschenkt hatte, verstaute ich im Gepäcknetz über mir.

Allmählich nahm der Zug Fahrt auf und ich staunte über Landschaften, die ich noch nie vorher gesehen hatte, bis die Dunkelheit alles in sich verschlang. Ich nahm mein Reiseplaid aus meiner Reisetasche, kuschelte mich damit ein und versuchte zu schlafen. Laut quietschende Räder bei jeder Bahnhofseinfahrt ließen mich wach werden. Verschlafen schaute ich auf den Bahnsteig, bis die Trillerpfeife des Schaffners zu hören war, und der Zug sich wieder in Bewegung setzte. An der Schweizer Grenze mussten wir 'raus und nicht nur unsere Pässe dem Zoll vorlegen, sondern auch eine Leibesvisitation über uns ergehen lassen. In meiner Aufenthaltsbewilligung, die ich dem Zoll vorlegen musste, hieß es wörtlich:

„Beim Grenzübertritt hat der Ausländer den Grenzkontrollorganen diese Zusicherung, sowie einen gültigen Pass vorzuweisen. Der Inhaber dieser Zusicherung hat sich, sofern er zum Stellenantritt einreist, beim Grenzübertritt der grenzsanitarischen Untersuchung zu unterziehen. Die Zurückweisung aus gesundheitlichen Gründen macht diese Zusicherung ungültig. Bedingungen – ledig und kinderlos"
„Achtung! Hausangestellte haben weder Anspruch noch Aussicht auf Bewilligung eines nachträglichen Berufswechsels" Fremdenpolizei Kanton Zürich

Gesund, ledig und kinderlos erfüllte ich diese Bedingungen und konnte entspannt die Zugfahrt fortsetzten.

Endlich rollte der Zug am anderen Morgen in Zürich ein. Laut kreischten die Räder noch einmal auf, bevor der Zug zum Stehen kam. Kaum hatte ich den Bahnsteig betreten, erblickte ich zwischen dem geschäftigen Treiben auf dem Bahnsteig einen besonders großen kräftigen Mann, der ein Schild mit meinem Namen hoch hielt. Da er bereits ein Bild von mir hatte, kam er gleich auf mich zu. Sehr förmlich, mit einem knappen Lächeln, begrüßte er mich mit den Worten:
„Grüezi, Frl. May, kommen Sie, meine Familie freut sich schon auf Sie."
Das klang ja schon mal ganz nett. Trotzdem schien er kein Mann von großen Worten zu sein.

Stillschweigend fuhren wir in seinem Auto entlang des Zürichsees. Herrliberg las ich auf einem Schild am Ortseingang.
Langsam fuhr er durch den hügeligen Ort, bis kaum noch Häuser auftauchten. Tief unter uns schaute ich auf den Zürichsee. Vor uns tauchte ein kleiner Wanderweg auf, der bergan auf einen Hügel führte. Das war das Ortsende. Links bog er in einen schmalen Sandweg und hielt vor der Garageneinfahrt eines schmucken Einfamilienhauses, das auf einem kleinen Hügel stand. Als ich ausstieg, wurde die Haustür von innen geöffnet. Drei Menschen schienen sich sichtlich über mein Erscheinen zu freuen. Frau Reinhard, ihr Vater und die kleine zweijährige Ragili, denn sie lächelten mir schon entgegen, als ich die zehn steinernen Treppenstufen empor stieg. Ich atmete auf. Nachdem ich allen vorgestellt worden war, zeigte Frau Reinhard mir mein Zimmer im ersten Stock. Ich konnte es kaum glauben, noch nie hatte ich in einem so großen, hübsch eingerichteten Raum, mit Panoramablick über die Schweizer Berglandschaft, geschlafen. Für heute sollte ich mich man in Ruhe einrichten und von der langen Fahrt erholen, meinte Frau Reinhard.
Am nächsten Tag klärten mich beide, Herr und Frau Reinhard, über den Status als Haustochter auf. Als Erstes erfuhr ich, dass Herr Reinhard Banker sei.
„Alles muss seine Ordnung haben", begann er, „wissen Sie, wir haben ihrer Mutter gegenüber eine große Verantwortung übernommen und möchten, dass Sie nach einem Jahr wieder wohlbehalten nach Hamburg zurückkehren. Das sehen wir als unsere oberste Pflicht!"
‚Sind die aber fürsorglich', dachte ich.
Frau Reinhard übernahm nun das Wort und klärte mich über meine zukünftigen Aufgaben und Arbeitszeiten auf, außerdem nannte sie mir ein Monatsgehalt von Einhundertzwanzig Schweizer Franken. Ich dachte, ich hätte mich verhört. Um acht Uhr gab es Frühstück, danach sollte ich der Hausfrau zur Hand gehen. Nach dem Mittagessen hatte ich eineinhalb Stunden Mittagspause. Anschließend brauchte ich dann nur noch bis zum Abendbrot arbeiten. Einen halben Tag in der Woche und jeden zweiten Sonntag hatte ich frei. Und dafür sollte ich auch noch Einhundertzwanzig Schweizer Franken, in bar bekommen. Ich musste mich kneifen, ob das hier Wirklichkeit war. Am Ende nahm Herr Reinhard wieder das Wort und sagte: „Das Allerwichtigste jedoch ist, Sie müssen stets um 22 Uhr zu Hause sein, sonst können wir keine Verantwortung für sie übernehmen!"

Ich schwebte im siebenten Himmel und antwortete völlig überzeugt: „Selbstverständlich!"
Viel Freiheit und Freizeit hatte ich in meinem bisherigen Arbeitsleben ja auch noch nicht. Außerdem besaß ich zu derzeit noch ein sehr kindliches Gemüt. Doch das sollte sich unter diesen Umständen schnell ändern.

Atemberaubendes Panorama: Der Wecker klingelte. Schnell sprang ich aus den Federn, zog die Vorhänge auf, öffnete das Fenster und schob die beiden Holzläden zur Seite, um sie an der Außenwand zu befestigen. Und? Starrte auf ein Bergpanorama, wie ich es mir in meinen kühnsten Träumen nicht hätte vorstellen können. Ich schloss meine Augen, um mich zu vergewissern, dass ich nicht träumte. Nachdem ich sie wieder öffnete, waren sie immer noch da, die schneebedeckten Gletscher, so schön und gewaltig, zum Greifen nah. Als stünden sie direkt am anderen Ufer des Zürichsees. Wie angewurzelt stand ich da. Bis mich die kleine Ragili mit ihrer hellen Stimme aus meinem Traum weckte.
Sie war mit ihrem Großvater auf dem Weg nach unten und plapperte lustig vor sich hin. Ihr Zimmer sowie das Zimmer ihres Großvaters lagen auf der anderen Seite des Flures. Schnell machte ich mich fertig und ging auch nach unten, um den Frühstückstisch zu decken. Geblümte französische Frühstückstassen, so groß wie Suppentassen, schmückten bereits den Frühstückstisch. Wir tranken Milchkaffee daraus. Frau Reinhard hatte bereits den Topf mit der Milch für den Milchkaffee auf den Herd gestellt. Es duftete nach frischem Filterkaffee. Der Spruch „Frühstücke wie ein König" brauchte man mir nicht zweimal sagen. Dieses Schweizer Feinbrot mit der knusprigen Kruste und dem lockeren, weichen Innenleben, die selbstgemachte Marmelade sowie die Schweizer Käsesorten, die stets in Pfundstücken auf einem Tortenteller mitten auf dem Tisch standen und stückweise abgeschnitten und verzehrt wurden – ein Genuss. Keiner kam auf die Idee, Käse scheibchenweise zu kaufen. Während des Frühstücks erzählte ich von meinem traumhaften Ausblick.
„Das meinte ich damit, als ich Ihnen am ersten Tag sagte, Sie haben das Zimmer in diesem Haus mit dem schönsten Ausblick!"
Zweimal habe ich mich noch an diesem Morgen in mein Zimmer geschlichen. Mittags war dann dieser Weitblick, der so nah schien, wieder vorbei.

Nachdem, was ich im Eiscafé an Arbeit stemmen musste, war das hier geradezu lächerlich. Ständig versuchte ich Frau Reinhard zu überreden:
„Ich kann das Haus auch allein sauber halten, Sie sollten sich ruhig ein wenig schonen!" Sie war schwanger. Nach und nach übernahm ich so die meiste Hausarbeit. Und das tat ich in diesem modernen Haushalt sehr gern. Alles war noch so neu, so pflegeleicht. Selbst die Wäsche wurde nicht wie im Eiscafé üblich, im Waschtopf auf dem Gasherd gekocht und hinterher auf dem Waschbrett mit den Händen geruffelt und gespült. Hier gab es eine der ersten vollautomatischen Waschmaschinen. Im Garten stand eine Wäschespinne, auf die ich die Wäsche hing. Einmal die Woche kam eine Frau, um die Wäsche zu bügeln. Nur an den Kochtopf, da ließ mich Frau Reinhard nicht ran. Zumindest am Anfang nicht. Mit Recht! War ich bei Tante Käthe die gute norddeutsche Hausmannskost mit viel Sahne und Butter gewöhnt, so lernte ich hier eine ganz andere Kochkunst kennen. Ein Gemisch aus italienischer, französischer sowie schweizdeutscher Küche. Hier wurde stets in aller Ruhe gearbeitet. Für mich eher eine Beschäftigung – wie ein Zeitvertreib – wofür ich auch noch sehr gutes Essen, eine Traumunterkunft sowie viel Geld bekam. Das hatte Folgen. Endlich nahm ich zu.

Innerhalb von acht Wochen neun Pfund. Hatte Tante Käthe verzweifelt versucht, all die Jahre neben der deftigen deutschen Hausmannskost mich mit Butter und Sahne, Eis und Kuchen vollzustopfen, um meine zarte Figur mit weiblichen Rundungen aufzupolstern, hier am Zürichsee konnte ich dabei zugucken, wie sich endlich auch bei mir die Weiblichkeit entwickelte. Selbst Tante Käthe staunte, als ich es ihr schrieb. Postwendend schrieb sie zurück: „Dass du in so kurzer Zeit schon neun Pfund zugenommen hast, ist ja allerhand. Ich glaube, wir kennen Dich gar nicht wieder, wenn du mal kommst. Ja, die Luftveränderung und die Mehlspeisen machen das schon. Na, etwas kannst du auch gebrauchen."Für die kleine Ragili wurde das Essen stets mit Vollwertprodukten zubereitet, zum Beispiel wurde ihr Risotto mit Vollkornreis gekocht. Ich glaube, damit hat Frau Reinhard auch bei mir den Grundstein für meine spätere Vollwerternährung gelegt, wobei meine Kindheit auf dem Lande auch nicht unbeteiligt war.

Während des Mittagsessens erzählte Frau Reinhard:„Übrigens, Moni, kürzlich hat ein deutsches Mädchen bei der Familie Huber auch als Haustochter angefangen, vielleicht hätten Sie ja Lust, Kontakt mit ihr aufzunehmen.
Dann könnten Sie mit ihr gemeinsam in ihrer Freizeit etwas unternehmen, oder?"
‚Genau, das war es, was mir hier noch fehlte', schoss es mir durch den Kopf. Freudig überrascht antwortete ich:
„Danke für den Tipp, super Idee!"
„Soll ich dort mal für Sie anrufen?"
„Nein brauchen Sie nicht, vielen Dank, ich geh gleich in der Mittagspause selbst hin." Ich ließ mir die Adresse geben.
„Es ist das hübsche moderne Holzhaus hinter der katholischen Kirche, dort steht nur das eine Haus, das können Sie gar nicht verfehlen", erklärte mir Frau Reinhard, bevor ich losging.
Bereits zehn Minuten später stand ich vor dem Haus und klingelte. Kurz darauf öffnete ein Mädchen in meinem Alter mit kurzem, glatten, blondem Haar, die Tür und begrüßte mich mit: „Gruezi!" Ein wenig überrascht schaute sie mich mit ihren freundlichen grauen Augen fragend an. Ich fiel gleich mit der Tür ins Haus:
„Schönen Guten Tag, mein Name ist Moni May, ich komme aus Hamburg. Seit Kurzem arbeite ich bei der Familie Reinhard im Hummrigen am Ende des Dorfes. Meine Chefin erzählte mir heute, dass du auch aus Deutschland kommen würdest."
„Ja, übrigens ich heiße Walburga, Walburga Namislo", sie gab mir die Hand. „Da ich hier noch niemanden kenne, möchte ich dich fragen, ob wir uns nicht mal in unserer Freizeit treffen könnten."
Erstaunt über so viel Mut, einfach zu klingeln – wie Walburga mir später einmal erzählte – wusste sie im ersten Moment gar nicht, was sie sagen sollte. Ein Lächeln huschte über ihr Gesicht, als sie spontan sagte:
„Ja, warum nicht?"
Mut, wie Walburga meinte, war es für mich nicht. Ich kam ja auch aus einer Großstadt, sie dagegen aus dem kleinen Städtchen Kreuztal bei Siegen.
Wir verabredeten uns. Leichten Fußes ging ich zurück nach Hause. Ab sofort bummelten wir in unserer Freizeit gemeinsam durch Zürich, kauften uns hübsche Sachen und gingen in der berühmten Bahnhofsstraße Kaffeetrinken.

Eine lebenslange innige Freundschaft begann hier in Herrliberg am Zürichsee.

In einer Kneipe für junge Leute lernten wir hiesige Jungs kennen. Sie nahmen uns in ihre Clique auf. Zweimal die Woche trafen wir uns abends dort. Wir tranken Cola, das Modegetränk, spielten Karten und redeten über Gott und die Welt. Es waren hauptsächlich Jungs in unserem Alter. Schnell waren wir eine Clique. Ich freundete mich mit Hans-Ulli an, der noch studierte. Wenn Walburga keine Zeit hatte, zog ich mit ihm los.

Es wurde brenzlig – für mich! Ständig ging ich abends noch auf einen Sprung 'raus und versicherte meinen Herrschaften: „Bin rechtzeitig zurück." Jedoch die Zeit zerrann wie im Fluge. Dauernd war was los, dass ich mich gar nicht loslösen konnte. Die Uhr schlug zehn, dann halb elf. Nun wurde es allerhöchste Zeit, mich auf den Heimweg zu machen. Längst wusste ich, dass meine Herrschaften stets sehr früh ins Bett gingen. Noch lange vor zehn Uhr. Ich war die Einzige, die am Rande von Herrliberg wohnte. Doch Angst kannte ich schon aus meiner Kindheit nicht.

Kaum war ich auf der Hälfte der Treppenstufen angelangt, bemerkte ich, wie sich plötzlich ein schwarzer Schatten unterm Apfelbaum bewegte und mit Riesenschritten auf mich zukam. Es war ein männliches Wesen. Mehr konnte ich in der Dunkelheit nicht erkennen, es war bewölkt. So schnell ich konnte, nahm ich die letzten Stufen und steckte mit zittrigen Händen den Schlüssel ins Schloss, dreht ihn um, schob die Tür auf und schaffte es noch rechtzeitig hindurch-zuschlüpfen. Bevor ich die Tür zumachen konnte, hatte er bereits seinen Fuß dazwischen gestellt. Mir rutschte das Herz in die Hose. Anstatt zu schreien legte ich meinen Finger auf meinen Mund und flüsterte ganz leise:
„Was willst du von mir?" So leise, das auch er flüsterte:
„Du mich treffen, ich dich sehen jeden Tag, ich verliebt in dich!"
Nun wurde mir heiß und kalt. Was wollte der denn von mir. Den kannte ich ja gar nicht. Schien italienischer Fremdarbeiter zu sein.

Schnell besann ich mich auch ja das Richtige zu sagen, denn ich musste ihn, bevor meine Herrschaften was merkten, so schnell wie möglich loswerden und flüsterte: „Wann?" „Morgen Abend." „Morgen Abend kann ich nicht!" „Dann morgen Mittag, ich dich gesehen, du oft gehen mittags spazieren." Auch das noch.
„In Ordnung! Morgen Mittag um zwei Uhr beim Wanderweg!" „Du ganz bestimmt kommen?", wollte er sich noch einmal vergewissern. „Ja, ja, ich komme." Er nahm seinen Fuß aus der Tür. Ich atmete auf. Ganz leise schloss ich die Tür. Alles war still im Haus, keiner schien etwas gemerkt zu haben.
Natürlich ging ich am nächsten Tag nicht zur Verabredung, sondern erzählte es beim nächsten Treffen der Clique. Ab sofort brachte mich dann stets einer von den Jungs nach Hause. Gesehen habe ich den komischen Typen nie wieder. Aber ich kannte ihn ja auch nicht. War ja dunkel.
In Zürich war ein ganz besonderer Ball, zu dem die Clique Walburga und mich unbedingt mithaben wollten.
„Schade, da kann ich leider nicht mitkommen", sagte ich mit enttäuschter Stimme zu den Jungs, „ ich muss doch um 22 Uhr zu Hause sein."
Sie überlegten, wie sie mich mitnehmen könnten. Hans-Ulli hatte einen ganz besonderen Einfall, er schlug vor:„Moni, sag deinen Herrschaften, die sollen meine Mutter anrufen, die wird deinen Leuten dann erklären, dass wir anständige Jungs sind, und alle auf dich aufpassen! Außerdem wird die Tanzveranstaltung vom hiesigen Wanderverein veranstaltet."
„Super Idee, das mach ich." Tatsächlich Frau Reinhard rief bei Frau Tobler an und erkundigte sich genau nach dem Verein, dem die Clique angehörte. Ich durfte mit, ebenso Walburga, denn ihre Chefin kannte die jungen Leute, sie wohnten alle mitten im Dorf. Ausgerechnet bekam ich noch am selben Tag, als wir los wollten, Halsschmerzen. Ich versuchte sie einfach zu ignorieren. Als ich es im Zug Hans-Ulli erzählte, sagte er:
„Weißt du was, du musst gleich, wenn wir da sind, mit Cognac gurgeln, wirst sehen, das hilft." So tanzte ich nicht nur sondern gurgelte mich durch die Nacht. Gegen zwei Uhr fiel ich todmüde und ganz schön beschwipst mit Schüttelfrost und Fieber ins Bett, drehte noch vorher die Heizung voll auf und schlief sofort ein.

Plötzlich stand Walburga im Zimmer und weckte mich mit den Worten:
„Puh, was für eine schreckliche Luft, es ist hier ja heiß wie im Backofen. Was ist los mit dir?" Sie zog die Vorhänge zurück und öffnete das Fenster.
„Was machst du noch im Bett? Wir wollen doch nach Männedorf ins Kino gehen?" Verschlafen schaute ich sie an. „Wie spät ist es denn?" „Gleich vier Uhr nachmittags, die Jungs warten schon unten." In Sekundenschnelle sprang ich aus dem Bett. Halsschmerzen, Fieber alles war verschwunden. Ich war gesund. Nur in meinem Kopf drehte es sich noch ein wenig, hab wohl doch zu oft gegurgelt. Schnell machte ich mich fertig. Entlang des Wanderweges auf der Herrliberg Hügelkette wanderten wir ins vier Kilometer entfernte Männedorf.
Danach bremste Herr Reinhard meinen Tatendrang. Er meinte, wieder mehr auf mich aufpassen zu müssen.

Weihnachten stand vor der Tür. Frau Reinhard machte sich viel Arbeit mit den Vorbereitungen, alles sollte möglichst perfekt sein. Ich half ihr, wo ich nur konnte. Denn inzwischen war sie hochschwanger. Jederzeit konnte das Kind kommen. Meiner Meinung nach sollte sie jetzt endlich kürzer treten, doch in diesem Haushalt war und blieb alles sehr konservativ sowie straff durchorganisiert. Dafür hatten wir ein wundervolles Weihnachtsfest. Heiligabend saßen wir im Halbkreis unterm Tannenbaum. Nach und nach wurden die Geschenke ausgepackt, nicht wie bei uns, alle wild durcheinander. Nein, es ging reihum. Auch ich bekam schöne Geschenke, von Herrn Reinhard selbst einen wertvollen Waterman Füllfederhalter mit goldener Feder. Nur an Fest- und Feiertagen wurde im großen Esszimmer festlich eingedeckt und gespeist. Ansonsten aßen wir in der gemütlichen Essecke in der breiten Wohndiele zwischen Küche und Wohnzimmer.

Übrigens, sonntags wurde nie gekocht. Um elf Uhr gab es ein großes Frühstück mit Speck, Eiern und allem Drum und Dran, nachmittags Kaffee und Kuchen und abends dann das normale Abendbrot. War das entspannt! Auch wenn Frau Reinhard viel Arbeit hatte, aber sie machte es mit so viel Liebe und Können. Genau wie bei Tante Käthe war das Essen stets ein Genuss.

Die selbstgemachte Maronentorte war beim Weihnachtskaffee der Höhepunkt. Nie wieder habe ich eine derartig leckere Maronentorte gegessen. Selbst die berühmte Maronentorte im Angelina Café in Paris, die ich später mal probierte, hielt dem Vergleich nicht stand. Dafür standen wir auch stundenlang in der Küche, nur für die Torte.

Silvester musste ich schön in Familie bleiben. Gemütlich saßen wir im Kreise der Lieben im Wohnzimmer, machten Spiele, hörten klassische Musik und gossen Blei. Herr Reinhard erzählte: „Dies ist unser erster Jahreswechsel in Herrliberg. Wäre meine Frau nicht schwanger, würden wir auch in diesem Jahr wieder in unserem Wochenendhaus in der Lenzerheide verbringen. Der ganze Rummel um Silvester, wie die meisten Menschen ihn veranstalten, wäre für mich ein Gräuel. Stellen Sie sich nur mal vor, Moni, Sie gehen Silvester früh schlafen." Das konnte ich mir beim besten Willen nicht vorstellen, sagte aber nichts. Er fuhr fort: „Kurz nach Mitternacht würden Sie aufstehen und sich die Skier unterschnallen, um dann in dieser wunderschönen Schneelandschaft vom Hang hinunter ins Neue Jahr zu gleiten. Etwas Schöneres gibt es nicht, glauben Sie mir!"
Ich schaute ihn mit großen Augen an und nickte. „Ja, das kann ich mir gut vorstellen." Und das war ehrlich gemeint.

Hans-Ulli lud uns alle zu sich nach Hause zu einem Tanzabend ein. Wieder musste ich mit Engelszungen Frau Reinhard überreden, dass es völlig harmlos sei. Sie könne mich ruhig dort hingehen lassen. Nachdem sie sich abermals die Bestätigung von Frau Tobler eingeholt hatte, durfte ich gehen. Hans-Ulli tanzte an diesem Abend sehr oft mit mir. Am Ende brachte er uns nach Hause. Auf halbem Weg lieferten wir Walburga ab. Kurz bevor wir bei mir angelangt waren, meinte er, hast du Lust auf eine Tageswanderung entlang des Höhenweges auf der anderen Seite des Zürichsees?"
„Oh ja, sehr sogar, wer kommt noch alles mit?"
„Nur wir beide!" Hans-Ulli war ein kleiner Philosoph. Er liebte es, über Gott und die Welt zu diskutieren – stundenlang. Ich auch.
„Ja, warum nicht? Wann?" „Sobald du am Sonntag wieder frei hast."
„Morgen, dann erst wieder in vierzehn Tagen."
„Wenn du nichts dagegen hast, können wir ja schon morgen, nachdem du ausgeschlafen hast, losfahren." Und ob ich Lust hatte, ich hatte immer Lust, was zu unternehmen.

Mit Proviant im Gepäck wanderten wir bis zum nächsten Ort Meilen, dort nahmen wir die Fähre und fuhren auf die andere Seite des Zürichsees nach Horgen. Stundenlang wanderten wir im wunderschönen Sihlwald mit immer wiederkehrendem Blick über den Zürichsee und philosophierten über dies und das.
Plötzlich nahm er meine Hand und sagte:
„Komm, ich habe jetzt Hunger, wir suchen uns einen geeigneten Picknickplatz." Vom Wanderweg aus rutschten wir mehr als wir gingen den bewaldeten Hang hinunter, bis wir eine kleine mit Gras bewachsene Lichtung fanden. Hans-Ulli breitete eine Decke aus, die er mitgebrachte hatte. Mit großem Appetit verspeisten wir unser Picknickbrot und tranken Kaffee aus der Thermoskanne. Während wir uns entspannt auf unsere Ellbogen stützten, um uns noch ein wenig auszuruhen bevor es weitergehen sollte, wandte sich Hans-Ulli zu mir rüber und streichelte mich am Arm. Sofort wurde ich steif und meine Alarmglocken läuteten.
„Bitte", flüsterte Hans-Ulli, „bleib entspannt, du brauchst keine Angst zu haben, ich tue dir nichts, nichts was du nicht willst. Hab vertrauen, ich möchte dir nur ein paar schöne Gefühle bereiten."
Seine Worte wirkten magisch. Automatisch entspannte sich mein Körper wieder. Seine Hand rutschte tiefer, glitt unter meinen Rock streichelte meine Oberschenkel, dass mir ganz heiß wurde. Er rückte näher, unsere Lippen trafen sich. Ungeahnte Gefühle nahmen Besitz von mir, wie ich sie noch nie vorher erlebt hatte. Längst hatte ich meine Augen geschlossen und genoss jeden Augenblick. Ganz plötzlich fielen mir Tante Hennys Zeilen ein, die sie mir in einem Brief vor ein paar Wochen geschrieben hatte:

„Meine liebe Moni, schön dass du dich in Herrliberg gut einlebst und ganz besonders nett, das du solch schönes Fest mitgemacht hast. Hoffe, dass dem noch recht viele folgen – noch bist du jung und musst alle Feste feiern wie sie fallen. Ich danke dir für das Vertrauen welches du mir entgegen bringst. Hoffe dass es noch lange so bleibt. Gehe aus Moni, wo sich dir nette Gelegenheit bietet – soviel Moral besitzt du ja, Gott sei Dank, dass du nicht mit jedem erst Besten los ziehst, damit man sich nachher über dich lustig macht und man dich als Freiwild ansieht.Ich sehe es als meine Pflicht an auch dir noch zu sagen, „halte dich rein – so lange es irgend möglich ist" denn wenn du dich einem Mann ganz hingibst bist du nachher nicht mehr Herr deiner selbst und deine Freiheit ist hin.

Wenn es irgend geht halte dich rein bis du wirklich weißt, dass du den Mann fürs Leben gefunden hast – es ist nur dein eigener großer Vorteil. Nun sei mir nicht böse, dass ich dir diese Predigt halte – aber ich glaube, von mir wirst du es am besten verstehen – will ich doch nur dein Bestes! Das wirst du später erst ganz verstehen. Bleibe weiterhin so wie du bist, damit wir recht stolz auf dich sein können. In diesem Sinne grüßt dich von Herzen deine Tante Henny!"
Meine Gedanken überschlugen sich plötzlich: ‚Was machst du hier eigentlich? Bist du verrückt? Ich schlug die Augen auf und schob seine Hand sanft von mir fort'.
„Hans-Ulli, glaub mir, das war wunderschön, aber das dürfen wir nie wiederholen. Schlafen werde ich auch nicht mit dir, niemals, hörst du? Ich bin doch gar nicht in dich verliebt. Außerdem ist das, was du mit mir gemacht hast, wahnsinnig gefährlich. Ich will meinem Schwur treu bleiben und erst mit einem Mann schlafen, wenn ich ihn auch heirate. Und das kommt noch lange nicht in Frage."
„Moni, du brauchst keine Angst zu haben, ich werde dich schon nicht vergewaltigen, es war doch nur ein Spiel", versuchte er mich zu beruhigen.
„Ein gefährliches Spiel, das ich lieber lassen möchte", bekräftigte ich meine Entscheidung. Trotzdem war es ein schöner Ausflug. Wir blieben Freunde.
Bisher hatte ich mit Jungs – außer kameradschaftlich – nicht viel am Hut gehabt. Doch nun, nach meinem Ausflug, sah ich sie mit anderen Augen. Allein mit einem Jungen in die Einsamkeit wagte ich mich nicht mehr. Zumindest nicht die nächste Zeit.
Ganz so viel frei wie ich hatte Walburga nicht. Ihre Chefin hatte zwei Kinder zwischen vier und sechs Jahre alt. Sie selbst war durch ihren Beruf in der Modebranche öfter unterwegs. Ich wollte so gern mal nach Arosa, doch dafür brauchten wir einen ganzen Tag.
„Einen ganzen Tag?" Walburga überlegte, dann schüttelte sie mit dem Kopf und meinte: „Das geht nicht, vormittags komme ich hier nicht weg."
„Walburga, überleg doch mal, wie kannst du die Schweiz kennenlernen, wenn du nicht einmal einen ganzen Tag frei bekommst."
„Frei bekomme ich schon, aber ich muss jeden Sonntagmorgen in die Kirche zur Messe gehen." Walburga war katholisch.
„Du musst was?" „Wenn ich am Sonntag nicht in der Kirche war, wird der Priester sauer!"

Inzwischen wusste ich, dass Walburga zusätzlich zweimal die Woche früh morgens an einer Messe teilnahm. Unfreiwillig! Nur, weil der Priester ihr gegenüber wohnte und ein strenges Auge auf ihr religiöses Leben warf. „Walburga! Kein Priester der Welt kann von dir verlangen, jeden Sonntag in die Kirche zu gehen.
Nee, das ist mir zu hoch, am besten, du sagst ihm: Gott ist überall, auch in Arosa, beten kannst du überall, wo du willst, hörst du?" Sie war ganz still und überlegte. Dann schmunzelte sie und sagte: „In Ordnung! Ich komme mit." Na endlich!

Früh morgens, noch bevor die Kirchenglocken läuteten, fuhren wir mit dem Vorortzug nach Zürich. Dort stiegen wir um und fuhren nach Chur. Glasklare Seen, lauschige Dörfer, hohe Berge und romantische Städte zogen an uns vorüber. In Chur stiegen wir dann in die Arosa-Bergbahn. Langsam schraubte sich die Bergbahn höher und höher. Nach jeder Tunnelfahrt sowie nach jeder Kurve bot sich uns ein neuer atemberaubender Ausblick. Die Bergbahn schlängelte sich über einzigartige, kunstvoll gebaute Viadukte (Brücken), durch enge Tunnel, vorbei an schneebehangenen Schluchten. Teilweise hielten wir den Atem an. Reges Treiben empfing uns auf dem Bahnhof Arosa. Mit einem Skishuttle fuhren wir ins Skigebiet. Dicke Schneewände begrenzten die endlos scheinenden Wanderwege. Bei der nächsten Bank holten wir unser Picknickpaket hervor, zogen unsere Jacken aus, legten sie als Unterlage auf die Bank und verspeisten mit großem Hunger unsere mitgebrachten Köstlichkeiten. Walburga kramte eine Niveadose aus ihrem Rucksack und reichte sie mir:
„Hier, nimm und nicht zu wenig! Merkst du wie die Aprilsonne auf der Haut brennt?" Langsamen Schrittes bummelten wir bei tiefblauem Himmel die einsamen Wanderwege entlang. Je weiter wir uns der Ortschaft entfernten, umso kleiner wirkten die Blockhäuser mit ihren dicken Schneemützen auf ihren Dächern. Es sah wie eine Puppenlandschaft aus.
Mit meiner einfachen Kamera, die ich mal beim Schulfest gewonnen hatte, knipste ich ein Bild nach dem anderen, bis der Film voll war.
„Eines Tages werde ich auch Ski laufen lernen", schwärmte Walburga, als sie die Skiläufer auf den Schneepisten die Hänge runtersausen sah.

„Na, ist es nicht schön, dass ich dich überredet habe, mitzukommen?"
„Ja sicher!" Sie hat später ihren Traum wahr werden lassen und ist jedes Jahr im Winter zum Skilaufen nach Österreich gefahren.

Bevor wir zurück nach Zürich fuhren, bummelten wir durch Arosa, schlitterten über die Eisbahn ohne Schlittschuhe, nur so und gönnten uns noch Kaffee und Kuchen in einem Café mit Panoramablick auf die schneebedeckten Berghänge. Spät abends waren wir zurück in Herrliberg, und wir schworen uns, sobald wir beide wieder gemeinsam frei hätten, so einen schönen Ausflug zu wiederholen.

In unserer wöchentlichen Treffkneipe tauchten hin und wieder fremde, junge Männer auf. Ein blonder Hüne stand an der Bar und taxierte mich, als ich die Kneipe betrat, schließlich sagte er: „Übrigens ich heiße Hans, darf ich dir ein Getränk ausgeben?"
„Moni", ich reichte ihm die Hand, „ja gern, eine Cola bitte." Am Ende des Abends hatte ich eine Verabredung mit einem Studenten, der in Zürich Architektur studierte und in Männedorf bei einer Familie wohnte. Er wollte mir Zürich zeigen. ‚Ein interessanter Mann', dachte ich, als wir auf dem Heimweg waren. Wie immer, war ich spät dran. Es war genau halb zwölf Uhr. Unten an der Treppe verabschiedete ich mich von Hans. Er ging. Vor der Haustür suchte ich meinen Schlüssel. Er war nicht da, nicht in der Handtasche, nicht in den Jackentaschen, nirgends. Siedend heiß fiel mir ein, den muss ich in meinem Zimmer liegen gelassen haben. Unschlüssig wartete ich noch eine Weile. Aber es nützte nichts, ich musste klingeln. Schlaftrunken kam Herr Reinhard im Pyjama und öffnete. Er sagte nichts. Doch sein Blick sagte alles. Am nächsten Morgen sprach dann seine Frau mit mir, warnte mich, und wollte mir noch einmal verzeihen. „Aber nur dieses eine Mal", sagte sie mit Nachdruck.

Schnell wurde dieser unangenehme Vorfall wieder vergessen. Das Leben ging seinen normalen Gang weiter. Ich freute mich aufs Treffen mit dem blonden Hünen in Zürich.
Wir bummelten durch die Stadt, setzten uns in ein Café, um danach zum See zu bummeln. Zufällig hielt er vor einem Panoramafenster eines Mercedes-Autosalons. Stolz zeigte er auf ein Mercedes Benz Sportcoupé und fragte:

„Na, wie gefällt dir dieser Sportwagen, neuestes Modell gerade eingetroffen!" Ich schaute zweimal hin, er war weiß lackiert mit roten Ledersitzen, ich hob die Schultern und meinte nur: „Schönes Auto." Im Moment hatte ich ganz andere Interessen, als von Traumautos zu schwärmen.
Er sagte doch tatsächlich: „Die Frau, die ich mal heirate, bekommt später so ein schönes Auto von mir. Könntest du dir vorstellen, so ein schönes Auto zu fahren."
Dabei schaute er mich so merkwürdig an. So, als sei ich bereits seine Braut. Der spinnt doch. Das war mir zu anzüglich. Im gleichgültigen Ton sagte ich:
„Über so etwas denke ich doch heute noch nicht nach." Und ließ es dabei bewenden. Ab sofort stufte ich ihn als Angeber ein. Als wir wieder im Zug saßen, klärte ich ihn über meine Zukunftspläne auf: „Sobald mein Jahr hier in der Schweiz rum ist, gehe ich für mindestens ein Jahr nach England, danach will ich nach Paris, um endlich Sprachen zu lernen. Heiraten werde ich bestimmt nicht vor meinem 25. Lebensjahr." Abgeschreckt hat ihn das nicht, bevor ich in Herrliberg ausstieg, rang er mir noch die nächste Verabredung ab, abermals in Zürich. Nur soweit kam es nicht mehr.

Bei meinem nächsten Kneipenbesuch kreuzte Karl-Otto meinen Weg. Kaum trafen sich unsere Augen und schon funkte es. Schmetterlinge im Bauch nahmen Besitz von mir. Als er mich einlud, hauchte ich nur noch: „Ja." Meinen nächsten freien Tag habe ich dann für ihn reserviert und den Hans einfach aus meinem Gedächtnis gestrichen mitsamt unserem nächsten Treff. Schließlich hatte ich ja auch bei ihm keine Schmetterlinge im Bauch. Karl-Otto studierte auch in Zürich, er wohnte bei einer Familie in Herrliberg. Zwei Stunden nach meiner eigentlichen Verabredung mit Hans, saß ich mit Karl-Otto im Zug, in Richtung Zürich. Beim nächsten Bahnhof hielt unser Zug neben einem anderen Zug, der gerade aus Zürich kam. Zufällig schaute ich ins Zugabteil, das genau neben unserem hielt, und bekam einen hochroten Kopf. Dort saß Hans. Sein bestürztes Gesicht, als er mich mit Karl-Otto sah, werde ich nie vergessen.
Gott sei Dank der Schaffner blies in seine Trillerpfeife und unser Zug fuhr weiter. Am nächsten Tag rief Hans mich an:
„Moni, ich muss dich dringend sprechen, heut noch!", befahl er.
„Das geht nicht, heute darf ich nicht weg."

Seit ich beim Späterkommen erwischt wurde, durfte ich nur noch zweimal die Woche abends weggehen.
„Ich will dich aber unbedingt heute noch sprechen, sonst komme ich bei deiner Familie persönlich vorbei."
Um Gottes Willen, das fehlte mir noch, ich antwortete:
„Warte einen Moment, ich frag mal." Wieder einmal musste ich mit Engelszunge Frau Reinhard überreden, mich wenigstens für eine halbe Stunde rauszulassen. Um 20 Uhr traf ich Hans bei uns um die Ecke, dort wo der Wanderweg begann.
Mit einem Donnerwetter empfing er mich:
„Was bildest du dir eigentlich ein, wer du bist. Ich habe soviel Vertrauen in dich gesetzt, mir schon eine Zukunft mit dir ausgemalt. Nein, dein Verhalten war unmöglich, so etwas macht eine Frau nur einmal mit mir." Wie ein begossener Pudel stand ich da und dachte: „Gleich klebt er mir eine." Doch er drehte sich um und verschwand. Aufatmend und befreit, ihn los zu sein, ging ich ins Haus zurück. Der hatte mich doch tatsächlich schon als sein Eigentum betrachtet.

Alle schlechten Dinge sind drei: Nichts gelernt aus der letzten Situation, kam ich wieder mal viel später als ich durfte nach Hause. Verzweifelt suchte ich in meiner Handtasche nach dem Haustürschlüssel. Er war nirgendwo zu finden. Meine verdammte Flusigkeit wurde mir zum Verhängnis: Bevor wir uns mit der Clique trafen, holte ich Walburga ab. Sie war noch nicht fertig. Während ich auf sie wartete, schaute ich mir auf ihrem Schreibtisch die Bilder ihrer Familie an. Dabei muss ich den Haustürschlüssel, den ich immer noch in der Hand getragen hatte, auf die Schreibtischplatte gelegt haben. Nun musste ich abermals klingeln. Das Schicksal nahm seinen Lauf. Am nächsten Morgen, noch vor dem Frühstück, knöpfte sich Herr Reinhard mich vor. Am liebsten hätte ich meine Ohren zugehalten.
„Ich verstehe Sie nicht, wir haben Sie des Öfteren gewarnt. Jetzt ist Schluss, wir müssen Sie nach Hamburg zurückschicken. Das müssen Sie verstehen, ich habe Ihnen anfangs erklärt, wir haben ihrer Mutter gegenüber eine große Verantwortung übernommen.
Ich möchte, dass Ihre Mutter Sie unbeschadet zurückbekommt!"
Das klang wie: Basta, das war`s! Zunächst war ich todunglücklich und nicht nur sauer auf mich selbst, sondern auch sauer auf Herrn Reinhard. Schließlich hatte ich ja nichts Ungesetzliches getan.

Ein paar Tage später bekam ich von Tante Käthe einen Brief, in dem sie unter anderem schrieb:
„Wir haben wunderschönes Sommerwetter, das Geschäft brummt." Am Ende des Briefes schrieb sie: „Sei herzlich von uns allen gegrüßt, wir vermissen dich sehr!" War das nicht ein Wink mit dem Zaunpfahl? ‚Dann bleibe ich eben nicht mehr hier, auch gut, in Hamburg warten auch liebe Menschen auf mich. Während ich mir eine Arbeit in England suche, kann ich ja noch im Eiscafé arbeiten'. Solche und ähnliche Gedanken gingen mir durch den Kopf. In Ruhe bereitete ich mich auf meine Abreise vor. Nicht nur die Clique, sondern auch Walburga war enttäuscht, als ich es ihnen erzählte. Besonders Karl-Otto. Er machte mir folgenden Vorschlag:
„Bevor du zurückfährst, möchte ich dir noch Luzern zeigen, die Stadt solltest du noch unbedingt kennenlernen, bevor du deine Zelte hier abbrichst. Es ist doch egal, wann du in Hamburg ankommst oder?" „Ja, völlig egal." Ich freute mich riesig über diesen Vorschlag.

Ein gefährliches Spiel: Von meiner liebgewonnenen Clique habe ich mich besonders herzlich verabschiedet. Walburga und ich trafen eine Abmachung. „Wir sehen uns in England wieder!", schworen wir uns beim Abschied. Als ich mich von Frau Reinhard verabschiedete, hatte sie ein schlechtes Gewissen. Auch dem Großvater tat es leid. Wir mochten uns sehr, auch die kleine Ragili war mir ans Herz gewachsen.

Mit dem Zug fuhren Karl-Otto und ich nach Luzern. Im altehrwürdigen Hotel direkt am See bekamen wir zwei kleine Einzelzimmer. Nur verheiratete mit Ausweis, bekamen ein gemeinsames Doppelzimmer. Verliebt schlenderten wir über die berühmte Kappelbrücke, paddelten übern See und speisten im Restaurant des Hotels bei Kerzenschein. Unaufhörlich kreisten meine Schmetterlinge im Bauch. Hin und wieder fielen mir Tante Hennys Zeilen ein, doch es war, als wenn sich eine dicke breite Nebelwand zwischen die Zeilen und mein Bewusstsein geschoben hätte.
Dann passierte etwas, womit ich gar nicht gerechnet hatte. Noch während des lauschigen Abendessens, bekam ich meine Regel. Und diesmal bekam ich sie so heftig, dass ich aufs Zimmer musste, um mich zu verpacken.

Ich entschuldigte mich kurz und ging. Erwähnt habe ich nichts, als ich zurückkam und mich wieder an den Tisch setzte. Allmählich lichtete sich die Nebelwand, die Schmetterlinge im Bauch flogen einer nach dem anderen fort. Gewissensbisse stellten sich nun ein. Was mache ich hier eigentlich. Wie komme ich jetzt hier nur wieder 'raus. Mein Gegenüber merkte sofort meine Veränderung:
„Moni, was ist los mit dir?"
„Ich habe gerade meine Tage bekommen", platzte es aus mir heraus.
„Hm, naja, was soll`s, ist es schlimm?", fragte er höflich. Überhaupt, Karl-Otto war ein äußerst höflicher Mensch. Seine blauen Kulleraugen schauten mich weiterhin ganz verliebt an. Nun bekam ich ein schlechtes Gewissen. Um es kurz zu machen. Als wir später auf mein Zimmer gingen, kam er mir gefährlich nahe.
Jedoch, bevor es zur Sache ging, bemerkte er, wie ich förmlich im Blut schwamm. Sofort ließ er die Finger von mir. Das war ihm bestimmt auch noch nicht passiert. Ich glaubte Tante Henny hatte ihre Finger mit im Spiel! Und ich war froh, mal wieder glimpflich davongekommen zu sein. Karl-Otto war nicht nachtragend. Am nächsten Tag nahm er mich an die Hand, und wir fuhren mit der steilsten Zahnradbahn der Welt auf den Pilatus. Ich Idiot hatte Pumps an. Wir wollten ja nicht wandern, nur die schöne Aussicht dort oben genießen. Von der Aussichtsplattform hatten wir einen Wahnsinnsausblick auf die Berge ringsum. Ich war berauscht von der Aussicht.
„Lass uns doch noch ein wenig höher laufen", schlug ich vor. Ich hatte einen Weg entdeckt, der noch höher auf die Felsspitze zuzulaufen schien. „Mit den Schuhen?", er zeigte auf meine Pumps
„Wir brauchen doch nur so weit zu laufen, wie es der Weg erlaubt", schlug ich vor und lief schon mal los. Er hinterher. Hin und wieder schaute ich auf das atemberaubende Panorama. Irgendwann war der Weg zu Ende.
„Komm jetzt endlich zurück", befahl er. Ich lief bereits zwischen den Felsen weiter nach oben. „Bitte, nur noch ein kleines Stückchen höher, schau dir nur mal das Panorama an", schwärmte ich,
und schon war ich wieder ein Stück höher. Verzweifelt folgte er mir. Ich war wie im Rausch.
„Wenn du unbedingt da oben rauf möchtest, lass uns umkehren und mit der Luftseilbahn die letzte Strecke bis ganz oben fahren!", schlug Karl-Otto vor.

„Das Geld können wir uns sparen, wir sind doch schon fast oben", gab ich mutig zurück. Ich hatte mich vorher erkundigt, die kurze Strecke mit der Luftseilbahn bis ganz oben zur Spitze, war genauso teuer wie die Strecke mit der Zahnradbahn. Zum Schluss krabbelten wir auf allen Vieren nach oben.
Mit einem sagenhaften Blick über die schneebedeckten Gletscher der Schweiz wurden wir belohnt. Zurück fuhren wir dann mit der Luftseilbahn bis zur Zahnradbahnstation. Von dort ging es dann wieder hinunter ins Tal.
Am selben Tag noch fuhr ich zurück nach Hamburg und Karl-Otto nach Zürich.

Nicht niedergeschlagen, sondern erhobenen Hauptes mit einem strahlendem Lächeln überraschte ich Tante Käthe im Eiscafé. Die Wiedersehensfreude war groß. Edeltraut aus Gülzow hatte in diesem Sommer meinen Platz eingenommen. Sie wohnte nun im kleinen Zimmer. Ich landete wieder auf dem roten Sofa im Wohnzimmer. Aber das kannte ich ja schon.
Einen Brief hatte ich noch an Karl-Otto nach Herrliberg geschrieben. Jedoch eine Antwort kam nicht zurück. Wahrscheinlich wollte er mit so einer Verrückten wie mich nichts mehr zu tun haben. Auch mir war im Nachhinein klar, dass mein Dickkopf – unbedingt auf die Spitze des Pilatus zu wollen – hätte schlimm enden können.

Für den Rest dieses Sommers hatte es Tante Käthe etwas leichter. Immerhin waren wir jetzt zwei Mädels, die ihr halfen. So hatten wir beide, Edeltraut und ich, auch mehr Freizeit. Ich kaufte mir eine dreiviertellange, hautenge Hose, band mir mein langes Haar zum Pferdeschwanz und ging mit Edeltraut nach Feierabend – ein paar Straßenzüge weiter – in eine neu eröffnete Rock`n Roll Kneipe, um zur Musik aus der Musikbox wie wild abzutanzen. Wenn Tante Henny mich so gesehen hätte, wäre sie aus allen Wolken gefallen: Sie fand die jungen Mädchen mit den engen
Nietenhosen unmöglich und primitiv. Deshalb trug ich artig Kleidchen, wenn ich sie besuchte. Nun wurden auch in Hamburg die jungen Männer auf mich aufmerksam. Selbst im Eis-Café versuchten hin und wieder junge Männer, mich einzuladen.

Bis auf einen, mit dem ich mal mit seinem neuen Heinkel Motorroller über die Autobahn brauste, um mich am Timmendorfer Strand in der Sonne zu aalen, schlug ich alle anderen Einladungen aus. Schließlich wollte ich demnächst nach England.
Just in dem Moment, als ich mich ernsthaft um meinen Job in England kümmern wollte, sprach mich eine Stammkundin an, sie hatte es von Tante Käthe erfahren, dass ich noch in diesem Jahr nach England wollte.
„Das trifft sich gut", meinte sie zu mir, während ich mit dem Eisportionierer Erdbeereis in ihre mitgebrachte Porzellanschüssel legte, „ich habe nämlich eine Freundin in London, die sucht dringend für ihren kleinen zweijährigen Jungen, ein Kindermädchen, wäre das nicht was für Sie?" „Ja, warum nicht."
„Ich werde sie gleich heute Abend mal anrufen, um ihr zu sagen, dass Sie interessiert sind, oder?"
„Ja, das wäre sehr nett." So ging es die nächste Zeit hin und her. Die Kundin wurde zur ständigen Übermittlerin. Dann brachte sie mir einen Brief, der mit der Schreibmaschine geschrieben war. In ihm stand, welche Aufgaben ich als Kindermädchen im Haushalt von Mrs. Leader, meiner neuen Chefin, zu erfüllen hätte. Außerdem würde sie mir umgehend die notwendigen Arbeitspapiere besorgen, die ich für England benötigte. Alles klang fabelhaft.
Fieberhaft wartete ich nun auf die notwendigen Papiere. Sie kamen und kamen nicht. Ich rief die Kundin an. Daraufhin versprach sie mir, sofort in London anzurufen. Sobald sie Neues erfahren würde, wollte sie im Eis-Café vorbei kommen. Kurze Zeit später kam sie und erklärte mir Folgendes:
„Meine Freundin, Mrs Leader, hat mir gerade am Telefon gesagt, sie braucht Sie jetzt dringend. Das Kindermädchen sei früher als geplant abgereist. Sie sollten schon mal losfahren. Sobald Sie in London sind, wird meine Freundin Ihnen das Fahrgeld erstatten. Beim Grenzübertritt können Sie den Brief, den ihnen meine Freundin geschickt hat, vorzeigen. Dann wird man Sie ohne Schwierigkeiten ins Land einreisen lassen.
Glauben Sie mir, meine Freundin hat sich da genauestens beim Zoll erkundigt." Ich glaubte ihr jedes Wort, auch das mit dem Fahrgeld.

Hurra! London wartet auf mich!

Mit der Arbeit ist es wie mit einer Ehe, es gibt gute und schlechte. Manche Jobs plätschern genauso wie manche Ehen jahrelang nur so dahin. Wollte man darüber schreiben, bekäme man keine einzige Seite voll. Andere wiederum verlaufen von Anfang an so dramatisch, dass man schon nach kurzer Zeit einen ganzen Roman darüber verfassen könnte – wie meine Arbeit als Kindermädchen 1957 in England. Die gehörte zu meinen dramatischen Erlebnissen.
Reisende Leute soll man nicht aufhalten: War stets der Wahlspruch meiner Mutter. Trotzdem fiel es ihr diesmal schwer, loszulassen, das spürte ich. „Warum ausgerechnet England", hatte nicht nur sie, sondern auch die meisten Leute gesagt.
„Weil ich genau dort hin will", war dann stets meine Antwort.
„Als du letztes Jahr in die Schweiz gefahren bist, fiel mir der Abschied von dir leichter. England ist ein völlig fremdes Land für dich und überhaupt, du sprichst noch kein Englisch, wie willst du dort nur zurechtkommen? Moni, du musst mir versprechen, falls du dort unglücklich wirst, kommst du sofort zurück. London ist eine riesige Stadt, überall lauern dort Gefahren." Ihre Stimme klang bedrückt.
„Mach dir keine Sorgen, Mama, du wirst sehen, es wird mir bestimmt gut in England gefallen, alles wird gut", versuchte ich sie zu beruhigen. Im Stillen dachte ich: ‚Das werde ich bestimmt nicht tun, wo doch alle gegen meine Englandreise sind. Den Triumph gönne ich keinem'.
„Was willst du in England, hast du den Krieg schon vergessen? Die Engländer hassen uns", hatte auch Ewald, mein ältester Bruder, entrüstet gesagt, als er es erfuhr.
„Wieso, ich habe die Engländer in bester Erinnerung, als sie gleich nach dem Krieg mit ihrem Panzer durch Kollow fuhren und den Kindern am Straßenrand die runden Dosen mit Cadbury-Schokolade zuwarfen", hatte ich ihm geantwortet. Zu meiner Mutter sagte ich:
„Mama, ich verspreche dir, ich werde das Beste aus allem machen."
Weil meine Mutter den Standpunkt vertrat ‚Reisende Leute, soll man nicht aufhalten', gab sie mir auch ‚Gott sei Dank' die schriftliche Genehmigung für die Reise. Denn ich war ja mit meinen achtzehn Jahren noch nicht volljährig.
Wir waren spät dran, der Zug rollte bereits ein, als wir den Bahnsteig erreichten. Hier schien ein völliges Durcheinander zu herrschen.

Reisende liefen mit ihren Koffern umher und suchten ihr Abteil. Angehörige, die sich verabschieden wollten, eilten hinterher. Ich nahm einfach den erst besten Waggon und stieg ein, denn eine Platzkarte hatte ich nicht. Meinen Koffer stellte ich im Gang ab und hielt an der Tür nach meiner Mutter Ausschau. Sie war noch schnell zum Kiosk gegangen, um mir Schokolade und Obst zu kaufen. Mit feuchten Augen überreichte sie mir die Sachen. Der Schaffner rief: „Einsteigen bitte! Vorsicht beim Abfahren des Zuges!" Er hielt die Kelle hoch und blies auf seiner Trillerpfeife.
Nun hätte ich meine Mutter noch gern ein wenig beruhigt, aber da wurde mir bereits die Tür vor der Nase zugeschlagen. Langsam fuhr der Zug an. Mit aller Kraft versuchte ich die Fensterscheibe ´runterzukurbeln. Sie hakte. Hilflos schaute ich mich um. Außer einem kleinen Jungen, der auf einem Koffer saß und weinte, waren die Fahrgäste im Abteil und hingen am offenen Fenster und winkten ihren Lieben mit Taschentüchern zu. Verzweifelt versuchte ich mit dem Taschentuch, die schmutzige Türscheibe abzuwischen, doch der Dreck war von außen. Schnell lief ich ins Abteil und versuchte ein offenes Fenster zu ergattern, doch Trauben von Menschen hingen selber am Fenster. Nun liefen mir die Tränen. Wie gerne hätte ich meiner Mutter noch einmal zugewinkt.
Ein Schaffner rief im Vorbeigehen den Fahrgästen zu: „Für alle, die bis Hook of Holland fahren wollen, ist vorn noch ein leeres Abteil." Schnell schnappte ich mir meinen Koffer und schob mich durch die Menschenmassen hindurch bis zum vorderen Abteil. Ich ergatterte sogar noch einen Fensterplatz. In Bremen stieg eine junge Frau ein, die auch nach London wollte, um dort in einer Familie als Hausangestellte zu arbeiten. Wir kamen ins Gespräch.
„Wie alt bist du?", fragte sie mich. „Achtzehn Jahre."
„Dass dich deine Mutter schon mit achtzehn Jahren allein nach England fahren lässt, finde ich schon bedenklich. Sprichst du überhaupt englisch?"
„Nein!"
„Kein bisschen?"
„Na ja, drei Wörter vielleicht."
„Hast du wenigstens genug Geld dabei, falls es schiefgeht, damit du schnell wieder nach Hause fahren könntest?"
„Kommt darauf an, wie weit ich mit vierzig Schilling komme." Elvira, so hieß sie, bekam ihren Mund nicht mehr zu.

„Ja, hast du denn keine Angst?"
„Würde ich fahren, wenn ich Angst hätte? Außerdem hast du doch auch keine Angst, oder?"
„Nein, aber ich bin auch schon 21 Jahre alt – und volljährig."
„Das macht für mich keinen Unterschied."
Nachts gegen zwölf Uhr traf unser Zug in Hook of Holland ein. Ab hier begann schon mal meine Pechsträhne. Die Fähre war voll. Es waren mehr Gäste angereist als die Fähre befördern konnte.
Die meisten hatten sich eine Kabine reservieren lassen, und der Rest war wohl erster Klasse, sagte ein Hafenbeamter. Nun stand auch Elvira dumm da. Auch sie hatte nicht reserviert.
„Um zwölf Uhr morgen Mittag fährt die nächste Fähre, und die ist größer, da kommen alle mit", versuchte der nette Hafenmeister uns zu trösten.
„Warum fährt nachts nicht auch eine große Fähre?" Wir waren nicht die Einzigen, die zurückgeblieben sind. Alle waren sauer.
„Tja, nachts fährt eine englische Fähre und am Tage eine Holländische. Die Engländer wollen wohl nachts nicht so viele Leute am Zoll abfertigen."
„So was Bescheuertes!", entwich es mir. Elvira und ich wollten uns in England bei der Reederei beschweren.

Aber zunächst einmal trotteten wir bedeppert zum Bahnhof zurück. Die Bahnhofsgaststätte wollte gerade schließen.
„Was sollen wir denn jetzt machen?", wetterte ich los.
„Sie können sich doch ein Hotelzimmer nehmen", meinte ein Bahnangestellter. „So viel Geld hab ich nicht", bemerkte ich. Er überlegte kurz, wie er uns helfen könnte, schließlich sagte er: „Wenn Sie wollen, bringe ich Sie zu einem Zug auf einem Nebengleis, dort können Sie sich in der ersten Klasse auf die Polsterbänke legen und versuchen, bis morgen früh zu schlafen. Ich griff nach meinem Koffer, um ihm zu folgen.
„Du bist ja total übergeschnappt, weißt du nicht, wie gefährlich das ist? Nachts strolchen immer neugierige Männer durch die Züge, ist es dir nicht bekannt?"
„Ach was, Elvira, mal doch nicht den Teufel an die Wand."
„Na ja, du kannst ja gehen, ich jedenfalls bleibe hier." Allein wollte ich auch nicht.

„Kommt", mischte sich der nette Beamte ein, „ich schließe für euch unseren Aufenthaltsraum für die Bahnangestellten auf, da könnt ihr euch wenigstens bis um sechs morgen früh aufhalten." Ein Pärchen, das wohl auch nichts Besseres gefunden hatte, schloss sich uns an. Ein einfacher kahler Raum, in dem nur Tische und Stühle standen. Ich stellte zwei Stuhlreihen aneinander, legte mich drauf und deckte mich mit meinem Mantel zu. Sofort schlief ich ein. Schmerzen im ganzen Körper ließen mich plötzlich wach werden. Meine Glieder waren steif. Langsam versuchte ich aufzustehen. Jede einzelne Bewegung war die Hölle.

Mit großer Mühe hatte ich endlich wieder Boden unter den Füßen und allmählich kehrten meine Lebensgeister in meine Glieder zurück. Die anderen saßen am Tisch, den Kopf auf den Arm gestützt und schienen zu schlafen. Elvira saß noch in derselben Position, wie sie sich hingesetzt hatte. Plötzlich hob sie ihren Kopf und schaute mich ganz entgeistert an, dann flüsterte sie: „Ich habe die ganze Nacht kein einziges Auge zugetan, wegen dem Krach da", sie zeigte auf den schnarchenden Typen. Erst jetzt fielen auch mir die lauten Sägegeräusche auf. Wahrscheinlich hatte sein fürchterliches Schnarchen auch mich geweckt. Draußen wurde es bereits hell. Wir entschlossen uns, ans Meer zu gehen. Eine leichte kühle Brise empfing uns. Tief atmeten wir die salzhaltige Seeluft ein. Als wir zurückkamen, öffnete gerade die Bahnhofsgaststätte ihre Pforten, und wir gönnten uns ein reichhaltiges Frühstück.

Froh um zwölf Uhr endlich auf die Fähre gehen zu können, ließen wir das verregnete und, wie ich fand, völlig unattraktive Hook of Holland hinter uns.

„Wo sind denn Ihre Arbeits- und Aufenthaltsgenehmigungen?" Mit prüfendem Blick schaute der Zollbeamte zuerst auf meinen Koffer, dann schaute er mich an, während er meinen Reisepass durchblätterte. Mit naiver Stimme antwortete ich brav:

„Die sind in London bei der Familie, wo ich arbeiten werde. Es ist nämlich so, dass London, Verzeihung ich meine, dass Mrs. Leader auf mich wartet, weil sie mich dringend braucht. Denn sie hat mein polizeiliches Führungszeugnis und das Gesundheitszeugnis bereits erhalten und ist damit gleich zur Behörde gegangen, um die Arbeits- und Aufenthaltsgenehmigung zu besorgen."

Dabei muss ich ihn so unschuldig angesehen haben, dass er sehr freundlich wurde und antwortete: „So geht es aber nicht."
„Doch, doch, sehen Sie hier", ich zeigte ihm den Brief von Mrs. Leader, „sehen Sie, da steht alles drin. Ich schwöre Ihnen, sie hat sie bestimmt besorgt. Sie können sie ja mal anrufen, wenn Sie mir nicht glauben." So eine bescheuerte Ausrede hatte er wohl auch noch nicht gehört. Er schüttelte den Kopf. Nach kurzem Zögern gab er mir eine Aufenthaltsgenehmigung für einen Monat und schob mir meinen Reisepass mit den Worten rüber:
„Sie müssen sich so schnell wie möglich in London diese Aufenthaltsgenehmigung verlängern lassen!"
„Tausendmal danke, das mache ich." Hatte ich ein Glück, an einen so netten Zollbeamten zu kommen, der auch noch Deutsch sprach. Am liebsten hätte ich ihm einen Kuss auf die Wange gedrückt.
Abends um 21.00 Uhr lief der Zug in London-Victoriastation ein. Wie überall auf den Bahnhöfen wimmelte es auch hier von Menschen. Die einen lagen sich freudestrahlend in den Armen, die anderen hielten Schilder hoch mit Namen. Auch Elvira wurde schnell von ihrer Gastfamilie gefunden. Nachdem sie sich von mir verabschiedet hatte, verschwand sie. Der Bahnsteig wurde leerer und leerer, und ich wurde nervöser. Dabei hatte ich von dem bisschen Geld, das ich hatte, von Hook of Holland aus ein Telegramm an Mrs. Leader aufgegeben, um ihr meine genaue Ankunft mitzuteilen.
Eine Frau mit einem Bild in der Hand kam ganz aufgeregt angerannt und fragte mich, ob ich das Mädchen auf dem Bild sei. Als ich verneinte, lief sie hektisch weiter. Ich musste lachen, denn ich hatte überhaupt keine Ähnlichkeit mit dem Mädchen auf dem Bild. Der Bahnsteig war leer, nur die Frau mit dem Bild ging glücklich neben einem Mädchen mit Koffer. Siehst du, dachte ich: ‚Wer zuletzt lacht, lacht am besten'. Ich war bestellt und nicht abgeholt.

Mir blieb nichts anderes übrig, als mir den Umschlag von Mrs. Leader aus der Handtasche zu kramen und ging vor dem Bahnhof auf ein Taxi zu.
London WI, 2 Mount Row, zeigte ich dem Taxifahrer. Er verstand und brachte mich auf dem schnellsten Weg dorthin. Meinen Koffer hatte er vorn neben seinem Sitz auf eine Art Plattform gestellt.

Lass die Londoner Taxis altmodisch sein, wie sie wollen, aber für Liebespaare waren sie wie geschaffen, weil der Fahrersitz durch ein verschiebbares Glasfenster vom hinteren Fond getrennt ist. Wahrscheinlich hatte sich der Fahrer gleich gedacht, dass ich auf dem Bahnhof sitzengelassen wurde. Als er vor der Stadtvilla hielt, ging er wie selbstverständlich zur Klingel und gab mir ein Zeichen, mein Geld stecken zu lassen. Und schon hatte ich einen zweiten unwahrscheinlich netten Engländer kennengelernt. ‚Von wegen, die Engländer sind komisch und mögen uns nicht', schoss es mir noch durch den Kopf.

Das (Ver)sprechen: Mrs. Leader öffnete persönlich die Tür und tat freudig überrascht, als sie mich sah. Die Freude schien echt zu sein. Sofort führte sie mich in die große Wohnküche und stellte mich zwei jungen Mädchen vor, die ein paar Jahre älter als ich zu sein schienen: „Das sind Paula und Carla, sie kommen aus Rom und sind für ein paar Tage auf Besuch hier." Sie bat die beiden, mir etwas zu Essen zu machen: „Sie haben doch sicherlich großen Hunger?" Und wie ich Hunger hatte. Jetzt, wo ich am Ziel meiner Träume war, merkte ich meinen leeren Magen. Dann ließ sie uns allein. Zwei Toastscheiben mit Orangenmarmelade war mein opulentes Abendbrot. Die Mädchen setzten sich zu mir und überfielen mich mit Fragen, die ich nicht verstand.
„No englisch, sorry", war alles, was ich von mir geben konnte. Mrs. Leader kam noch einmal in einem atemberaubenden Abendkleid in die Küche gerauscht und sagte:
„Entschuldigen Sie mich bitte; ich muss noch zu einer Filmveranstaltung, wir können uns dann morgen über alles unterhalten. Die beiden Mädels nehmen Sie dann mit, denn für die nächsten Tage übernachten Sie woanders. Den Koffer können Sie hier lassen." Völlig überrascht und kaputt konnte ich nur noch müde nicken.
Todmüde schleppte ich mich mit den Mädels Paula und Carla, beide kamen aus Rom, ein paar Straßen weiter durch ein eisernes Tor in eine Art Innenhof. Von dem aus, in einem Halbkreis, kleine schmucke Luxusreihenhäuser standen. Die beiden Mädchen schliefen in einem Zimmer, und ich bekam eins für mich allein.
Sie waren bereits ein paar Wochen hier und wollten nach acht Tagen zurück nach Rom fahren. Solange sollte ich mit den beiden Mädels in diesem schmucken Haus schlafen.

Gleich am anderen Morgen gingen wir zur Stadtvilla zurück. Das Frühstück unterschied sich nicht von meiner gestrigen Mahlzeit. Toastbrot wieder abgezählt, zwei Stück mit Margarine und Marmelade. Das konnte ja heiter werden. Während ich mein Toast verdrückte, ging Paula den kleinen Pipo holen, so hieß der Junge. Er strahlte übers ganze Gesicht, als er uns sah. Mit seinen braunen Augen und braunem Lockenkopf schloss ich ihn sofort in mein Herz. Als Mrs. Leader auftauchte, meinte sie, ich könne gleich heute Nachmittag einen halben Tag frei haben, um mir schon mal die Kunstgallerie am Trafalgar Square, anzuschauen.
„Sie müssen mir doch nicht gleich am ersten Tag frei geben, außerdem bin ich ja noch viel zu kaputt von der Reise und gar nicht aufnahmefähig." Ehrlich gesagt, interessierte mich Kunst im Moment gar nicht. Jedoch sie bestand weiterhin darauf. Ich könne gar nicht früh genug mit den Besichtigungen in London anfangen, meinte sie. Ich wunderte mich über Paula und Carlas Anwesenheit. Wieso hatte sie ihrer Freundin in Hamburg gesagt, sie brauche mich dringend, sie sei allein?
Ich erzählte ihr, dass ich den Zollbeamten versprochen habe, mich umgehend um die Papiere zu kümmern. Anstatt einer Antwort unterbreitete mir Mrs. Leader einen sonderbaren Vorschlag:
„Folgendes habe ich mir überlegt, ich werde Sie als Studentin anmelden, denn das hat mehrere Vorteile. Erstens brauchen Sie weniger Krankenkassenbeiträge bezahlen und zweitens sieht es viel besser aus, wenn in Ihren Papieren Studentin steht und nicht Hausangestellte." Völlig überrascht, hakte ich nach:
„Das geht so ohne Weiteres?"
„Oh ja, ich schicke Sie dann zum Englisch-Unterricht, denn irgendeine Schule müssen Sie als Studentin ja besuchen."
„Ja, das wollte ich ja sowieso", meinte ich.
„Gehalt bekommen Sie dasselbe, da Sie ja dieselben Arbeitsstunden leisten, also zwölf Pfund im Monat." Ich traute meinen Ohren nicht, das klang ja fantastisch. Ich schwebte mal wieder auf Wolke sieben. Was die Kosten der Rückreise betrifft, so zahle sie sie nur, wenn ich auch ein Jahr dableiben würde, meinte sie noch.
„Wieso Rückreise, ich dachte, sie zahlen mir auch die Hinreise." Sie winkte mit einer sagenhaften Unschuldsmine ab. Ich war felsenfest der Meinung, ihre Freundin in Hamburg hat von Hin- und Rückreise gesprochen.

Auch, dass mich niemand vom Bahnhof abgeholt hat, erwähnte sie mit keiner Silbe. Sie meinte sogar, ich sei völlig überraschend und unerwartet gekommen. Was sollte ich da noch antworten?

Am nächsten Tag versprach sie mir dann den Himmel auf Erden. Zweimal die Woche sollte ich Englischstunden beim Privatlehrer nehmen, den sie mir bereits besorgt hatte und auch bezahlen wollte. Im Sommer wollte sie mich mit nach Italien nehmen, denn sie betonte immer wieder, sie sei Italienerin und spräche nur so gut deutsch, weil sie für längere Zeit in Deutschland gelebt hätte.

Auch würde sie dafür sorgen, dass ich mal eine Sitzung im House of Parlament beiwohnen dürfte. ‚Mensch hast du es aber gut getroffen'. Auf den Gedanken, warum sie mir gleich am Anfang so viele Versprechungen machte, ohne mich näher zu kennen, kam ich gar nicht. Im Taumel der Begeisterung hätte ich am liebsten den ganzen Tag über gesungen!

Die Bretterbude: Bereits am ersten Wochenende, nachdem ich in London angekommen war, fuhren wir zu ihrem Wochenendhaus aufs Land. Als ich hinten allein im Auto saß, wunderte ich mich, warum ihr kleiner Sohn Pipo sowie Paula und Carla nicht mitkamen. Als ob sie meine Gedanken lesen konnte, meinte sie plötzlich: „Es ist besser für dich, wenn wir das erste Mal allein dort hinfahren, dann kannst du in Ruhe den Garten kennen lernen. Mit Pipo wäre es zu unruhig." Das klang plausibel. Ab jetzt duzte sie mich. Ich freute mich auf ihren Traumgarten, wie sie ihn mir im Brief beschrieben hatte.

Völlig überrascht schaute ich dann etwas später auf einen mit Unkraut übersäten Garten, der von einer mannshohen Hecke umgeben, jeglichen Blick nach draußen versperrte.

In einer Ecke stand eine kleine verwitterte Holzhütte. Von wegen Wochenendhaus. Eine Bretterbude mit zwei kleinen Zimmern und einer Miniküche. Für mich war kein Platz in dieser Bretterbude.

Für mich war ein Verschlag vorgesehen, eine Art Holzgarage ohne Fenster, die zweite Bretterbude auf dem mittelgroßen verwilderten Grundstück. Eine dünne Bretterwand mit breiten Ritzen trennte die Garage in zwei Teile. Die eine Hälfte war überfüllt mit Gartengeräten, in der anderen Hälfte standen ein Kinderbett und eine Pritsche sowie ein klappriger Stuhl und ein wackliges tischähnliches Gestell.

Auf dem Lehmfußboden lag ein alter, versiffter Teppich, der ganz feucht war und auch so roch. Die ganze Bretterbude war muffig und kalt. Der Wind konnte durch sämtliche Ritzen pusten. Dass ich mal so landen könnte, hätte ich mir in meinen kühnsten Träumen nicht vorstellen können. Der Traum von einem glücklichen Aufenthalt in London als Kindermädchen, begann bereits hier im Garten ein Alptraum zu werden…

„Zieh dir bitte gleich deine Gartensachen an, wir wollen keine Zeit verlieren und sofort mit der Gartenarbeit beginnen." Ach so, das meinte sie, als sie in London meinte, ich sollt mir meine ältesten Sachen mitnehmen, alles andere sei zu schade für den Garten.

Alte Klamotten hatte ich ja gar nicht mit auf die Reise genommen, jedenfalls nicht für solche Drecksarbeiten. Kaum hatte ich mich umgezogen, ging die Lady – so nannte ich sie ab sofort im Stillen – mit mir zu einem großen Bohnenbeet, das seltsamerweise trotz des hohen Unkrauts voller Bohnen hing.

„Ja", seufzte sie, „da merkt man, dass ich lange nicht im Garten war."

‚Aha', dachte ich, ‚die Mädels waren also noch nie im Garten oder zumindest nicht, um darin zu arbeiten'. Die sahen auch nicht so aus, als würden sie sich jemals ihre Hände im Garten schmutzig gemacht haben – eher wie Töchter aus vornehmen römischen Familien. Zwei, drei Bohnen pflückte die Lady mit mir gemeinsam, dann wurde sie nervös und sagte:

„Moni, pflück' schon mal allein weiter, ich gehe nur mal schnell mit meinem Mann zu den netten Nachbarn 'rüber, wir haben sie lange nicht gesehen."

Wahrscheinlich besuchten die beiden das ganze Dorf, sie kamen und kamen nicht zurück.

Irgendwann, als ich die Wanne voll mit Bohnen hatte, klingelte das Telefon in der Hütte. Die Tür hatte sie extra aufgelassen, damit ich das Telefon auch ja hörte.

„Wir kommen jetzt, du kannst schon mal die Kartoffeln und die Bohnen aufsetzen", säuselte sie vom anderen Ende der Leitung.

Na endlich, ich hatte einen Bärenhunger. Verzweifelt suchte ich einen großen Kochtopf, denn die beiden kleinen Kochtöpfe, die ich vorfand, reichten doch allerhöchstens für zwei Personen. War also wieder nichts mit sattessen. Überraschend durfte ich mit den Herrschaften an einem Tisch sitzen.

Wo hätte ich denn auch sonst essen sollen? Beide ließen von ihren Miniportionen auch noch etwas auf dem Teller zurück. Gierig schlang ich jeden einzelnen Krümel herunter. Am liebsten hätte ich den Teller noch abgeleckt.

„In England gilt man als verfressen, wenn man alles aufisst", meinte die Lady, und schaute strafend auf meinen blank geputzten Teller. Während sie auf ein Tablett schwarzen Tee, Zucker, Milch, drei Scheiben Toast, etwas Margarine und Marmelade sowie einen kleinen Topf mit Wasser stellte, erklärte sie mir: „Im Geräteschuppen steht eine kleine Elektroplatte. Dort kannst du dir morgen früh das Wasser heiß machen. Ach ja", ergänzte sie, „fast hätte ich es vergessen, hier ist noch ein Wecker, den habe ich auf sieben Uhr gestellt. Dann kannst du schon mal mit der Gartenarbeit beginnen!"

Unkraut sei ja genug im Garten, murmelte sie vor sich hin, als ich schon auf dem Weg zu meiner Schlafstelle war. Völlig übermüdet stieg ich ins feuchte Bett.

Mit steifen Gliedern stand ich dann am nächsten Morgen auf. Gott sei Dank schien die Sonne. Sperrangelweit öffnete ich das Garagentor, stellte den klapperigen Stuhl und den Tisch in die Sonne und legte nach dem kargen Frühstück mein Bettzeug zum Trocknen auf den Stuhl. Dann machte ich mich wieder an die Arbeit. Hatte sie nicht was von den Aufgaben eines Gärtners geschrieben? Was soll`s, ich schwor mir erst einmal, alles gelassen hinzunehmen. Arbeiten hatte ich ja bereits in meiner Lehrzeit gelernt. Außerdem hatte meine Mutter immer gesagt: „Arbeiten hat noch niemandem geschadet." Allmählich merkte ich mein Kreuz und meine Finger wurden dick. Gartenarbeit war ich einfach nicht gewohnt.

Als Kind ging ich höchstens zum Naschen in unseren Gemüsegarten, zog mir eine frische Wurzel aus dem feuchten Erdreich oder pflückte mir ein paar Johannisbeeren vom Strauch. Für alles andere waren meine älteren Brüder da. Gegen Mittag hatte die Lady endlich ausgeschlafen und erschien auf der Bildfläche. Zupfte hier einen Stängel Unkraut, beschnitt dort eine Blume. Sie tat ganz wichtig. Doch so richtig konzentrieren auf eine Sache konnte sie sich anscheinend nicht und verschwand wieder in ihrer Hütte. Ein wenig amüsierte es mich. Noch! Abends kam es dann noch einmal dicke. Sie überraschte mich mit den Worten:

„Wir haben es uns überlegt, weil wir so schönes Herbstwetter haben, bleiben wir noch einen Tag länger. Noch sind ja Paula und Carla da, die auf Pipo aufpassen." Nun war ich nicht mehr gelassen, ganz allmählich kroch die Wut in mir hoch!

Solange Paula und Carla noch da waren, gab es für mich im Haus wenig zu tun. Ich saß viel herum, das war mir peinlich. Überhaupt ließ die Lady sich kaum blicken, die Mädels konnten tun und lassen, was sie wollten. Doch kaum waren die beiden abgereist, begann sich das Blatt für mich radikal zu wenden. Zuerst zeigte sie mir meine Schlafstatt, denn sie meinte, ich kann ja schlecht Nacht für Nacht allein durch London laufen und allein in dem Haus schlafen. Unten im Souterrain, neben dem Heizungskeller, ging die Tür in Pipos Zimmer. Ein schmaler langgestreckter Raum ohne Heizung.
Am Kopfende war Pipos Kinderbett. Rechts an der langen Wand stand meine Schlafstatt und links ein Kleiderschrank, der voll war mit Pipos Kleidern, außerdem eine Kommode, in der die Bett- und Tischwäsche fürs ganze Haus lag.
„Du kannst dir ja in dem Schrank etwas Platz schaffen, indem du Pipos Sachen ein wenig beiseiteschiebst", meinte sie. Wie ich das hinkriegen sollte, war mir ein Rätsel. Nach langem Hin und Her schaffte ich es, die wichtigsten Sachen im Schrank unterzubringen. Den Rest ließ ich im Koffer und stellte ihn unters Bett. Ein kleines Fenster zum Innenhof ließ nur schwaches Licht ins Zimmer. Einmal die Woche kam eine Putzfrau, die diese verschachtelte Stadtvilla putzte.
Mein Arbeitsfeld und zukünftiger Aufenthaltsort waren die Küche und das Esszimmer. Sie waren mit einer Durchreiche verbunden. Spiegelwände ließen den relativ kleinen, fensterlosen Raum größer erscheinen. In dessen Mitte stand ein ovaler, verschnörkelter Holztisch mit zwölf dazu passenden Stühlen, deren Sitze mit edlem Stoff bezogen waren. Ein prunkvoller Kronleuchter hing von der Decke. Silberne Kerzenleuchter sowie Döschen und Schalen nebst Salz- und Pfefferstreuer, ebenfalls aus Silber, schmückten den Tisch.
Wenn abends, bevor die Gäste eintrudelten, alle Lichter angezündet wurden, blitzte und blinkte es um die Wette. Es wirkte wie ein prunkvolles Esszimmer einer Royal Family – in Miniformat. Damit dieser Prunk auch weiterhin blitzte und blinkte musste ich fortan ständig dieses Zeug nebst zwölfteiligem Besteck putzen.

Von dem Tag an schwor ich mir: Für meinen eigenen Haushalt, werde ich mir niemals Silber kaufen oder schenken lassen.

Selbst arbeiten, wie ich es von Tante Käthe oder Frau Reinhard her kannte, habe ich die Lady nie gesehen. Aber im Befehlen war sie einsame Spitze. Ein Oberhemd sollte ich in sieben Minuten bügeln. Das Essen nach ihren eigenen Wünschen auch in einem gewissen Zeitfenster kochen. Ich hatte ja schon so Einiges in meinem Leben gekocht. Aber hier galten andere Regeln. Sie zeigte mir, fern aller Gourmet-Kochkunst, wie man praktisch aus Nichts etwas kochte. Oder doch? Nichts – waren bei uns zum Beispiel die Kohlrabiblätter oder das Grün von den Wurzeln. In der Stadt wurden sie weggeworfen, auf dem Land bekamen es die Kaninchen. Bei ihr bekamen es die hochrangigen Gäste.
Es wurde einfach wie Spinat zubereitet und in kostbaren Schüsseln serviert. Ansonsten wurde alles nur in Wasser gekocht: Halb gar, wenig Fett, keine Butter und wenig Fleisch. Dagegen lebte ich ja in der Eisdiele und auch in der Schweiz wie die Made im Speck. Ich wusste bis dahin auch nicht, ob es was mit der englischen Küche zu tun hatte, denn die sollte ich ja erst später kennen lernen. Nichts, gar nichts, wurde weggeworfen. Das musste man ihr lassen. Sie verstand es, Arme-Leute-Essen auf prunkvollem Geschirr mit Raffinesse anzurichten. Mindestens zweimal die Woche hatte die Lady irgendwelche VIPs (wichtige Leute), wie sie stets voller Stolz behauptete, zum Dinner geladen. An den anderen Abenden war sie selbst unterwegs. Mit ihren atemberaubenden Abendkleidern, ihren schulterlangen roten und gewellten Haaren sowie ihren großen grünblauen Augen war sie nicht nur eine Augenweide,
sondern sah wie eine Diva aus. So konnte sie mit ihrer Erscheinung leicht ein ganzes Haus zum Strahlen bringen. Nur ich strahlte nicht mehr, wenn ich sie sah. Ihr Mann war zwar kein hässlicher Mann, jedoch ein Waschlappen. Ich habe ihn selten reden hören. Oft hatte ich das Gefühl, er war gar nicht anwesend. Morgens stand die Lady spät auf. Dass sie ein kleines Kind hatte, störte sie nicht. Sie hatte ja mich.
Sobald sie wach wurde, klingelte sie nach mir, damit ich ihr den 'Morningtea' ans Bett brachte.

„Ach, Moni", klagte sie einmal, als ich den verdunkelten Raum im ersten Stock betrat, „ich habe solche Migräne und kann mich so wenig bewegen, dass ich kaum an die Klingel komme." Einen kurzen Moment überlegte ich und sagte:
„Einen Moment, das haben wir gleich", und verschwand nach unten in die Küche. Mit einem langen Kochlöffel kam ich zurück. Ich Idiot.
„Hier, damit kommen Sie ganz leicht an den Klingelknopf." Sie strahlte übers ganze Gesicht, so dass sie wahrscheinlich ihre Migräne vergaß.
Ein prunkvolles französisches Bett zierte die Mitte des Raumes. An der Fensterfront stand ein ebenso langer Frisiertisch, vollgestellt mit Tiegeln und Töpfen und was die Lady sonst noch so alles für ihre Schönheit brauchte. Links vom Bett befand sich eine sechs Meter lange Schrankwand – vollgestopft mit kostbarer Garderobe. Stolz zeigte sie mir eines Tages deren Inhalt.
Jede einzelne Schublade, die unterhalb der Kleiderfächer angebracht war, schob sie auf und zeigte mir ihre vielen Twinsets aus reinster Merinowolle oder kostbarer Kaschmirwolle.
„Ich gehöre zu den bestangezogenen Frauen Londons", rühmte sie sich.
Ich bewunderte sie für ihre Schönheit und ihren Geschmack. Jedoch, als ich sie das erste Mal morgens ohne ihre dicke Schminke im Bett erblickte, nachdem ich die Gardinen zurückgezogen hatte, erschrak ich, wie alt sie in Wirklichkeit aussah mit ihren Falten und ihrem ausdruckslosen, fahlen Gesicht. ‚Nicht nur Kleider machen Leute, auch eine dicke Schicht von einer Paste kann das Gesicht schön werden lassen', sinnierte ich!
Ihr Ehemann residierte am anderen Ende des Flures, in einem viel kleineren Raum. Dazwischen lagen die beiden Bäder, ein prunkvolles für die Lady und ein normales für den Herrn. Irgendwann ging mir das ständige Geklingel ganz schön auf die Nerven. Wieder schalt ich mich einen Idioten, wieso kam ich nur auf die Idee mit dem Kochlöffel. War ich froh, wenn sie aus dem Haus war.

Ein falsches Spiel: Wie schon gesagt, bei so viel Arbeit, wie sie sie mir täglich aufbürdete, kam ich aus der Küche überhaupt nicht mehr heraus. Der Pipo war ja auch noch da. Er war mit seinen zwei Jahren ein fröhliches und aufgewecktes Kind.

Ich beschäftigte mich gern mit ihm. Stolz erzählte sie mir, dass sie den kleinen Jungen vor eineinhalb Jahren adoptiert hatte. Wahrscheinlich wollte sie damit in der Londoner Gesellschaft noch mehr Punkte sammeln. Ich fand jedenfalls nicht, dass sie ein großes Herz für das Kind hatte. Und nach und nach stellte ich fest, dass sie überhaupt kein Herz hatte.

Keine vier Wochen waren vergangen, da überraschte sie mich erneut mit einem Vorschlag – dieser übertraf den ersten bei Weitem.

„Ich finde, du bist ein sehr intelligentes Mädchen, deshalb möchte ich aus dir was machen. Hättest du nicht Lust auf eine Haushaltsschule zu gehen?"

„Haushaltsschule? Aber ich war doch schon auf einer Haushaltsschule in Hamburg!"

„Nein, so eine einfache Haushaltsschule meine ich nicht, ich meine ein richtiges Studium für Hauswirtschaft", belehrte sie mich, „nach zwei Jahren legst du dann ein Examen ab und kannst als Lehrerin für Hauswirtschaft oder Wirtschafterin in großen Betrieben und Hotels arbeiten. Du gehst dann halbtags, entweder morgens oder nachmittags, in die Schule, die ich bezahlen werde. Außerdem bekommst du ein Taschengeld, weil du hier den anderen halben Tag arbeitest. Falls die Schule aber mehr Geld kostet, kannst du es mir später, wenn du einmal selbst Geld verdienst, zurückzahlen."

Und dann kam der Hammer.

„Die zwölf Pfund, die du jetzt schon verdienst, werde ich für dich sparen, dafür kaufen wir dir dann ein paar nette Schulkleider, und was du sonst noch so alles brauchst. Ich habe mich schon erkundigt, im Januar beginnt die Schule." Erwartungsvoll schaute sie mich an. Mir fiel zunächst gar nichts mehr ein. Nach einer Weile, erwiderte ich stotternd: „Aber ich wollte doch gar keine zwei Jahre in England bleiben. Nächstes Jahr will ich nach Paris."

„Das kannst du danach immer noch. Stell dir vor, mit dem Examen in der Tasche, hast du auch in Paris ganz andere Möglichkeiten."

Das leuchtete mir ein. Ich sagte „Ja" zu ihrem Plan – ich Dumme.

Nun ging die Schufterei erst richtig los. Frei bekam ich nur noch stundenweise und Geld tröpfchenweise.

Den Privat-Lehrer konnte ich auch nur noch einmal die Woche aufsuchen – irgendwas kam immer dazwischen. Ein Privat-Lehrer war es eigentlich auch nicht.

Ich musste nach Richmond in ihre Fabrik fahren und wurde dort von einem Büroangestellten, der kein Deutsch konnte, unterrichtet. Doch das war gut, so lernte ich schnell und viel Englisch. Auf die Englischstunde freute ich mich schon die ganze Woche. John, so hieß mein Englischlehrer, war ein sehr, sehr netter Mensch und stets lustig. Nach dem Unterricht hatte ich dann ein paar Stunden frei, in denen ich mir London anschauen konnte. Da wir mitten im Zentrum wohnten, konnte ich viel in kurzer Zeit abklappern und war von London restlos begeistert.

Allmählich fieberte ich dem Januar entgegen. Denn die Lady begann immer öfter, Gäste zum großen Dinner einzuladen. Den ganzen Tag war ich dann mit den Vorbereitungen beschäftigt und hatte kaum noch Zeit für Pipo, was mir in der Seele wehtat.

Rechtzeitig, bevor die Gäste auftauchten, musste ich mir eine weiße Schürze umbinden und die Gäste an der Tür empfangen, um ihnen den Hut und Mantel abzunehmen. Danach musste ich schnell wieder in die Küche huschen. Nachdem die Gäste an dem großen Esstisch Platz genommen hatten, musste ich die Speisen nach und nach in die Durchreiche stellen. Nun war ich „ein Mädchen für alles"

Aufkeimende Zweifel wurden in mir wach, wie sollte ich neben dieser Schufterei die Schule schaffen, wenn es ab Januar losging. Irgendetwas war hier faul. Allmählich fühlte ich mich wie eine Gefangene. Ich meine, Schuften war ich vom Eiscafé her gewohnt. Nur dort schwammen wir alle in einem Boot. Es wurde gemeinsam gearbeitet und gelacht. Und zwar so viel, dass wir manchmal einen Lachkrampf hatten.

Dort waren wir eine Familie, hier war ich nur das Aschenputtel und sie mutierte in meinen Augen immer mehr zur Hexe, die versuchte, mit immer neuen Tricks mich bei Laune zu halten. Zuckerbrot und Peitsche. Einmal kam sie, nachdem sie Pipo einen Gute-Nacht- Kuss gab, auch an mein Bett und drückte mir einen Kuss auf die Wange. Jetzt war mir endgültig klar, dass ich es mit einer gefährlichen Schlange zu tun hatte. Endlich wollte ich bei der nächsten Gelegenheit Elvira besuchen, vielleicht könnte sie mir ja einen Rat geben. Wie gut, dass wir unsere Adressen ausgetauscht hatten. Wohin sollte ich sonst ohne Geld und Papiere gehen?

Meinen Pass behielt sie auch bei sich mit der Begründung, falls Pipo ihn findet, könnte er ihn zerreißen.

Irgendwann war ich so wütend auf alles, nur nicht auf den armen Pipo. Das merkte sie. Wir stritten uns immer öfter. Trotzdem hielt sie mich weiterhin für bescheuert. Zur Abwechslung bat sie nun ihren Mann, er möge mal mit mir reden, um mich wieder milde zu stimmen. Gut, ich spielte das Spiel mit, um in Ruhe überlegen zu können, wie ich hier aus dieser Misere herauskommen könnte.

Väterlicher Freund! Keine drei Tage später fuhr ich nach meiner Englischstunde in den Londoner Stadtteil Barnes, wo Elvira bei ihrer Familie arbeitete. Eine fremde Gegend für mich. Verzweifelt suchte ich die Straße und fragte einen älteren Herrn, der mir entgegenkam, ob er die Straße kennt. Er merkte sofort, dass ich keine Engländerin war und fragte:
„Aus welchem Land kommst du denn."
„Germany", sagte ich. Er antwortete auf Deutsch:
„Ach du liebe Zeit, na Kindchen, da muss ich mal sehen, ob ich dir helfen kann und hakte sich einfach bei mir ein.
„Komm, ich bringe dich dahin." Ich war total verdutzt und sagte:
„Aber das brauchen Sie nicht, es reicht mir, wenn Sie mir den Weg erklären. „Keine Widerrede, ich bringe dich dahin, ich beiß schon nicht." Eigentlich war ich froh, endlich mit einem Deutschen sprechen zu können. Während wir zu Elvira gingen, sprudelte es nur so aus mir heraus, ich schüttete diesem wildfremden, kleinen, rundlichen Menschen mein Herz aus. Denn in den Briefen, die ich nach Deutschland schickte, hatte ich bisher kein einziges Wort von meinem Pech hier geschrieben. Meine Mutter wollte ich auf gar keinen Fall beunruhigen.

„Weißt du was", sagte er, als ich meinen Vortrag beendet hatte, „ich bin mit einer jungen deutschen Frau befreundet, die hier in der Nähe mit ihrem englischen Mann wohnt. Wenn du Lust hast, können wir gleich dort hingehen. Es sind unwahrscheinlich liebe Menschen, die können dir bestimmt helfen."

Das ließ ich mir nicht zweimal sagen und verschob Elvira auf nächste Woche. Ungefähr eine halbe Stunde liefen wir zu Fuß. In einem Supermarkt kaufte er allerlei Delikatessen ein und sagte:
„Die nehme ich der Familie mit, denn ich bin Koch und verdiene hier gutes Geld."

Der Gedanke, dass ich mich in Gefahr begeben könnte, kam mir gar nicht erst. Ich freute mich, endlich mal ein paar nette Stunden verbringen zu können. Vor einem Schuhgeschäft blieb er plötzlich stehen und meinte, später würde er mir ein paar schicke Schuhe kaufen. Mit einem Ruck blieb auch ich stehen und sagte:
„Nie werde ich so ein Geschenk von Ihnen annehmen. Das verpflichtet, außerdem werde ich mich niemals in einen älteren Herren verlieben." Er hatte mir gesagt, er sei vierundsechzig Jahre alt.
„Okay, reg dich nicht auf, ich will dir doch nur ein guter Freund sein, ein väterlicher Freund."
„Das können Sie mir nicht erzählen, auch als väterlicher Freund schenkt man nicht einfach so mir nichts, dir nichts, ein paar Schuhe."
Schnell wechselte ich das Thema. Endlich standen wir vor der Haustür der Familie Evans. Eine freundliche, junge Frau öffnete die Tür und begrüßte uns sehr herzlich.
„Darf ich dir meine neue kleine Freundin vorstellen?", sagte er.
„Oh, schön, kommt rein." Sie führte uns ins Wohnzimmer. Auch ihr Mann, der gerade von der Arbeit zurückkam, freute sich über unseren Besuch. Mein neuer väterlicher Freund öffnete seine mitgebrachte Weinbrandflasche, schenkte jedem von uns ein Glas ein und wir tranken auf mein Wohl. Nach einer Weile entschuldigten sich meine neuen Bekannten und meinten, sie müssen mal eben telefonieren gehen, denn Mr. Evans Mutter, die in Schottland lebte, sei sehr krank. Ein eigenes Telefon besaßen sie nicht.

Nun war ich allein mit ihm. Sofort zog Peter Friedenberger, so hieß er, ein Notizbuch mit Bleistift sowie eine große Tafel Schokolade aus seiner Tasche. Mit ruhiger Hand schrieb er seinen Namen ins Notizbuch, dann zog er mich plötzlich vom Sessel hoch.
Ich merkte, wie der Schnaps mir zu Kopf stieg, denn ich hatte eine Ewigkeit keinen Alkohol mehr getrunken. Als er mir einen zweiten Weinbrand einschenken wollte, legte ich schnell meine Hand aufs Glas.
„Ach Kindchen, einen kannst du noch vertragen." Er zog mich zu sich auf seinen Schoß. Ich versuchte mich auf meinen Sessel zurückzusetzen, da spürte ich es in meinem Kopf ganz schön duseln. „Ich will doch nur einen Freundschaftskuss", hauchte er. „Wenn sie mich danach loslassen, können Sie mir einen Kuss auf die Wange geben",

ich hielt ihm meine Wange hin. Doch damit gab er sich nicht zufrieden, nach kurzem Gerangel begann ein richtiger Zweikampf.

Die Außentür fiel ins Schloss. Ruckartig ließ er mich los und ließ das Notizbuch schnell in meine Tasche gleiten. Aufatmend setzte ich mich wieder auf meinen Sessel und beschäftigte mich mit der Schokolade. Zum Glück merkte keiner von beiden etwas. Frau Evans meinte zu mir gewandt:
„Sobald Sie die Aufenthaltsgenehmigung erhalten haben, und immer noch unglücklich bei Ihrer Lady sein sollten, helfe ich Ihnen, eine neue Familie zu finden. Hier gibt es viele nette Familien, die dringend ein Mädchen brauchen."
„Ja", meinte nun mein väterlicher Freund, „wenn du dann die neue Arbeit hast, mache ich ein schickes Luder aus dir." Innerlich wütend, tat ich so, als hätte ich es überhört. Beim Abschied wurde ich dann für die nächste Woche wieder eingeladen.
Mein väterlicher Freund hing wie eine Klette an mir, er bestand darauf, mich nach Hause zu bringen. Noch in der U-Bahn beteuerte er, dass er sich freue, jetzt eine kleine Freundin gefunden zu haben und dass er mir immer helfen würde. An der Haustür fing dieser ekelhafte, gedrungene Mensch mit der Halbglatze wieder an, Quatsch zu reden und fragte, welches Sternzeichen ich sei. „Schütze", antwortete ich.
„Ah, die Schützen sind heiße Menschen, ich brauch dich nur anzuschauen, dann sehe ich, was für ein heißes Luder du bist", und im selben Atemzug, „nein, nein, ich will dich nicht nerven, denn wenn ich was von einer Frau will, kann ich jederzeit nach Soho gehen." (Das Rotlichtviertel von London, damals). „Da brauch ich nur mit einem Geldschein in der Hand durch die Straßen zu gehen und schon hängt ein Mädchen an meinem Arm."
Inzwischen hatte ich die Haustür aufgeschlossen, sagte: „Goodbye", und knallte ihm die Tür vor der Nase zu.

Ich ging in die Küche, setzte Wasser für die Wärmflasche auf, brachte sie anschließend ins Schlafzimmer und machte der Lady ihr Bett für die Nacht zurecht. Sie war noch nicht da. Bevor ich wieder runter ging, blieb ich vor dem Spiegel stehen. Ich hatte ganz rote Wangen. Immer wieder stiegen mir die Worte in den Kopf, „Möchtest du schön sein?"

Ich presste meine Fingerspitzen gegen die Schläfen, um einen klaren Kopf zu bekommen, aber ob ich bei diesen ständigen Aufregungen den Kopf hier in London überhaupt noch mal frei bekommen würde? Zum ersten Mal verstand ich die Mädchen, die in den Straßen verwahrlosen oder aus lauter Verzweiflung ältere Männer heiraten, ohne sie zu lieben, nur um verwöhnt zu werden. Plötzlich fiel die Haustür ins Schloss, schnell lief ich 'runter in die Küche.
Am nächsten Tag, ich räumte gerade das Schlafzimmer auf, wagte ich das Radio anzustellen. Die Walzermelodie „Auf der schönen blauen Donau", erfüllte den Raum. Tränen liefen mir übers Gesicht, ich bekam unsägliches Heimweh. Ich trat ans Fenster und starrte in ein kleines Stückchen Himmel, der zwischen dem Häusermeer hervorlugte, denn die Stadtvilla war umringt von mehrstöckigen Wohn- und Büroblocks. Die Musik war so klar, so deutlich, so unsagbar schön. Angestrengt blickte ich gen Himmel, aber ich empfand ihn undurchsichtig und trübe.

Danach folgte eine grauenvolle Woche, alles machte ich falsch. Bereits morgens musterte sie mich skeptisch oder schnauzte mich grundlos an, so dass ich schon zitterte, wenn ich überhaupt ihr Schlafzimmer betrat. Das war ihre neue Strategie. Die ging auf, ich wurde schizophren und schuftete noch mehr als bisher, bis tief in die Nacht hinein, nur um der Lady zu gefallen. Eines Morgens sagte sie zu mir:
„Komm her zu mir, setze dich aufs Bett. Was ist eigentlich mit dir los, alles machst du falsch, egal, was ich von dir verlange." Sie fing an aufzuzählen. Das machte sie so überzeugend, als läge alle Schuld bei mir. Zum Schluss sagte sie. „Du bist hier unglücklich, warum?" Dann brach es nur so aus mir heraus.
Über die viele Arbeit, den Garten, – den ich hasste, denn mittlerweile musste ich an den Wochenenden die riesige Hecke schneiden, obwohl ich kaum die Heckenschere halten konnte. Ich hatte schon richtig Angst vorm Wochenende, denn inzwischen waren auch die Nächte sehr kalt. Und überhaupt, wie soll es gehen, wenn ich bald in die Schule gehe. Ich machte meinem Herzen Luft.
Oh Wunder, die Lady versprach mir, alles zu ändern. In den Garten wollten wir nur noch einmal im Monat fahren, und wenn ich zur Schule ginge, käme eine Frau viermal die Woche. So hatte sie mich mal wieder beruhigt und mit neuem Mut ging ich an die Arbeit.

Doch nichts wendete sich zum Besseren. Als sie mich mal wieder anbrüllte, sprach ich ihr meine Kündigung aus.
„Gut", antwortete sie wider Erwarten, „aber glaub nicht, dass du ein Zeugnis von mir bekommst." Während sie aus dem Haus war, schrieb ich die Kündigung und stellte den Briefumschlag unübersehbar auf ihren Frisiertisch.

Am nächsten Morgen, als ich ihr den Tee brachte, sah ich, dass sie eine Zeitung vor den Brief gestellt hatte. Sie begrüßte mich mit dem Vorschlag: „Wir fahren heute in den Zoo, hast du Lust, mitzukommen?" Hatte ich nicht.
„Ich habe im Haus zu tun", antwortete ich abweisend.
„Ach was, mach es man nicht schlimmer als es ist, geh und zieh dich um, und komm mit."
„Haben Sie denn gar nicht meinen Brief gelesen?"
„Welchen Brief denn?" Ich ging zum Frisiertisch, nahm die Zeitung beiseite, und zeigte auf den Brief.
„Nein, den habe ich nicht gesehen, lies ihn mir doch mal vor." Den Mut hatte ich nicht. Ich nahm den Brief und gab ihn ihr.
„In Ordnung, dann nehme ich ihn mit, mach dich fertig, wir fahren gleich los." Dauernd versuchte sie im Auto, mich in ein Gespräch zu verwickeln, doch nun war ich bockig. Nach einer guten Stunde im Zoo sagte die Lady:
„Komm, wir gehen jetzt ins Zoorestaurant was trinken." Dort zog sie den Brief aus der Tasche überflog ihn kurz und sagte:
„So, du willst also gehen?"
„Ja", antwortete ich, „das sagte ich Ihnen ja gestern schon."
„Gestern war ich zu wütend, dass ich es halb überhört habe. Mein liebes Kind, so einfach geht es aber nicht.
Sieh mal, mein kleiner Junge hat sich so an dich gewöhnt und hat dich so gern, wie ich es noch nie bei einem anderen Mädchen erlebt habe. Seinetwegen wollen wir, dass du mindestens für ein Jahr hier bleibst. Außerdem, denk an die Schule, die bald losgeht." Wie ich geahnt hatte: Sie hatte es wieder mal geschafft, mich umzustimmen. Ich zerriss den Brief vor ihren Augen. Das war der reinste Psychoterror.

Einen Tag nach meinem Geburtstag, den sie selbstverständlich übersehen hatte, fand sie in der Post eine Geburtstagskarte von meinem Bruder. Scheinheilig nahm sie mich in die Arme, gab mir einen Kuss auf die Wange und entschuldigte sich mit den Worten.
„Sonntag werde ich dir eine Geburtstagtorte mit neunzehn Kerzen, ganz wie es in Deutschland Sitte ist, backen, dann feiern wir." Doch nichts geschah. Nun war das Fass für mich übergelaufen. Ich schrieb meiner Mutter, was ich eigentlich nie wollte, einen Eilbrief, sie möge mir sofort ein Telegramm mit einem schwerwiegenden Grund senden, dass ich sofort zurückkommen soll. Keinen Tag länger wollte ich hier bleiben als erforderlich. Ich hätte ja bei Nacht und Nebel abhauen und zu meinen neuen Freunden gehen können.
Doch dann hätte sie meinen einbehaltenen Lohn von umgerechnet 280 DM, bestimmt nicht rausgerückt.

Keine drei Tage später hielt ich das gewünschte Telegramm in Händen „Komm sofort zurück, schwer krank." Erschrocken über den Text, denn man sollte ja nie den Teufel an die Wand malen, ging ich mit dem Telegramm zur Lady ins Schlafzimmer. Diesmal war sie nicht allein. Ihre Schneiderin war da und passte ihr ein neues Abendkleid an. Mein Herz fing an zu rasen, denn jetzt musste ich auch noch schauspielern. Mit niedergeschlagenem Gesichtsausdruck überreichte ihr das Telegramm. Eine Weile sagte sie gar nichts, dann fragte sie mich, was ich von einem derartigen Scherz halte. Sie sei nicht blöd, denn diesen Trick hatte schon mal eine Angestellte vor mir versucht.
„Wahrscheinlich haben deine Brüder dieses Telegramm aufgegeben, weil sie wollen, dass du zurückkommst. Ich kann mir nicht vorstellen, dass deine Mutter so plötzlich schwer erkrankt ist.
Am besten, wir rufen gleich mal die Polizei in Hamburg an, die können dann ganz schnell feststellen, von wem das Telegramm kommt."
Und wieder redete und redete sie.
„Was hat die Polizei damit zu tun. Besser wäre es, Sie rufen bei meiner Mutter an. Dann wissen Sie doch gleich, was los ist." Damit war sie einverstanden. Am nächsten Tag fragte ich sie, ob sie angerufen hat. Sie meinte, sie hat es bei Freunden versucht, aber keinen Anschluss bekommen.

Wie so oft, geschah wieder nichts. Nun fühlte ich mich inzwischen wie eine Gefangene in einem Käfig, in dem ein Tiger mit seinen scharfen Krallen auf mich aufpasste. Zwei Tage vor Weihnachten wagte ich zu fragen, ob sie heute noch in die Fabrik fährt, denn es war bereits zwölf Uhr mittags.
„Wieso?", meinte sie giftig, „stör ich? Erwartest du jemanden?"
„Ich? Nein, wen in aller Welt sollte ich hier in London schon erwarten, ich wollte nur Bescheid wissen, was ich Ihnen zu essen machen soll." Etwas später kam die Lady in die Küche und schnauzte mich entrüstet an:
„Du hast mich doch angelogen, ein Herr verlangt dich am Telefon."
„Ein Herr für mich?", ich war ehrlich verblüfft.
„Ja, geh nur in mein Schlafzimmer."
„Hallo", sagte ich, als ich den Hörer in die Hand nahm. „Hallo, Moni, hier ist John, John D`Ramos, ich wollte dich heute ins Kino einladen, der Film in dem ich mitspiele, läuft jetzt in den Kinos "
„Ich kann aber heute nicht."
„Vielleicht Weihnachten?"
„Auch Weihnachten kann ich nicht."
„Ja, hast du mich denn am Sonnabend nicht im Fernsehen gesehen?"
„Ich habe weder einen Fernseher noch Zeit, fernzusehen. Sie können mich aber nach Weihnachten gerne wieder anrufen, goodbye", ich legte den Hörer auf.
An John hatte ich gar nicht mehr gedacht. Vor zwei Wochen hatte ich ihn zufällig am „Piccadilly Circus" kennengelernt. Ein sympathischer Mensch, wir hatten uns sehr nett unterhalten, das war alles. Er war Schauspieler. Die Lady hatte die ganze Zeit daneben gestanden, damit ihr auch ja nichts entgeht. Scheinheilig sagte sie:
„Hättest ruhig mitgehen können."
„Das ist nun zu spät, ich habe seine Nummer nicht." Hätte sie mir ja auch eher sagen können.
Ausgerechnet am Heiligabend kam es mal wieder zu einem fürchterlichen Streit zwischen uns beiden, bis sie schließlich sagte:
„Hol doch mal den Brief aus deinem Zimmer, den ich dir nach Deutschland geschickt habe. Wir wollen ihn mal gemeinsam durchlesen." Endlich hatte sie mal eine vernünftige Idee. Voller Hoffnung ging ich nach unten, um den Brief zu holen. Ich suchte und suchte, vergebens, der Brief war nicht mehr da. Nur der Briefumschlag und die zweite Seite des Briefes, auf der nichts Besonderes stand.

Sie konnte es kaum abwarten, urplötzlich stand sie im Türrahmen, als ich enttäuscht zurückgehen wollte.
„Na...", meinte sie abfällig, „soll ich mal mit suchen helfen?" Etwas Seltsames ging in mir vor, ich wurde auf einmal ganz ruhig und sagte gelassen:
„Ist nicht mehr nötig, er ist nicht mehr da."
Sie war außer sich, und fing wie eine echte Hexe an zu schreien. Ich fühlte mich ganz leicht und klar im Kopf, wie schon lange nicht mehr und schaute sie völlig gleichgültig an. Mit ihrem dünnen Nylonnachthemd wirkte die Lady plötzlich auf mich wie eine Witzfigur. Denn das Zimmer war eiskalt und das Fenster weit geöffnet. Am liebsten hätte ich laut losgelacht.
„Du verlogenes Stück, wenn ich das gewusst hätte, dass du so verlogen bist", keifte sie, „hätte ich dich nicht aus Deutschland kommen lassen."
Mit ruhiger Stimme sagte ich:
„Komisch, was Sie da sagen, warum sollte ich einen Brief vernichten, in dem das meiste zu meinem Vorteil drin steht. Da fällt mir ein, Sie haben doch den Brief mit Schreibmaschine geschrieben, sicherlich haben Sie dann auch eine Kopie. Also was ist?"
Der Bann war gebrochen: Endlich merkte sie, dass sie mir nicht mehr auf der Nase herumtanzen konnte. Ich war nicht mehr einzuschüchtern. Wenigstens für diesen Moment. Beim Verlassen von Pipos Zimmer sagte sie:
„Ich werde mich ab sofort um eine Spanierin bemühen. Sobald die hier ist, kannst du gehen." Na endlich! Ich atmete auf.

Wahre Freunde! Am ersten Weihnachtstag bekam ich nachmittags frei und besuchte Erna und Chris Evens. Denn beide waren inzwischen meine Freunde geworden. Mit großem Hallo wurde ich empfangen. Der Truthahn brutzelte bereits in der Backröhre. Habe ich geschlemmt! Zum Nachtisch gab`s leckeren Christmas Pudding und zum Tea Christmas Cake. So gut gefuttert hatte ich Monate nicht mehr. Wir hatten auch sonst viel Spaß miteinander. Abends um acht wollte ich mich verabschieden, doch Chris sagte:
„Nichts da, Moni, heute bleibst du hier. Wir lassen dich nicht gehen. Verkehrsmittel fahren heute am wichtigsten Feiertag des Jahres sowieso nicht mehr, du kommst hier nicht mehr weg, ob du willst oder nicht."

„Aber Mrs. Leader will doch ausgehen."
„Das kann sie machen, so viel sie Lust hat. Ich werde jetzt mal deine feinen Leutchen anrufen." Mutig ging er zur nächsten Telefonzelle. Aufgeregt warteten Erna und ich auf seine Rückkehr. Kaum stand Chris in der Tür, überfielen wir ihn:
„Und? Was hat sie gesagt?"
„Auf keinen Fall darfst du bei uns schlafen, du sollst sofort zurückkommen, sie warten auf dich!" Er war ganz rot vor Wut. Mutig, wie ich inzwischen war, sagte ich:
„Okay dann geh ich jetzt telefonieren, heute werde ich nicht deren Dienstspritze sein. Heute nehme ich mir frei, an Silvester muss ich eh die ganze Nacht arbeiten, dann haben wir das Haus voller Gäste. Chris begleitete mich zur Telefonzelle.
„Ich kann nicht kommen, von hier aus fahren erst wieder morgen Früh ab sieben Uhr die ersten Verkehrsmittel."
„Sie können ja bis zur U-Bahn Station Hammersmith laufen, die fährt noch, das weiß ich."
„Bis Hammersmith laufen? Das ist ein Stunde entfernt, das ist mir zu gefährlich. Außer Betrunkenen läuft keiner mehr durch die Straßen, das können Sie nicht von mir verlangen."
„Ich will aber nicht, dass du bei fremden Leuten schläfst", hatte sie als neue Ausrede auf Lager.
„Das sind doch meine Freunde", nun wurde ich wieder wütend. Zur Abwechslung nahm ihr Mann, dieses Weichei, den Hörer. Ganz ruhig und betont, was ich von ihm gar nicht kannte, befahl er:
„Du kommst jetzt sofort, meine Frau und ich warten auf dich. Nimm dir bitte ein Taxi." Völlig verblüfft über seinen energischen Ton, erwiderte ich:
„Ja." Und schon war ich mal wieder weichgeklopft. Chris ging mit mir zur Hauptstraße, aber es war kein Taxi zu bekommen, dann riefen wir ein Taxi an, auch zwecklos. „Kein Wunder, wenn kein öffentliches Verkehrsmittel fährt, sind die Taxen hoffnungslos überfordert", war sein Kommentar. Resigniert sagte ich: „Dann werde ich jetzt laufen müssen. Zwar bin ich dann vor halb zwölf sowieso nicht zu Hause, aber wenn dann meine Herrschaften noch Lust haben auszugehen, bitteschön, sollen sie doch", und wieder verfiel ich in die alte Abhängigkeit.

„Ja, hast du denn gar keine Angst, so viele Polizisten gibt es nicht, um auf die vielen Betrunkenen aufzupassen, die heute unterwegs sind. Schau doch nur mal in die Pubs, wie gerammelt voll die sind. Da wird Weihnachten nur gesoffen, sonst nichts."
„Ach was, ich habe keine Angst, ist mir ehrlich gesagt inzwischen auch egal." „So", sagte er und packte mich fest am Arm, „jetzt will ich dir mal was sagen, mir ist es überhaupt nicht egal, ob dir was passiert oder nicht. Ich würde ja mit dir gehen, aber ich muss jetzt zur Nachtschicht. Du kommst jetzt mit mir und schläfst heute Nacht bei uns. Deine Herrschaften können sich auf den Kopf stellen, ja glaubst du denn, wir würden unseres Lebens noch mal froh werden, wenn dir was passiert? Heute tragen wir die Verantwortung für dich, weil du heute unser Gast bist. London ist riesengroß und sehr gefährlich. Wenn deine Herrschaften so einen kleinen Verstand haben, tut es mir leid. Heute bekommen sie nicht, was sie wollen. Ich gebe dir morgen einen Brief mit. Aus, basta!"
Nun musste ich wohl oder übel bei meinen Freunden übernachten. Das heißt, übel war mir nicht dabei, im Gegenteil, ich fühlte mich sauwohl. Erna hatte, als Chris zur Arbeit gegangen war, den Deutschlandsender im Radio eingestellt, und wir haben bis spät in die Nacht schöne Musik gehört.
Morgens um acht stand ich dann bei den Leaders vor der Tür. Die Lady schien am Ende zu sein! Mit mir. Ab sofort übernahm er die Regie und machte die Tür auf. „Wir haben lange auf dich gewartet und sind jetzt sehr böse mit dir."
Ich gab ihm den Brief und brabbelte zum hundertsten Mal meine Entschuldigung und verschwand in der Küche. Die Lady klingelte. „Guten Morgen", sagte ich, als ich ihr Schlafzimmer betrat. Ohne eine Antwort sagte sie im gehässigen Ton, was es für mich zu tun gab. Nach dem Mittagessen, als ich die Küche fertig geputzt hatte, setzte ich mich hin und nahm eine Socke von einem großen Haufen, um sie zu stopfen. Die Herrschaften machten sich zum Ausgehen bereit, ich fragte noch, wann ich sie zurückerwarten könne. Doch darauf bekam ich keine Antwort. Den ganzen Morgen hatte sie kein einziges Wort mit mir gesprochen. ‚Aha, jetzt versucht sie diese Tour. War ja mal was völlig Neues'
So saß ich am zweiten Weihnachtstag allein, in der großen kalten Küche und stopfte Strümpfe. Wieder kroch dieses Aschenputtelgefühl in mir hoch.

Das komische Essen, was sie mir im Kühlschrank dagelassen hatte, rührte ich nicht an. Mir war endgültig der Appetit vergangen. Im ganzen Haus war die Heizung ausgestellt. Allmählich kroch die Kälte in mir hoch. Ich stand auf und stellte alle Gasflammen vom Küchenherd auf höchster Stufe. Um neun Uhr abends kam die Lady allein mit dem Jungen zurück und sagte nur, ich sollte ihn ins Bett bringen. Und sie verschwand wieder. Ich tat, was sie sagte.

Bei Nacht und Nebel: Danach holte ich meinen Koffer unterm Bett hervor, legte ihn aufs Bett, öffnete den Kofferdeckel, ging zum Kleiderschrank und kramte zwischen Pipos Sachen meine Klamotten hervor. Eine ganze Weile beobachtete Pipo mich. Plötzlich stellte er sich aufrecht hin, und schlug mit seinen beiden Händchen die Schranktür zu, die direkt neben seinem Bettchen war. Dabei schrie er:
„No, no, no!" Es klang derart herzergreifend, dass ich feuchte Augen bekam.
Ich nahm ihn auf den Arm und sang ein Lied, bis er einschlief. Vorsichtig legte ich ihn wieder zurück in sein Bettchen, und packte meinen Koffer zu Ende, klappte ihn zu und stellte ihn unters Bett. Dann ging ich in Mr. Leaders Schlafzimmer, um mir meine Papiere aus der obersten Schreibtischschublade zu holen.
Wenn ich wolle, könne ich sie mir ja jederzeit rausnehmen, hatte sie mir anfangs erklärt. Nun wollte ich, leider, die Schublade war abgeschlossen.
‚Dann eben nicht.' Ruhig ging ich wieder runter. Den Wecker stellte ich auf fünf Uhr. Pipo sah mit seinen roten Bäckchen wie ein kleiner Engel aus. Ein fröhliches Kind mit einem wunderbaren Charakter. Der einzige Sonnenschein, in diesem Hause. So sehr hatte ich ihn ins Herz geschlossen, dass ich mal wieder Gewissensbisse bekam. Ich streichelte ihm ein letztes Mal sanft mit meinen Fingerspitzen auf die runden Bäckchen und legte mich schlafen. ‚Wie kann das Gute nur so eng mit dem Bösen zusammenliegen', waren meine letzten Gedanken, dann schlief auch ich ein.
Zufälligerweise wachte ich um halb sechs auf. Den Wecker hatte ich überhört, oder er hatte nicht geklingelt. Schnell zog ich mich in der Dunkelheit an, legte den Abschiedsbrief unübersehbar auf den Küchentisch.

Denn die Lady hatte mir mal erzählt, dass sie stets zwischen sechs und sieben Uhr in die Küche ging, um sich einen Tee zu machen. Mit klopfendem Herzen schlich ich mich dann aus dem Haus.
Um sieben Uhr klingelte ich dann bei meinen Freunden. Chris war gerade von seiner Nachschicht zurückgekommen.
„Nanu?", meinte er, „'rausgeschmissen?"
„Nein, abgehauen!"
„Endlich ist mal einer schlau geworden." Er nahm mein Gepäck und brachte es ins Gästezimmer. „Siehst du, jetzt ist sie da", meinte er zu seiner Frau.
„Oh, das ist aber fein, jetzt sollen die feinen Herrschaften mal sehen, wie sie allein zurechtkommen."
Noch bevor die Lady eine Vermisstenanzeige aufgeben konnte, ging Chris zur Polizei, um mich dort anzumelden. Als er zurückkam, sagte er:
„Die Polizei hat gesagt, du musst sofort zum Homeoffice gehen, die seien für dich zuständig, wegen deiner Papiere."
Als Chris mir die Adresse gab, wusste ich sofort, wo es war. Denn die Innenstadt kannte ich inzwischen in- und auswendig. Wie gern saß ich auf dem Trafalger Square, schlenderte durch den Greenpark oder entlang der Themse, ging auf Schaufensterbummel durch die noble Regent Street oder kaufte mir eine Kleinigkeit im Selfridges in der Oxfort Street. Es war alles um die Ecke.
Selbst zum House of Parlament oder zum Buckingham Palast konnte ich mal eben zu Fuß hinlaufen. So konnte ich die wenige Freizeit, die ich hatte, optimal nutzen und brauchte noch nicht mal Fahrgeld.

Viel brauchte ich der Sachbearbeiterin vom Home Office nicht über Mrs. Leader erzählen. Als ich ihr meine von der Gartenarbeit zerschundenen Hände zeigte, nahm sie den Hörer und rief bei Mrs. Leader an. Was sie antwortete, konnte ich nicht verstehen, aber die Sachbearbeiterin wurde auf einmal ungehalten und sagte im forschen Ton: „Es ist besser für Sie, wenn Sie dem Mädchen ihren Pass und das Geld sofort aushändigen. Der Pass ist Eigentum von Miss May! Wann darf sie vorbeikommen." Sie bedankte sich und während sie den Hörer auflegte, sagte sie zu mir gewandt: „Gehen Sie ruhig hin, Mrs Leader erwartet Sie." Schweren Herzens begab ich mich noch einmal in die Höhle des Löwen. Kein Gruß, nur ein paar gehässige Worte, dann überreichte sie mir den Pass und das Geld.

Nicht alles, aber ich war zufrieden, überhaupt etwas bekommen zu haben. Als Pipo meine Stimme durch die Küchentür, die nur angelehnt war, hörte, schrie er:
„Moni, Moni!" Immer und immer wieder, als würde er sich die Seele aus dem Leib schreien. Noch Wochen später hörte ich seine verzweifelte Stimme in meinen Ohren. Wie kann so ein kleiner Junge gewusst haben, dass ich nie wiederkomme. Abgrundtief hasste ich diese Frau, die sich seine Mutter nannte.

Auf zu neuen Ufern

Zurück im Homeoffice, erwartete mich ein buntes Stimmengewirr verschiedener Sprachen. Inzwischen war das Wartezimmer gerammelt voll. Umgehend kam ich ins Gespräch mit einer Deutschen. Ich erzählte ihr von meinem Pech. Bevor ich an der Reihe war, sagte sie: „Wenn du einen neuen Job suchst, versuch es doch mal im Mount Vernon Hospital, die zahlen gutes Geld und suchen immer gute Leute. Es liegt zwar außerhalb Londons, in Northwood, jedoch fahren stündlich Züge aus London dorthin."
Während die nette Sachbearbeiterin meinen Pass durchblätterte, erzählte ich ihr von dem Krankenhaus.
Abermals griff sie zum Hörer und rief im Krankenhaus an. Ich solle vorbeikommen, sagte sie mir zugewandt.
Ehe ich mich versah, fand ich mich in der Küche eines Krankenhauses wieder.
Freundlicherweise hatte mich die Personalchefin vorher gefragt, ob ich lieber als Schwesternhelferin oder lieber in der Küche arbeiten wolle. Spontan entschied ich mich für die Küche.

Mit Berit, einer Schwedin, teilte ich mir ein nettes kleines sowie kuschelig warmes Zimmer. Ich fand sie mit ihrem dunklen leicht gewellten Haaren, ihre tiefblauen Augen sowie ihre weichen Gesichtszüge auf Anhieb sympathisch. Endlich hatte ich wieder eine geregelte Arbeitszeit. Vormittags von acht bis 13 Uhr, nachmittags drei Stunden frei, danach arbeitete ich noch drei Stunden, um den Patienten das Abendessen zu servieren und die Küche wieder sauber zu machen. Einen Tag in der Woche waren frei. Ich schwamm wieder mal obenauf – im Glück und Geld.

Soviel hatte ich noch nie verdient wie dort. Endlich konnte ich bei einer Studienrätin privaten Englischunterricht nehmen.
Ansonsten ging ich viel ins Kino, denn man konnte in England so lange im Kino sitzenbleiben, wie man wollte. Bei zwei Spielfilmen und den Nachrichten, die nacheinander gezeigt wurden, kamen schnell vier Stunden zusammen: die beste Gelegenheit, Englisch zu verstehen.

Innerhalb kurzer Zeit war ich wieder ganz die Alte geworden. Wo ich auftauchte, brachte ich die Leute zum Lachen. Funny Girl war ab sofort mein Spitzname. Hier gab es ja auch viel zu lachen, es war das reinste Paradies für mich nach der Hölle in London. Wenn die Mädels in der Kantine über das Essen schimpften, konnte ich nur müde drüber lächeln. Ich liebte es, besonders, wenn es am Sonntag den Yorkshire Pudding zum Roastbeef-Braten gab oder Fish and Chips sowie Steak and Kidney Pie. Ich fand immer etwas, was ich gern aß. Klar konnte man die englische Küche nicht mit der heimischen vergleichen, aber wegen des Essens fuhr ja wohl keiner nach England. Meinen Tee trank ich ganz nach englischer Art mit viel Milch und Zucker. Bereits nach kurzer Zeit stellte sich auch bei mir dieses „dying for a cup of tea" - Gefühl ein, wie der Engländer so schön zu sagen pflegt. Meine neuen Freundinnen kamen aus aller Herren Länder – kaum ein europäisches Land, das hier nicht vertreten war.
Untergebracht waren wir in langestreckten Flachdachhäusern, die durch breite Rasenflächen voneinander getrennt lagen.
Links und rechts des langen Flures befanden sich unsere hübschen Zimmer. Am Anfang der Flure befanden sich die sanitären Anlagen, alles sehr sauber.
Gegenüber unserem Zimmer wohnten Lola und Carmen, zwei Spanierinnen aus St. Sebastian. Lola, die ältere, war ruhig und besonnen. Mit Carmen, der Ausgeflippten, habe ich viel unternommen. Wir gingen gemeinsam ins Kino, fuhren nach London und lernten auch gemeinsam Englisch, wobei sie die Sprache bereits besser beherrschte als ich. Sie kamen aus einer wohlhabenden Familie, das merkte man an ihrer hochwertigen Kleidung und den guten Umgangsformen. Kaum ein Abend verging, an dem Lola sich nicht ans Klavier in unserem Gesellschaftsraum setzte und mit ihren langen, schlanken Fingern die schönsten Melodien spielte.

Mal wehmütige, mal temperamentvolle Lieder entlockte sie dem Klavier. Jedoch das Lied: „Bésame mucho" musste sie jedes Mal für uns spielen.
Aus voller Kehle sangen wir mit. Auf Spanisch. Die erste und zweite Strophe hatte Lola uns vorher beigebracht. Die beiden Schwestern hatten von ihren Eltern ein viertel Jahr Londonaufenthalt geschenkt bekommen. Sobald sie nach Spanien zurückkämen, sollte Lola ihren Verlobten heiraten. Den hatten ihre Eltern ausgesucht, natürlich mit Lolas Einverständnis: standesgemäß, wie es sich in vornehmen Kreisen gehörte.

In London hatten die beiden Schwestern von dem Job im Krankenhaus gehört. Hier wollten sie sich ihr Taschengeld aufbessern, um sich bei der Rückreise in Paris ein paar Tage Aufenthalt zu gönnen, bevor es für Lola in den heiligen Stand der Ehe ging.
„Wir wollen noch Spaß haben und etwas erleben, bevor wir zurück nach Spanien müssen", sagte Carmen, dabei schmunzelte sie spitzbübisch. Eines Morgens traf ich sie auf dem Flur mit einem Schal um den Hals.
„Bist du erkältet?", fragte ich sie.
„Nein, ich weiß nicht, was ich da am Hals habe." Sie schob den Schal ein wenig nach oben, um es mir zu zeigen. Sieh da, ein riesengroßer Knutschfleck schmückte ihren Hals. „Aber Carmen", ich schmunzelte und klärte sie flüsternd auf. Schnell verdeckte sie ihn wieder mit dem Schal.
„Lass ihn bloß nicht deine Schwester sehen, dann lässt sie dich garantiert nicht mehr allein losziehen." Nun hatte sie das Lied ‚Bésame mucho' in die Tat umgesetzt!
– Küsse mich, küss' mich ganz feste! Küss' mich als wär's heute Nacht zum allerletzten Mal. Küsse mich, küss' mich ganz feste, denn ich hab' Angst, ich verlier' dich, verlier' dich danach – *(Deutsche Übersetzung: Werner Bildhäuser)*
Mit einer Unschuldsmiene schaute mich Carmen an und erwiderte leise:
„Ich habe gestern einen ganz tollen Mann kennengelernt, der hat mir was auf einen Zettel geschrieben, kannst du mir das mal übersetzen?" Es war in deutscher Sprache. Ich trat ganz nah an sie heran und las vor:
„Du heißer spanischer Vogel!" Ich musste lachen.

„Siehst du ihn nochmal?"
„Ja, heute."
„Was macht er denn in London?"
„Er fährt zur See und ist morgen wieder weg." Sie war traurig.
„Sei vorsichtig, pass auf dich auf!", gab ich ihr mit auf den Weg.

Einmal die Woche gab es die Lohntüte. Alles, was ich von dem Geld nicht ausgab, bunkerte ich in meinem Koffer. Nach ein paar Wochen hatte ich soviel davon, dass ich das Gefühl hatte, ich schwimme im Geld. Kurzerhand schickte ich meiner Mutter per Überweisung ein paar hundert Mark. Sie solle es für sich verpulvern, schrieb ich ihr. Schließlich hatte Mutter nie viel Geld im Portemonnaie. Sie war so überrascht und begeistert zugleich, dass sie mir einen goldenen Ring mit einem Topas kaufte und ihn mir schickte. Das wollte ich zwar nicht damit erreichen, trotzdem freute ich mich.

In meiner vielen Freizeit nahm ich wieder Briefkontakt mit meinen lieben Bekannten, Freunden und Verwandten in Deutschland auf. Denn positive Briefe schrieb ich lieber als negative. Walburga schrieb ich unter anderem:
„Jetzt kannst du dein Versprechen einlösen und nach England kommen, ich habe nicht nur einen phantastischen Job, sondern auch ein Zimmer für dich." Postwendend schrieb sie zurück.
„Ich komme und freue mich sehr."
Nun musste ich mit Berit reden, ob ich wollte oder nicht. Denn einer von uns beiden musste ausziehen. Obwohl Berit volles Verständnis für mich hatte, so war sie doch ein wenig traurig. Trotzdem blieben wir auf Jahre Freundinnen. Berit hatte Glück, bereits nach ein paar Tagen zog sie mit einem anderen Schwedenmädchen zusammen, und ich wartete auf Walburga. Doch vergebens, ganz überraschend kam eine schlechte Nachricht per Telegramm:
„Kann leider nicht kommen, meine Schwester ist an Krebs erkrankt, und mein Bruder hatte einen schweren Motorradunfall. Kann meine Geschwister und meine Mutter nicht allein lassen." Sie wohnten alle noch zusammen zu Hause, bei ihrer Mutter. Walburgas Schwester war ein Jahr jünger als sie und ihr Bruder zwei Jahre älter. Schlimmer konnte das Schicksal in einer Familie nicht zuschlagen. Arme Walburga.

Selbstverständlich blieb Berit bei ihrer schwedischen Kollegin, auch sie wurden Freunde. Kurze Zeit darauf zog Helga zu mir ins Zimmer, sie war auch Deutsche und bereits seit längerer Zeit in England, eine stille und ernste Person von Ende zwanzig.
Wir verstanden uns zwar gut, aber meine Freizeit verbrachte ich weiterhin mit meinen anderen Freundinnen.

Carmen war inzwischen mit ihrer Schwester abgereist, und ich überlegte, endlich einmal Elvira zu besuchen, um zu sehen, wie sie es bei ihrer englischen Familie getroffen hat. Sie war überrascht, als ich plötzlich vor ihr stand. Immerhin war seit unserer gemeinsamen Fahrt nach England mehr als ein halbes Jahr vergangen. Als ich ihr meine ganze Geschichte erzählte, meinte sie:
„Wenn ich es auch nicht so schlecht wie du getroffen habe, aber so wirklich gut geht es mir hier auch nicht, was hast du gesagt, wo arbeitest du jetzt?" Bis ins kleinste Detail musste ich es ihr erzählen. Beim Abschied fragte sie mich: „Kannst du mal im Krankenhaus fragen, ob sie noch mehr Leute gebrauchen können?"
Sie konnten. Etwas später, fing auch Elvira im Krankenhaus an zu arbeiten. In der nächsten Zeit unternahm ich dann viel mit Elvira und ihrer Zimmergenossin. Mit mir und meiner Welt zufrieden genoss ich nun meinen Englandaufenthalt in vollen Zügen. Helga war in ihrer Freizeit auf Männersuche – sie wollte unbedingt heiraten. Na ja, mit Ende Zwanzig, war es allerhöchste Zeit für sie, noch schnell unter die Haube zu kriechen.
Nur ein Mauerblümchen hatte in dem Alter noch keinen Mann abgekriegt. Auch ich wollte in dem Alter längst verheiratet sein.

Ewig lockt das Abenteuer: Jedenfalls war Helgas Lieblingsbeschäftigung, auf Heiratsannoncen zu antworten. Einmal fuhr sie übers Wochenende zu so einem Anwärter. Er lebte in einer Kleinstadt. Völlig niedergeschlagen kam sie zurück und meinte: „Das war die größte Enttäuschung meines Lebens." Ausführlich erzählte sie mir von einem hässlichen Gnom, der in einer Bruchbude lebte. Doch die Hoffnung stirbt bekanntlich zuletzt. Unbeirrt suchte sie weiter. Sie tat mir leid. Irgendwann klappte dann doch noch etwas. Ihr Auserwählter wohnte in Manchester und war angeblich ein reicher Mann von achtunddreißig Jahren. Über eine Freundin, die in der Nähe von Manchester wohnte, hatte sie ihn kennen gelernt.

Er wollte sie ehelichen. Nun kam sie auf eine seltsame Idee: Sie wollte mich unbedingt mitnehmen. Sie meinte, ich könne mit in ihrem großen Haus wohnen, um die letzten Monate, die ich noch in England bleiben wollte, Mittelengland kennen zu lernen.
Irgendwann, als sie lange genug auf mich eingeredet hatte, reizte mich die ganze Geschichte, und auch ich brach kurzerhand meine Zelte im Krankenhaus ab und fuhr mal wieder in eine ungewisse Zukunft, ich dummes Schaf.

Der angeblich reiche Typ holte uns zwar vom Bahnhof ab, brachte uns aber gleich danach zu Helgas Freundin nach Bolton, einer Industriestadt mittlerer Größe. Das war`s denn auch, danach ließ er sich nicht wieder blicken. Helga war todunglücklich, und ich war sauer – auf mich, weil ich mich auf so ein Spielchen eingelassen hatte. Zurück ins Krankenhaus wollte ich nicht wieder, denn die Personalchefin hatte mich gewarnt, als ich ihr den Grund meiner Kündigung erzählte. „Wenn das man gut geht, aber Sie können jederzeit zu uns zurückkommen", sagte sie mir beim Abschied. Zunächst kaufte ich mir eine Tageszeitung und las die Stellenangebote. Siehe da, ich wurde fündig.
Ehe ich mich versah, landete ich in einem Pub (Gaststätte) am Rathausplatz, gegenüber dem historischen Rathaus. Ein Haupteingang führte vom Rathausplatz aus in die Gaststätte, – der war für die bessere Gesellschaft vorgesehen.
Ein Nebeneingang, etwas kleiner als der Haupteingang, führte von der Seitenstraße aus in den Pub, – der war fürs Fußvolk bestimmt. Bei Tom und Mary, den beiden Inhabern, fand ich ein neues Zuhause. Endlich war ich in einer richtigen englischen Familie angekommen, was ich ja ursprünglich auch wollte. Umgehend besorgte Tom die notwendige Aufenthalts- und Arbeitsgenehmigung, die ich für diese Arbeit benötigte. Das Glück stand wieder voll auf meiner Seite. Im Haushalt, der oberhalb des Pubs lag, war nicht viel zu tun. Das Kochen erledigte Mary, ansonsten waren beide die meiste Zeit in dem gut gehenden Pub beschäftigt. Abends durfte ich mit Tom hinter der Theke am Zapfhahn stehen, um Bier einzuschenken, das Mary an die Tische brachte. Das war ein Job, den ich auf Anhieb liebte. So hatte ich auch noch viel Kontakt mit Menschen, die sich an der Bar aufhielten und konnte mein Englisch erheblich aufbessern.

Nicht nur Tom und Mary hatten mich schon nach kurzer Zeit in ihr Herz geschlossen, ich sie auch!

Die Wahrheit über die Lady!
„Darf ich mich zu ihnen setzen?"
„Selbstverständlich", antwortete ich und rückte mit meinem Stuhl ein wenig zur Seite. Es war eng und voll im Fish und Chipsladen. Ich gönnte mir gerade meine englische Lieblingsspeise. Eine Frau mittleren Alters setzte sich zu mir und fing auch gleich ein Gespräch an. Sie merkte an meinem Akzent, dass ich keine Hiesige war. „Und, wo kommen Sie her?"
„Aus Deutschland."
„Das dachte ich mir schon, ich bin auch Deutsche." Schnell waren wir in ein Gespräch vertieft. Obwohl sie ein fast akzentfreies Englisch sprach, redete sie ab sofort deutsch mit mir. Sie lebte schon lange in England, wie sie mir verriet und freute sich, mal wieder deutsch sprechen zu können. Sie wollte alles von mir wissen. Bereitwillig erzählte ich ihr meine Geschichte – auch die aus London. „Das ist ja interessant", bemerkte sie, „und wissen Sie was? Ihre Mrs. da, die kenne ich, die heißt nicht Leader, sondern Freeman und Italienerin will sie sein? Dass ich nicht lache, sie ist genauso deutsch, wie wir beide."
„Freeman?", wiederholte ich, „ja, jetzt erinnere ich mich, der Name stand auch am Klingelschild. Sie nennt sich aber Leader, wie ihr jetziger Mann. Aber woher wissen Sie das alles?"
„Wir haben früher mal zusammen in London in einem vornehmen Restaurant gearbeitet. Dort hat sie den reichen Mr. Freeman kennengelernt, der sie vom Fleck weg geheiratet hat. Sie war ein außergewöhnlich hübsches Mädchen. Er hatte eine Fabrik für Flugzeugteile außerhalb Londons. Leider ist er nach einigen Jahren mit dem Flugzeug verunglückt und hinterließ seiner Frau das ganze Vermögen. Wahrscheinlich war sie damit überfordert. Alles ging den Bach 'runter. Flugzeugteile werden jedenfalls in der Fabrik nicht mehr hergestellt, das weiß ich. Wissen Sie, was da jetzt läuft?"
„Nicht so ganz, einmal erzählte sie mir, dass sie nebenbei in der Fabrik Modeschmuck anfertigen lässt."

Wieso war ich nicht selbst darauf gekommen. Wahrscheinlich war ich die ganze Zeit so zugebaggert mit meiner verzweifelten Situation, dass ich gar nicht zum Nachdenken kam. Auch, dass ihre deutsche Freundin in Hamburg wohnte, hatte ich völlig aus den Augen verloren. Und diese falsche Lady hatte behauptet sie sei Italienerin. Nun wurde mir vieles klar.

Männer im Pub

Nun tauchte ich ein in eine Männerdomäne, denn Frauen ließen sich nur in Begleitung von den Herren blicken – und das auch nur am Wochenende. Meistens jedenfalls. Bewerber, die ein persönliches Interesse an mir zeigten, ließen nicht lange auf sich warten.
Ein paar Mal die Woche ließ sich ein Hotelier blicken. Nachdem ich bereits zweimal höflich eine Einladung von ihm abgelehnt hatte, versuchte er es diesmal mit einer neuen Masche. Während ich ihm das Bier hinstellte, schob er mir eine 100 ml Flasche Eau de Parfum von Coco Chanel rüber. Fragend schaute ich ihn an. „Für dich", sagte er mit überzeugender Stimme.
„Warum?"
„Anstatt Blumen; in der Hoffnung, du nimmst diesmal eine Einladung von mir an."
‚Aha', dachte ich, ‚mit Speck fängt man Mäuse, das kenne ich ja schon aus London, mit einem Geschenk fängt es an'
„Tut mir leid, kein Interesse." Ich ließ ihn mitsamt seiner Parfumflasche stehen und ging zur anderen Seite der Theke – zum Fußvolk. Er war überhaupt nicht mein Typ und außerdem mit seinen achtunddreißig Jahren und seinen graumelierten Haaren zu alt für mich.
Kurze Zeit später nervte der nächste Gast. Auch wenn er sehr nett und höflich war und nicht wie der Vorgänger, der mit einem Hotel prahlte, so hatte ich mir doch vorgenommen, keine Männerbekanntschaften in der Gaststätte zu knüpfen. Das ließ ich ihn wissen. Hoch und heilig versicherte er mir, keine ernsten Absichten zu haben. Er wolle mir lediglich mit seinem Auto die wunderschöne Landschaft vom Lake Distrikt zeigen. „Das muss du unbedingt gesehen haben, bevor du wieder zurück nach Deutschland fährst", betonte er mit Nachdruck. Ich war überredet.

Mit seinem dicken Jaguar holte Bojan, so hieß er, mich ab. Schon als ich mich vorn neben ihm ins wuchtige Auto setzte, kam ich mir klein und hilflos vor und wäre am liebsten gleich wieder ausgestiegen. Er war Arzt am Hospital, klein pummelig und mit Halbglatze. Auch das kannte ich bereits aus London, nur diese Ausgabe war wesentlich jünger, trotzdem war er nicht mein Typ. Nun saß ich hier neben ihm und hatte, ehrlich gesagt, ein beängstigendes Gefühl.
Die meiste Zeit fuhren wir schweigsam durchs grüne Mittelengland. Allmählich verschwanden die Wolken, und die Sonne kam durch. Entgegen meinen Erwartungen wurde es ein wunderschöner strahlender Sommertag. Wir aßen am Lake Windermere zu Mittag und bummelten gemütlich entlang des Sees, der von kleinen Hügeln umrahmt war. Bojan erzählte mir aus seiner Heimat, der Tschechoslowakei. Von Stunde zu Stunde wurde ich entspannter und genoss dieses schöne Fleckchen Erde mit dem charmanten Erzähler.
Am Spätnachmittag fuhren wir zurück. Zwischen Windermere und Leeds zogen Wolken auf, die sich in kürzester Zeit bedrohlich verdichteten. In Windeseile brach ein schreckliches Gewitter über uns herein. Automatisch fuhr Bojan langsamer. Heftiger Regenschauer prasselte aufs Auto, sodass die Scheibenwischer nicht mehr nachkamen. Man konnte keine Handbreit mehr vor Augen sehen. Schnell lenkte Bojan den Wagen an den Straßenrand und schaltete den Motor aus. Als der Spuk vorbei war, fuhren wir weiter. Schnurgerade führte die Strecke mitten durch den Wald. Plötzlich versperrte uns eine riesige Wasserlache den Weg.
„Da kommen wir bestimmt nicht durch", meinte ich.
„Aber klar, die kleine Pfütze schafft mein Wagen mit links", meinte Bojan selbstbewusst. Und, er schaffte es!
Doch kaum waren wir hindurch, machte der Motor blub, blub und nochmal blub, aus die Maus, wir blieben stehen. Nun versuchten wir den Motor mit Anschieben wieder flott zu bekommen. Nichts, er sprang einfach nicht an. Inzwischen war es fast dunkel. Komischerweise kam kein einziges Auto an uns vorbei, das uns hätte helfen können. Sicherheitshalber schoben wir das Auto von der Fahrbahn an den Waldrand. Eine Weile hantierte Bojan noch an dem Fahrzeug rum, bis er schließlich aufgab.
„So, das war`s", murmelte er, „nun müssen wir uns auf eine gemütliche Nacht im Auto einstellen.

Hier kommen wir jedenfalls nicht mehr weg." Er öffnete die Beifahrertür und sagte: „Bitte." Wieder nahm dieses ängstliche Gefühl Besitz von mir. Zögernd stieg ich ein.
„Machen wir es uns im Auto bequem, groß genug ist es ja", fuhr er unbeirrt fort. Nicht nur groß, auch bequem fügten sich die weichen naturfarbenen Ledersitze dem Körper an. Trotzdem, mit ihm hier ganz allein mitten im Wald auf einsamer Flur zu verbringen, keine Menschenseele weit und breit zu sehen, das machte mir Angst.
Tatsächlich, es dauerte auch nicht lange, da wurde er anzüglich und beugte sich zu mir rüber. Er wollte mich küssen. Reflexartig öffnete ich meine Autotür und sprang heraus. Er hinterher. „Was willst du denn hier draußen machen?", keuchte er.
„Das weiß ich auch noch nicht, auf jeden Fall übernachte ich nicht mit dir allein im Auto." Unschlüssig ging ich auf der regennassen Straße auf und ab. Es hatte zu nieseln angefangen. Kein Auto, nichts war zu sehen oder zu hören.
„Komm, Moni, lass uns zurück ins Auto, ich fass dich auch garantiert nicht an." Gerade wollte ich mich umdrehen um zur Wagentür zu gehen, da tauchten in der Ferne Autolichter auf. Ich stellte mich halb auf die Straße und winkte ihm, sobald er näher kam, mit einem Taschentuch entgegen. Es war ein Kleintransporter. Er hielt an. „Wir haben von dem Regen einen Motorschaden, können Sie uns mitnehmen?"
„Gern, ich fahr aber nur bis Leeds." Weil es noch früh am Abend war, konnten wir von Leeds aus über Manchester nach Bolten mit dem Zug fahren. Bojan ließ sich danach nicht wieder in der Gaststätte blicken.

Tom läutete gerade die Glocke, die von der Decke hing, was bedeutete: Letzte Bestellung, gleich ist Feierabend, da betraten zwei junge Männer die Gaststube.
Noch während ich das Bier für sie zapfte, waren wir bereits im Gespräch vertieft. Sie waren auch Deutsche und studierten in Liverpool an der Universität Naturwissenschaften. „Übrigens", sagte Klaus, so hieß der eine, „in Liverpool findet gerade ein Open Air Jazzkonzert statt, hast du nicht Lust mitzukommen, du hast doch bestimmt gleich Feierabend."
„So spät noch? Wie soll ich denn wieder nach Hause kommen?"

„Ich bring dich auch zurück, versprochen!" Ich wandte mich an Tom, was er wohl meinte. Er unterhielt sich kurz mit Klaus und meinte dann mir gewandt: „Wenn du Lust hast, warum nicht?" Als wir in Liverpool ankamen, lief das Konzert noch eine Stunde. Wir bahnten uns gerade einen Weg durch die Menschmenge, um zum Parkplatz zu gelangen, da stieß Klaus auf eine Gruppe Jungs und Mädchen von der Uni. Nach kurzem Hin und Her lud Klaus sie auf einen Drink in sein Apartment ein. Wohl oder übel musste ich mit. Die Zeit verging wie im Fluge, trotz lustiger Unterhaltung saß ich irgendwann wie auf heißen Kohlen. Endlich verabschiedeten sich seine Gäste.

„Tut mir leid, ich hab zu viel getrunken und kann nicht mehr Auto fahren, ich werde dich dann morgen ganz früh nach Hause fahren." Wieder die berühmte Nummer, ich wehrte ab: „Nee, ich lass mich nicht für dumm verkaufen, dann sehe ich eben allein zu, wie ich nach Hause komme!"
„Aber um diese Zeit fährt weder ein Zug noch ein Bus nach Bolton, du musst schon hier schlafen, ob es dir nun passt oder nicht, außerdem, mein Bett ist groß genug." Er kam mir bedenklich nahe. Automatisch nahm ich eine Abwehrhaltung ein und sagte stur: „Dann schlaf ich eben auf dem Sessel." Beleidigt gab er mir eine Decke und ging ins Bett. So gut es ging versuchte ich, auf dem Sessel einzuschlafen. Nach einer Weile kam er wieder an und sagte: „Mensch Moni, leg dich zu mir ins Bett, ich lass dich auch garantiert in Ruhe." Wieder einmal kam ich glimpflich davon. Klar ließ er mich am Morgen mit dem Zug nach Hause fahren, er müsse zur Vorlesung, war seine Ausrede. Nun nahm ich mir endgültig vor:
Mich nie mehr aus dem Pub abschleppen zu lassen, und wenn der Prinz persönlich kommt.
Und er kam…, mein Herzensprinz

Tja, manchmal denk ich doch, es ist alles vorbestimmt. Wäre ich in London glücklich gewesen, hätte ich niemals im Krankenhaus angefangen zu arbeiten. Wäre Walburga nach England gekommen, wäre ich garantiert niemals im „Dirty old Bolton" gelandet, wie ich diese stets verrußte Stadt nannte. Kein Wunder, Bolton lag mitten im Kohlenpott Englands, und besaß zudem über zweihundert Baumwollspinnereien.

Hier stand ich nun am Zapfhahn, als die Tür aufging und zwei Studenten den Pub betraten. Um es kurz zu machen, es war der berühmte erste Blick von dem exotischen, dunkelhaarigen Typen, der mir weiche Knie bescherte. Er war charmant, gut aussehend und alles andere als schüchtern. Ich vergaß einfach alles, meine Schwüre, meine Träume sowie meine Prinzipien.

Im Taumel der Begeisterung war ich ein halbes Jahr später verheiratet.

Tom und Mary waren derart bestürzt über meine übereilte Handlung, dass Mary verzweifelt zu mir sagte: „Moni, warum einen Südländer? Warum einen Menschen, dessen Kultur so anders ist als die unsrige? Schau dich doch nur mal um, es gibt so viele attraktive nette Männer aus unserem Kulturkreis. Warum ausgerechnet ihn." Ich zuckte nur mit den Achseln und sagte ganz leise:

„Ich liebe ihn." Nach diesen Worten kapitulierten beide. Ich spürte es: Gleich nach dem ersten Mal, war ich schwanger geworden. Sechs Wochen später, Mitte Dezember, heirateten wir. Wenn ich auch meinen Märchenprinz geheiratet habe, eine Märchenhochzeit gab es nicht, auch keine weiße Hochzeit, von der jedes Mädchen träumte. Tom war unser Trauzeuge. Im kleinsten Kreis aßen wir mit Tom und Mary und ein paar Freunden zu Mittag. Abends gingen wir gemeinsam tanzen, ohne Tom und Mary, die mussten ja im Pub arbeiten.

Mein Mann suchte für uns beide eine neue Bleibe, denn seine Studentenbude war für uns beide zu klein. In einem hübschen Reihenhaus bekamen wir ein großes Zimmer mit Bad und Küchenbenutzung. Frank meinte: „Jetzt, wo du schwanger bist, solltest du nicht mehr in einem verräucherten Pub arbeiten, das ist nicht gut für dich und das Baby." Also suchte ich mir mal wieder einen neuen Job. Denn die Unterhaltszahlungen, die Frank von seinem Vater bekam, reichten nicht für uns beide. Zur Abwechslung landete ich in einer Fabrik für Herrenbekleidung. Nun saß ich von morgens bis abends an einer großen Nähmaschine und nähte Schulterpolster ein. Im Akkord! Nachts träumte ich davon.

Das hätte ich nie gedacht, dass ich mal in einer Fabrik landen würde. Zwei Maschinen hinter mir saß auch eine Deutsche, sie war mit einem Polen verheiratet und nahm ihren Job sehr ernst. Wenn sie abends ihr selbstgestecktes Ziel nicht erreichte, weinte und tobte sie vor Wut. Die Engländerinnen waren da gelassener. Morgens erschienen sie wie graue Mäuse.

In der Mittagspause wuschen sie sich im Waschraum ihre Haare, drehten sie auf dicke Lockenwickler und gingen wieder an die Arbeit. Nach Feierabend entfernten sie ihre Lockenwickler wieder, schminkten sich sorgfältig, um als Schönheiten das Fabrikgelände zu verlassen. Alle Achtung!
So gingen die Monate ins Land. Frank beendete sein Maschinenbaustudium.

Willkommen in meine Heimat

Noch bevor unser Baby zur Welt kam, schlug Frank vor:
„Lass uns in deine Heimat nach Deutschland gehen."
Nach dem unsere Tochter einen Monat alt war, brachen wir unsere Zelte in England ab und krochen bei meiner Mutter und Onkel Walter in einem kleinen Loch von einem Raum unter. Ohne Deutschkenntnisse bekam Frank anfangs nur eine schlecht bezahlte Arbeit. Nun musste auch ich mit 'ranrauschen, um Geld zu verdienen. Einen richtigen Beruf, mit dem ich was anfangen konnte, hatte ich noch nicht in der Tasche. Also landete ich wieder in einer Fabrik, einer Luxuskartenfabrik. In dieser Fabrik verdiente ich mein Geld nicht im Sitzen, sondern stand den lieben langen Tag in gebückter Haltung an einer Prägemaschine, die den letzten Goldaufdruck mit einem Klick auf die Karte setzte. Nun träumte ich nachts zur Abwechslung von den Klicks der Prägemaschine. Nach drei Monaten machte es endlich auch Klick in meinem Gehirn, und ich sagte zu meiner Kollegin Elke, die meine Freundin wurde und an der Nachbarmaschine stand:
„Lange halt ich das hier nicht aus."
„Ja, was willst du denn sonst machen?"
„Ich habe mir schon einen Plan ausgedacht: Ich werde eine Abendschule besuchen.
Dort belege ich dann einen Kurs für Stenographie und Schreibmaschine. Danach gehe ich ins Büro."
„Meinst du, das reicht?"
„Mal sehen."

In der Rackow-Schule meldete ich mich an, kaufte mir eine gebrauchte Schreibmaschine und haute jede freie Minute auf die Tasten, dass mir bald die Gelenke schmerzten. Morgens um fünf Uhr klingelte der Wecker und ich übte mich in Stenographie.
Bereits drei Monate später klopfte ich bei einer Firma, die eine Telefonistin suchte, an. Ich bekam die Arbeit. Freudestrahlend überfiel ich meinen Mann mit den Worten: „Ich hab es geschafft, jetzt bin ich Büroangestellte und keine Fabrikarbeiterin mehr." Er freute sich mit mir. Der Empfang, in dem sich gleichzeitig die Telefonzentrale befand, war mein neuer Arbeitsplatz. Nun musste ich mit einem Kopfhörer die vielen Telefonate entgegennehmen, um sie weiterzuleiten. Das war ganz schön nervig.
Bösartig blinkten mir die grünen und roten Zeichen entgegen. Vor lauter Aufregung steckte ich so manchen Stecker in die falsche Verbindung und brachte somit einige Gespräche durcheinander. Als ich es einigermaßen gelernt hatte, musste ich zusätzlich noch einfache Briefe nach Vorlage schreiben. Ach ja, und die vielen Besucher wollten ja auch noch weitergeleitet werden. Irgendwann tauchte dann der Personalrat auf und meinte, das sei ja nun nicht mein Job, womit er Recht hatte. Ich war draußen. Meine erste Niederlage. Kein Grund für mich, um gleich die Flinte ins Korn zu werfen. Jedenfalls eins hatte ich gelernt: Von einer Telefonvermittlungszentrale werde ich in Zukunft lieber die Finger lassen.

Übergangslos bekam ich einen neuen Job für allgemeine Büroarbeiten bei einem Kohlenhändler im Freihafen. Noch immer selbstbewusst stolzierte ich jeden Morgen ins Büro, ich war ja lernfähig.
Meine neuen Kolleginnen und Kollegen waren sehr hilfsbereit und halfen mir, wo sie nur konnten. Lange währte mein Glück trotzdem nicht. Keine sechs Wochen, und ich war wieder draußen.
Mein Pech, völlig überraschend musste ich ins Krankenhaus – das war ein Kündigungsgrund – damals. Na ja, eine Leuchte war ich ja auch noch nicht gerade. Noch nicht. Es war ja erst mein zweiter Versuch.
Nichts im Leben ist umsonst. Hätte ich diesen Job nicht gehabt, wäre mir Gisela bestimmt nicht über meinen Arbeitsweg gelaufen.
Rein zufällig lief sie gleich am dritten Arbeitstag, an mir vorbei. Gisela, meine Freundin aus Kindertagen.

Wir sind beide in der Mooskate am Jungfernstieg, im Dorf Kollow geboren. Seit meinem dreizehnten Lebensjahr hatte ich sie nicht mehr gesehen. Die Wiedersehensfreude war groß, sofort tauschten wir unsere Adressen aus. Bis zum heutigen Tag sind wir eng befreundet.

Kaum war ich aus dem Krankenhaus entlassen, lief ich zum Arbeitsamt. Die glaubten auch an meine Fähigkeiten und vermittelten mir eine Tätigkeit als Kontoristin in einer Kaffeegroßrösterei. Hier musste ich viel mit Zahlen arbeiten, das machte mir Spaß. Ich bekam einen eigenen Aufgabenbereich und war nach kurzer Zeit fest im Sattel. Nach der Schufterei in den letzten Jahren und der Fabrikarbeit, war es ein sagenhaftes Gefühl. Endlich hatte ich die erste Stufe auf meiner Karriereleiter erklommen.
Zweieinhalb Jahre währte mein Arbeitsglück, dann kam ein privates Glück auf mich zu. Meine zweite Tochter Janine, wurde geboren, und ich entschied mich zunächst einmal für eine Auszeit.

Auszeit – Babypause

Kreative Ader: Um nur Ehefrau und Mutter zu spielen, war es eigentlich nicht die richtige Bezeichnung, denn Arbeit ist Arbeit, auch wenn man vom Staat dafür nicht entlohnt wurde. Ich meine, eine Hausfrau mit zwei Kindern hat ganz schön zu tun. Jedoch für mich als Powerfrau war es wie ein Spiel, ein Zeitvertreib. Nach dem Motto:
„Man muss sich doch beschäftigen können, kann doch die ganze Zeit nicht pennen" Heidi & Co
entdeckte ich meine kreative Ader, nicht nur aus Langeweile, sondern auch aus der Not heraus.
Denn die Lohntüte meines Mannes war alles andere als üppig Zwar hatte er bereits eine Arbeit als Techniker im Baustahlgewerbe bekommen, jedoch musste er sich dort erst einmal bewähren.
Das sogenannte Elterngeld, wie heute, gab es nicht. Klamotten waren im Verhältnis zum Einkommen teuer, besonders Kinderkleidung. Billigläden mit Klamotten zu Schleuderpreisen gab es nicht.
Mit Heimwerkeln startete ich mein ‚Selbst – ist – die – Frau' – Programm. Ich kaufte mir Tapetenrollen, nahm den Quast in die Hand und tapezierte zunächst einmal die Wohnung.

Mutig geworden, wagte ich mich ans nächste Projekt – Kleinmöbel. Kaum war ich damit fertig, kam die nächste Idee. Aus Apfelsinenkisten vom Gemüsehändler zauberte ich Puppenstuben, und aus Spanplatten bastelte ich ein mannshohes Kasperletheater. Beides kam zu Weihnachten unter den Tannenbaum. Weihnachten war vorbei, und der Winter war kalt. Also nahm ich zur Abwechslung mal die Stricknadeln in die Hand und sorgte so für warme Klamotten.
Im Frühjahr tauschte ich dann die Stricknadeln gegen Nähnadeln um und nähte aus meinen abgelegten Kleidern hübsches Zeug für die beiden Mädels. Wahrscheinlich waren mir die mageren Jahre während und nach dem Krieg in den 40er Jahren noch in bester Erinnerung. Damals war es Gang und Gäbe aus alten Klamotten neue zu zaubern. Weil man nichts anderes hatte. Irgendwann entschloss ich mich, neue Stoffe zu kaufen.
Aber nicht zu normalen Preisen, nein, ich entwickelte mich zur wahren Schlussverkaufsprinterin, wenn ich auch dafür morgens eine Stunde vor der noch geschlossenen Ladentür stehen musste. Denn ich war nicht die Einzige, die sich im Stoffeldorado im Nobelkaufhaus an der Alster mit kostbaren Stoffen zu Schleuderpreisen eindecken wollte. Es war jedes Mal ein Gerangel und Gedrängel, wenn der Abteilungsleiter die Glastüren von innen aufschob. Dann konnte er sich nur noch retten, indem er zur Seite sprang. Einfache und kostbare Stoffe aus aller Herren Länder verteilten sich über die gesamte Verkaufsfläche des Erdgeschosses und ließen unsere Schneiderherzen höher schlagen.

Schneidern wurde mein größtes Hobby. Ich nähte alles wie bei der ‚Haute Couture' – von Hand mit Nadel und Faden. Kaum ein Foto, auf denen wir, meine Töchter und ich, nicht einen selbstgenähten Fummel trugen.

Irgendwann fiel mir auf, dass wir mit meinen vielen Hobbies viel Geld sparten. Gerade Kinderklamotten und Spielzeug waren sehr teuer. Aldi und Co gab es nicht. Ich erstellte eine Gewinn- und Verlustrechnung und staunte nicht schlecht, als ich feststellte, dass ich keine müde Mark mehr auf der Habenseite hätte, wenn ich stattdessen ganztags arbeiten gegangen wäre.

Diese neue Erkenntnis wollte ich in die Welt hinausposaunen und verfasste ein Manuskript über das Für und Wider der Berufstätigkeit junger Ehefrauen mit Kindern.
Mit Bärbel, einer Arbeitskollegin aus meinem letzten Bürojob, hatte ich mich angefreundet. Sie war Hobby-Modezeichnerin. Begeistert von meiner Idee, zeichnete sie für mich hübsche Modepüppchen – einmal mit den alten Kleidungsstücken und daneben ein Model mit den neuen Entwürfen. Auch von meinen selbst gestalteten Möbeln fertigte sie Zeichnungen an. Gemeinsam mit dem Manuskript sandte ich sie an meine Lieblingszeitschrift – Constanze. Wochen gingen ins Land, ohne dass ich eine Antwort bekam. Schließlich fasste ich all meinen Mut zusammen und rief in der Redaktion der Constanze an. Nach mehrmaligem Weiterverbinden meldete sich schließlich der zuständige Redakteur Carl Tramm mit den Worten: „Hallo Frau May, ja hat man Sie noch nicht angerufen?
Wir sind begeistert von Ihrem Bericht. Ich habe ihn bereits an mehrere freie Mitarbeiterinnen in ganz Deutschland für weitere Recherchen versandt. Wir planen nämlich, eine Serie daraus zu machen. Na, was sagen Sie dazu?"
„Ich bin total begeistert!"
„Sobald wir so weit sind, rufe ich Sie an, um einen Termin mit Ihnen zu vereinbaren, damit wir alles Weitere besprechen können."
Was hörte ich gerade? Ich konnte es kaum glauben. Meine Wangen glühten, meine Gedanken schlugen Purzelbäume, mein Herz klopfte laut vor Freude. Damit hatte ich nicht gerechnet. Mein erster Versuch, etwas aufs Papier zu bringen, und dann gleich so ein Riesenerfolg: Ich schwebte auf Wolke sieben...

Wieder vergingen einige Wochen und ich hörte und hörte nichts. Inzwischen schreckte ich bei jedem Telefonklingeln hoch, stets in Erwartung, es könnte Herr Tramm sein.
Als ich vom langen Warten mürbe war, fasste ich erneut meinen ganzen Mut zusammen und rief wieder bei der Constanze an. Diesmal ließ ich mich gleich mit Herrn Tramm verbinden. Mit niedergeschlagener Stimme sagte er:
„Tja, Frau May, aus der Traum, aus Ihrer Idee wird nichts, gar nichts. Aus der Traum", wiederholte er.

„Wieso wird nichts, das verstehe ich nicht?", wagte ich ganz verdattert zu fragen. „Sie haben doch selbst gesagt, dass Ihre Mitarbeiter bereits an der Geschichte arbeiten?"
Bevor er antwortete, holte er tief Luft und meinte schließlich: „Liebe Frau May, ich bin genauso enttäuscht wie Sie, das können Sie mir glauben.
Nicht nur meine Kolleginnen, auch ich haben die letzten Wochen hart an dieser Geschichte gearbeitet, und dann kommt plötzlich mir nichts, dir nichts von ganz oben die Anweisung: Alles stoppen. Die Serie wird nicht gedruckt, zahlen Sie Frau May ein Ausfallhonorar, und vergessen Sie das Ganze."
„Und nun?", wagte ich kleinlaut zu fragen.
„Nun?", wiederholte Herr Tramm, „nun ist es auch mein Ende bei der Constanze, ich lass mich doch nicht verarschen und schmeiße meine wochenlange Arbeit zum Fenster hinaus. Ich habe bereits gekündigt und fange bei einer Fernsehzeitschrift an."
War ich beim ersten Anruf der glücklichste Mensch, so war ich jetzt geschockt. Ich fragte mich immer und immer wieder:
„Wie konnte mein Manuskript – von meiner kleinen Hausfrauenwelt – nur für so viel Wirbel bei einer der beliebtesten Frauenzeitschrift Deutschlands sorgen. Was war da gelaufen?" Ich war danach völlig entmutigt. Wenn sogar ein Redakteur deswegen seinen Hut nahm, brauchte ich den Bericht nicht mehr an eine andere Zeitschrift zu senden. Außer der Brigitte und der Petra gab es ja auch keine weiteren, die dafür in Frage kamen. Somit legte ich meinen Bericht zu den Akten.
Jahre später fiel es mir wie Schuppen von den Augen, es hatte mit der ‚Babypause', die ich mir genommen hatte, zu tun. Denn in den sechziger Jahren hatten wir einen wirtschaftlichen Aufschwung, da wurde jede Arbeitskraft gebraucht. Nicht umsonst war es die Zeit der vielen Gastarbeiter, die ins Land strömten. Und ich wollte den Frauen klarmachen, lieber ein paar Jahre bei den Kindern zu bleiben als zu schuften.
So plätscherte mein Hausfrauendasein dahin. Was heißt plätschern? In mir fing es wieder fürchterlich an zu brodeln. Und schon hatte ich eine neue Idee. Wenn schon die Zeitschrift mein kreatives Schaffen nicht veröffentlichen wollte, soll sie es bleiben lassen, dann werde ich eben Sängerin. Ja, das mache ich; und schon nahm ich das Branchenbuch in die Hand – und wurde fündig.

Die Schauspielerin Hedi Höfner erteilte Unterricht in Schauspiel, Stimme und Bewegung. ‚Auf zu neuen Ufern'. Ich tigerte zum Stadtteil Rotherbaum in Hamburg und stellte mich Hedi Höpfner vor. „Na ja", meinte sie, „nicht schlecht, aus Ihrer Stimme lässt sich was 'rausholen."
Weil mein Taschengeld als nicht berufstätige Hausfrau alles andere als üppig war, bot sie mir einen Sonderpreis an. Mit den Übungsterminen für die nächsten Wochen, zog ich glücklich von dannen. Voller Stolz erzählte ich erst jetzt meinem Mann von meiner neuen Idee. Entsetzt sah er mich an und meinte mit gereizter Stimme: „Was? Du willst Sängerin werden? Aha, meine Frau will zur Abwechslung mal Schlagersängerin werden? Nee, nicht mit mir. Ich möchte nicht, dass meine Frau als Schlagersängerin durch die Lande tingelt...?" Er ließ sich von mir die Telefonnummer der Hedi Höfner geben und nahm doch tatsächlich den Hörer in die Hand und rief sie an. Mit bebender Stimme brüllte er durchs Telefon, sie solle sich unterstehen, mir Gesangsunterricht zu erteilen, keine müde Mark würde sie dafür bekommen, wenn sie es doch tun sollte. War mir das peinlich. So sauer hatte ich meinen Mann bisher auch noch nicht erlebt.
Zunächst gab ich klein bei. Doch die Idee eine Sängerin zu werden, gärte in mir weiter.
Im Hamburger Abendblatt las ich von einer Musik-Band, die eine talentierte junge Frau suchten, um sie zur Sängerin auszubilden. Interessiert rief ich an. „Ja", meinte der Bandleader, „wir spielen im Lokal ‚Atlantis' auf der Reeperbahn, St. Pauli, dort suchen wir dringend Servierinnen, die im Bunny-Kostüm (Häschen-Kostüm) servieren. Vor oder nach dem Service können Sie dann mit uns ihre Gesangsstimme trainieren." Über diese Bunnys hatte ich bereits in der Zeitung gelesen. Das war mir nun doch zu blöd, im knappen hautengen Bunny-Kostüm mit Schwänzchen hinten am Po und zwei Langohren am Kopf durch die Tischreihen der Gäste zu hüpfen, um sie zu bedienen. Nee, bei aller Liebe für Musik, das ging mir dann doch zu weit. So schnell wie die Geschichte mit der Gesangskarriere begonnen hatte, vergaß ich sie dann auch wieder.
Um nach meiner dreijährigen Babypause wieder Geld zu verdienen, saß ich dann doch lieber wie ein Huhn auf der Leiter und sortierte Briefe.

Hühnerposten

– Das altehrwürdige und denkmalgeschütztes Gebäude, in der Nähe des Hauptbahnhofs heißt heute noch Hühnerposten. Obwohl die Hühner längst ausgeflogen sind. Stattdessen sind dort die staatliche Zentralbibliothek, das Goethe-Institut sowie verschiedene Veranstaltungsräume für Geschäftsleute untergebracht. Und wenn es Nacht wird im Hühnerposten, finden dort Tanz- und Event-Veranstaltungen statt –
Das war kein Witz! Wir saßen tatsächlich wie die Hühner auf der Leiter in Reih und Glied auf einem runden Drehstuhl vor einer Holzwand, mit hunderten von kleinen länglichen Fächern.
Wannenweise wurden uns Briefe gebracht, die wir je nach Postleitzahlen getrennt in die dafür vorgesehenen Fächer sortierten. Es war die größte Verteilerstelle der Hamburger Post. Widererwarten wurde er gut bezahlt. Außerdem war diese Teilzeitarbeit ideal für Familien mit Kindern. Wenn mein Mann von der Arbeit nach Hause kam, ging ich los. So waren die Kinder nicht allein. Das funktionierte bei uns sehr gut. Leider nicht in jeder Familie.
„Oh Gott, o Gott", jammerte ein Huhn neben mir, Verzeihung: Briefsortiererin. Draußen tobte ein fürchterliches Gewitter. Sie zuckte bei jedem Donnerschlag zusammen. Ich drehte meinen Kopf ein wenig zur Seite und fragte:
„Hast du Angst vor Gewitter? Hier drinnen kann uns doch gar nichts passieren!"
„Nein, nein, ich nicht, aber meine Kinder haben große Angst vorm Gewitter", antwortete sie verzweifelt.
„Wieso? Sind sie allein? Ist dein Mann nicht bei ihnen?"
„Ich weiß es nicht, er geht abends oft in die Kneipe."
„Wie bitte, du schuftest hier und er lässt eure Kinder allein und geht in die Kneipe? Also wenn mein Mann das machen würde, säße ich garantiert nicht hier."
„Was soll ich denn sonst machen, mein Mann verdient nicht viel, und wir brauchen dringend Möbel fürs Kinderzimmer."
Ich war wissbegierig:
„Und, wie lange brauchst du dafür, ich meine wie lange bist du schon hier?"
„Fast drei Jahre."

„So lange brauchst du, um ein Kinderzimmer zu kaufen? Wir verdienen hier doch für die vier Stunden ganz schön viel Geld!" Schnell rechnete ich nach, wie lange ich brauchen würde, um von dem Geld ein Kinderzimmer zu kaufen, denn wir kauften unsere Möbel bei „Möbel Jonas" am Michel. Günstiger konnte man sie nirgends in Hamburg bekommen.
„Für ein Kinderzimmer brauchte ich höchstens ein halbes Jahr", rechnete ich aus.
„Und, wofür gehst du arbeiten?", wollte sie von mir wissen und schaute mich fragend von der Seite an.
„Ich will nächstes Jahr mit meiner ganzen Familie mit dem Auto für drei Monate nach Pakistan fahren. Dafür spare ich alles Geld, was ich hier verdiene, bis auf den letzten Pfennig", betonte ich mit Nachdruck.
„Und... wie viel soll das werden?"
„So um die zehntausend Mark. Das schaff ich zwar nicht allein mit diesem Job, aber mein Mann kann am Wochenende eine zusätzliche Schicht einlegen", gab ich zurück.
„Zehntausend Mark?", ungläubig musterte sie mich und nach einer Schweigeminute antwortete sie: „Ich würde mir von dem Geld schönes Geschirr und ein zwölfteiliges Silberbesteck kaufen. Da hätte ich ein ganzes Leben was von!"
„Ich verreise aber lieber und habe ein Leben lang schöne Erinnerungen, als ein Leben lang Silber putzen zu müssen!" Mit Grauen dachte ich an das viele Silber bei Mrs. Leader in London. Drei Jahre diese stupide Arbeit, während der Mann abends in der Kneipe herumhängt, um das Geld zu verjubeln. Am liebsten hätte ich es ihr mal vorgerechnet. Doch ich ließ es lieber sein. Außerdem durften wir überhaupt nicht privat reden, das wurde mir bereits am ersten Arbeitstag nahegelegt. Die Strafe folgte auf dem Fuß.
„Sie sollen hier nicht 'rumquatschen, sondern arbeiten!", brüllte mich plötzlich jemand von hinten an.
Sieh einer an, dieser kleine Wichtigtuer, ich drehte mich um. Er schien die einzige Bazille in diesem großen Hühnerhaufen zu sein. Aufsichtsbeamter schimpfte er sich, und diesen Job nahm er sehr ernst. Mit den Händen auf dem Rücken, stolzierte er Abend für Abend zwischen den Gängen auf und ab, um ja alle Hühner auf der Stange beobachten zu können.

„Was fällt Ihnen ein, mich so anzuschreien, wir sind hier doch nicht beim Kommiss. Außerdem muss ich doch meine Nachbarin was fragen dürfen, schließlich bin ich neu hier und kann nicht schon alle Postleitzahlen aus dem Kopf wissen!", brüllte ich ebenso laut zurück. Stimmte zwar nicht, was ich ihm eben an den Kopf warf, aber ich musste ihm ja nicht unsere Privatunterhaltung auf die Nase binden.
Das war`s, dachte ich im nächsten Moment. Jetzt wird er mich auf der Stelle rausschmeißen. Aus die Maus! Aus mit dem schönen Geldverdienen. Bei diesem Gedanken wurde mir siedend heiß. Hätte ich bloß meine Klappe gehalten.
Doch ein Wunder geschah, er machte auf dem Absatz kehrt und ohne ein weiteres Wort zu verlieren, zog er von dannen. Ab diesem Zeitpunkt ignorierte er mich einfach, so als sei ich gar nicht anwesend.
„Du warst aber mutig", bemerkte später eine Kollegin auf dem Nachhauseweg, „zurückzuschreien, wenn er die Leute zur Sau macht, das hat bisher noch niemand gewagt."
„Mag sein", sagte ich nur. War ich froh, glimpflich davongekommen zu sein.
Privat gequatscht habe ich lieber nicht mehr. Dafür war mir der Job zu wichtig. Freundschaften wollte ich eh keine knüpfen. Spätestens nach einem Jahr sollte für mich hier Schluss sein.

Pillen, Salben und Zäpfchen…

Traten nun in meine Arbeitswelt. Kaum ging Anna in die Schule, suchte ich mir einen neuen Teilzeitjob für nachmittags, auch wieder übers Arbeitsamt.
Die Echo-Apotheke suchte eine Kontoristin, die bereit war, als Apothekenhelferin zu arbeiten. Und ob ich es war. Der alte Apotheker, Herr Eccart, hielt mich für kompetent genug und wollte es mit mir versuchen. Bis mein Mann nach Hause kam, passte eine vierzehnjährige Schülerin auf unsere Töchter auf.

Nun tauchte ich ein in die bunte Welt der Pillen, Salben und Zäpfchen sowie der Kräuter und wurde Herrin über Tausende von Medikamenten.

Meine Aufgaben bestanden darin, nicht nur die Medikamente beim Großhändler zu bestellen, sondern mich auch um ihre korrekte Lagerhaltung zu kümmern. Das machte mir unwahrscheinlich viel Spaß. Ein faszinierendes Gebiet! Wenn ich bedenke, dass jedes einzelne Medikament heute ein Verfallsdatum hat, so war es damals ein Kinderspiel, die Vielzahl der Medikamente im Auge zu behalten. Außer Cortison und Antibiotika gab es kaum Medikamente mit Verfallsdatum. Schnell hatte ich mir die umfangreiche Warenkenntnis angeeignet und durfte nach einem Jahr Praxis auch mal mit an die Front nach vorn, um schon mal die Rezepte der Patienten entgegenzunehmen. Aus den Hunderten von kleinen Fächern in den Arzneischränken, die bis unter die Decke reichten, suchte ich dann das passende Medikament heraus. In Sekundenschnelle hatte ich es gefunden. Schließlich hatte ich es ja selbst dort einsortiert. Beides, Medikamente und Rezepte legte ich dann meinem Chef zur Überprüfung hin. Schnell lernte ich die verschiedenen Schriften – oder besser gesagt: die Hieroglyphen – der Ärzte zu entziffern.
Wie gesagt: Nur wenn die Apotheke gerammelt voll war und Herr Eccart allein hinterm Ladentisch stand, durfte ich ihm beim Bedienen der Patienten helfen.
Ein witziger Typ war mein Chef schon. Morgens mussten wir alle im Büro antreten und einen gegen den plötzlichen Tod trinken. So nannte unser Apotheker sein Allheilrezept. Punkt neun Uhr, Else, die Putzfrau, hatte bereits die Schnapsgläser in Reih und Glied auf seinen Schreibtisch gestellt und sie mit einem Asbach Uralt-Weinbrand, gefüllt. Den mussten wir dann auf Ex austrinken. Das war Pflicht.

Ja, ja, unsere Else, sie war die gute Fee im Laden. Obwohl, ganz ehrlich: Sie sah aus wie eine Hexe – unwahrscheinlich dünn, alt, runzelig und mit einem Buckel. Flink war sie, das musste man ihr lassen. Und mit ihren kleinen stechenden Augen beobachtete sie alles ganz genau. Mir war manchmal unheimlich zumute, wenn ich mich von ihr beobachtet fühlte.
Herr Eccart sagte einmal: „Wenn Else auf der Bühne auftreten würde, brauchte sie sich nicht zu verkleiden." Trotzdem hat er sie stets respektvoll und fürsorglich behandelt. „Sie gehört ebenso zur Apothekenfamilie wie wir alle. Schließlich kann sie ja nichts für ihr Äußeres", war sein Standpunkt. Das gefiel mir.

Alles hätte für mich perfekt sein können, wenn da nicht die arrogante Kollegin gewesen wäre. Sie war mindestens zwanzig Jahre älter als ich und von Beruf Apothekerin. Warum nur war sie mir gegenüber so herablassend? So blieb es nicht aus, dass ich mich ab und zu mit ihr stritt. Schließlich konnte ich mir ja nicht alles gefallen lassen. Und ewig dieses Getue über ihren berühmten Bruder, der ein Sternegeneral war. Einer, der im Krieg nicht nur selber die Gegner abschoss, sondern auch selbst abgeschossen wurde und überlebte. Nur ich fand, das gab seiner Schwester noch lange nicht das Recht, auf mich herabzusehen. Einmal, als sie nicht da war, nahm mein Chef mich zur Seite und bat mich, ihr gegenüber doch mehr Verständnis zu haben. Sie hätte nämlich eine sehr schwere Zeit durchzustehen, ihr Mann sei im Krieg Richter gewesen und soll, weil er gewisse Papiere unterzeichnet hatte, einige Menschen auf dem Gewissen haben.
Natürlich wäre er unschuldig, denn er soll nicht gewusst haben, was er da unterschrieben hatte. Nun säße er im Gefängnis. Sein Prozess laufe gerade. Sie tat ihm leid, deshalb hatte er sie auch eingestellt. Mir tat sie nicht leid.
Jedenfalls war Herr Eccart nicht nur ein hilfsbereiter Mensch, sondern auch ein sehr verständnisvoller Chef. Ich hörte ihm gern zu, wenn er Patienten gute Ratschläge erteilte. „Ja, haben Sie denn keine lebende Wärmflasche zu Hause? Die ist doch viel wirkungsvoller als jede Gummiflasche", meinte er mal zu einer Kundin, als sie eine Wärmflasche kaufen wollte. Wie oft schickte er junge Mütter, die fiebersenkende Medikamente für ihr Kleinkind kaufen wollten, mit den Worten wieder nach Hause: „Versuchen Sie es erstmal mit kalten Wadenwickeln, wenn die nicht helfen, sollten Sie einen Arzt rufen, bevor Sie Ihrem Kind Medikamente geben."
Wie oft versuchte er, Patienten mit einfachen Hausmitteln zu helfen, bevor er ihnen irgendwelche Pillen verkaufte. Ich war nicht nur erstaunt, auch fasziniert von diesem Menschen. Stets war ich ihm auf den Fersen, wenn ich die gelieferten Medikamente in die Fächer eingeordnet hatte und nichts weiter zu tun hatte. Unter seiner Anleitung durfte ich auch Salben herstellen.
In einem hinteren Raum reihten sich Dose an Dose, gefüllt mit den verschiedensten duftenden Wildkräutern. Ich glaube, ich war seine dankbarste Schülerin.

Und der Grundstein für mein späteres großes Interesse an der Naturheilkunde wurde hier bereits in der Echo-Apotheke gelegt, dank Herrn Eccard.
Das größte Kompliment machte er mir einmal, als er sagte: „Wenn ich die größte Apotheke in der Stadt besäße, wären Sie auch dort Herrin über sämtliche Medikamentenvorräte."

Sechs Jahre waren so ins Land gegangen, dann hörte ich von einem halbjährigen Betriebslehrgang, den die Grone-Schule übers Arbeitsamt anbot. Da ich über kurz oder lang wieder ins Büro zurück wollte, meldete ich mich dort an und bekam bereits nach kurzer Zeit die Zusage vom Arbeitsamt. Damit ging ich dann zu meinem Chef. Zuerst war Herr Eccart enttäuscht, doch er hatte Verständnis, dass ich mich weiterbilden wollte. Schnell hatte er eine Apothekenhelferin gefunden und zahlte mir sogar noch mein Gehalt bis zum Monatsende weiter. Selten bin ich jemandem in meinem Leben begegnet, der so selbstlos war.

Panzer, Betten und Matratzen

Antwortete Otto, wenn man ihn nach seiner Arbeit fragte. So genau hatte ich gar nicht mitbekommen, was sein Tätigkeitsfeld überhaupt war. Ständig lief er auf dem Gelände zwischen den Lagerhallen, der Werkstatt und dem Büro hin und her. Ein lustiger Mensch. Hier war auch ich nun nach langem Hin und Her gelandet.
Das Gerätedepot der Bundeswehr in Glinde suchte für halbtags eine Schreibkraft. „Das wäre doch der ideale Job für dich", meinte mein Mann.
„Was? du meinst, ich soll als Tippse bei der Behörde arbeiten? Dafür habe ich doch nicht erfolgreich den Betriebslehrgang abgeschlossen, um als Tippse zu enden. Nein, niemals!", lehnte ich kategorisch ab, „die zahlen doch nichts, außerdem habe ich keine Lust, die ganze Zeit nur auf den Tasten zu klimpern. Nee, mach' ich nicht", wiederholte ich.
„Moni, überleg' doch mal!", mein Mann zählte all die Vorzüge auf, die ich beim Staat hätte, „nicht nur geregelte Arbeitszeit, auch einen sicheren Arbeitsplatz sowie später eine gute Rente.

Außerdem ist es gleich um die Ecke, da hast du einen kurzen Arbeitsweg, kannst mit dem Fahrrad hinfahren oder zu Fuß laufen und – bist unkündbar. Das hast du nirgendwo sonst. Du kannst doch wenigstens mal hingehen", versuchte er mich zu überzeugen. Also machte ich mich auf den Weg. Geschockt kam ich zurück „Weißt du überhaupt, was ich dort verdiene? Ich bin doch nicht bescheuert und arbeite für einen Hungerlohn. Da kann ich ja gleich umsonst arbeiten gehen."

„Ich weiß gar nicht, was du hast", versuchte mein Mann erneut, es mir schmackhaft zu machen. „Du schuftest dich nicht zu Tode und bekommst automatisch neben den tariflichen Gehaltserhöhungen alle zwei Jahre eine Alterszulage, das macht sich am Ende bezahlt." Er hatte sich schlau gemacht. Also tauchte ich ein zweites Mal in der Personalabteilung auf und diskutierte mit dem Personalchef hin und her, wobei auch er mir immer wieder geduldig alle Vorzüge darlegte. Wohl oder übel fing ich im Schrottdepot, wie ich es ab sofort nannte, für halbe Tage als Schreibkraft an zu arbeiten.

Die alten Holzdielen knarrten leicht unter meinen Füßen, als ich den Flur im ersten Stock des alten Backsteingebäudes entlangschritt.
Ein kleiner, leicht untersetzter Mann kam am anderen Ende des Flurs auf mich zu und empfing mich mit seinen lachenden braunen Augen: „Herzlich Willkommen, Frau May, mein Name ist Wolf, ich bin ihr Vorgesetzter!"
Er führte mich zu meinem Arbeitsplatz, einem kleinen dunklen Zimmer, das ich mir mit einer Kollegin teilte. Trotz der knarrenden Dielen und der schummerig wirkenden Räume, fand ich hier einen geselligen Haufen mit lauter fröhlichen und aufgeschlossenen Menschen vor. Oder gerade deshalb? Die beiden Kraftfahrzeugmeister, Pille und Hanki-Boy, begrüßten mich, als sei ich eine alte Bekannte. Sie hatten ihr Büro gleich nebenan. Jedoch die meiste Zeit waren sie draußen bei den Handwerkern in der großen Werkshalle beschäftigt. Rechtzeitig zur Frühstückspause tauchten sie dann wieder auf. Zwei nette Herren älteren Semesters, Herr Schöller und Herr Gürtler, vervollständigten unsere Bürotruppe. Der Schöller kippte sich gern einen hinter die Binde und der Gürtler, ein ausgedienter Seemann spann oft und gern sein Seemannsgarn.

Rotwein mit Ei: Hier herrschten ganz besondere Regeln, als ich es in anderen Firmen gewohnt war. Punkt halb neun war Lagebesprechung angesagt, so hieß unsere inoffizielle Frühstückspause. Was die Männer so alles für Ideen hatten und anschleppten, verschlug mir manchmal die Sprache.
Denn es war ja nicht so, dass still und heimlich jeder für sich sein mitgebrachtes Pausenbrot verzehrte. Nein, weit gefehlt. Eine richtige Organisation war notwendig, um stets Gesundes auf den Tisch zu zaubern. Dafür wurden stets zwei Leute im wöchentlichen Wechsel eingeteilt.

„Wir sollten unser Blut bei Laune halten", meinte Hanki-Boy mit einem spitzbübischen Lächeln, während er eine Flasche Rotwein und Eier, aus seiner Aktentasche hervorzauberte und beides auf den Frühstückstisch stellte. Das Eigelb wurde aufgeschlagen und mit dem Rotwein vermengt – unser Frühstücktrunk für kommende Woche.

Mit den Worten: „Vitamine für die Augen", schleppte Herr Wolf eines Morgens einen Sack Karotten an. „Hier, die müssten für die ganze Woche reichen", stellte er mit Genugtuung fest.
Frau Mehnert und ich waren in dieser Woche mit dem Frühstücksdienst dran. Wir schnappten uns die Karotten und pressten sie fleißig mit einer uralten Küchenmaschine, die auch mal irgendjemand angeschleppt hatte, zum leckeren Karottensaft. Danach schmierte Frau Mehnert die Brötchen, und ich kochte den Kaffee. Herr Gürtler, unser Seehase, spann regelmäßig am Frühstückstisch sein Seemannsgarn. Auch, wenn er sich oft wiederholte, wir taten so, als hörten wir die Geschichten das erste Mal. Hier herrschte ein unwahrscheinlich kollegiales Verhalten. Ich fühlte mich sauwohl und war nebenbei im Rausch der Gesundheitswelle angekommen.

Um elf Uhr waren auch schon wieder meine vier Stunden Arbeitszeit 'rum. Mit dem Fahrrad fuhr ich die zwei Kilometer ins verschlafene Nest Neu-Schönningstedt, wo ich wohnte. Hier wurden abends die Bürgersteige hochgeklappt. Dafür lag es direkt am Wald, ein ideales Umfeld für Kinder.

Wenn meine Töchter, inzwischen elf und vierzehn Jahre alt, von der Schule nach Hause kamen, stand das Mittagessen auf dem Tisch. Mein Mann sollte Recht behalten, idealer ging`s nicht.
Meine Beschäftigung beschränkte sich auf Listenschreiben, und das ging mir flott von der Hand. So schob ich eine ruhige Kugel. Eigentlich zu ruhig für mein Temperament.

Achtung! Die Neue kommt!

Um zehn Uhr hatte ich mal wieder mein Pensum geschafft und schaute gelangweilt aufs Hamburger Abendblatt vom gestrigen Tag, das neben Frau Mehnert auf ihrem Schreibtisch lag. „Darf ich mal kurz in Ihre Zeitung schauen?", fragte ich sie. „Bitte", sie reichte sie mir herüber. Zufällig schlug ich die Seite mit den Stellenanzeigen für die Gastronomie auf.
Bevor ich weiterblätterte sprang mir eine interessante Annonce ins Auge.
„Für die IGA (Internationale Gartenbauausstellung) in ‚Planten un Blomen' suchen wir im Rosenhof, eine Aushilfsserviererin fürs Wochenende"
Nicht schlecht, ich nahm einen Stift zur Hand und schrieb mir die Telefonnummer auf. Als ich zu Hause war, rief ich dort an.
„Haben Sie schon mal serviert?" hakte Frau Hoppe nach.
„Ja", flunkerte ich. Na ja, so ganz gelogen war es nicht, schließlich habe ich ja mal im Eiscafé gelernt. Ich war mir sicher, das bisschen Essen auch noch servieren zu können.
„Also gut, dann kommen Sie gleich am Samstag um elf Uhr zum Servieren in den Rosenhof." Sie legte auf.
Abends lockte ich meine beiden Töchter mit folgendem Vorschlag: „Was haltet ihr davon, wenn ich in den nächsten zwei Monaten jeweils am Sonnabend und Sonntag von elf bis achtzehn Uhr im Rosenhof in Panten un Blomen serviere. Mit dem Geld, das ich dort verdiene, verbringen wir dann die Herbstferien auf einem Reiterhof."
„Und wo bleiben wir solange, wenn du servierst?", unsicher sah mich Janine an. Sie war mit ihren elf Jahren noch sehr anhänglich. Mit dem Reiterhof konnte ich sie also nicht ködern. Eigentlich hätte sie als Pferdenärrin begeistert sein müssen. Krampfhaft überlegte ich, wie ich sie doch noch umstimmen könnte.

„Ich kann euch auch mitnehmen und während ich serviere, treibt ihr euch auf dem Gelände der Gartenbauausstellung herum. Auf dem neuen riesengroßen Spielplatz könnt ihr euch austoben und mit der Bimmelbahn, die durchs blumenübersäte Parkgelände fährt, dürft ihr ab und zu mitfahren. Ich finde, Anna ist mit ihren vierzehn Jahren alt genug, um auf dich, Janine, aufzupassen." Anna nickte zustimmend. „Na, was meint ihr?" Meine unternehmungslustige Anna war sofort begeistert und hatte mehr Glück als ich, ihre Schwester von den Vorteilen meiner neuen Arbeit zu überzeugen. So stiefelten wir voller Erwartungen am kommenden Samstag los. Die Mädels stürzten sich gleich ins Gartenvergnügen und ich in Richtung Rosenhof.

„Achtung, die Neue kommt!" rief Karl seinen Kolleginnen und Kollegen zu.
„Welche Neue?", fragte Peter neugierig.
„Na, die da draußen. Schaut sie euch doch nur mal an, wie die geht. Wetten, innerhalb von drei Stunden ist die wieder draußen?!"
„Woher willst du das wissen?", schaltete sich Hannelore ein.
Fünf Kellner und zwei Serviererinnen bereiteten sich auf den täglichen Besucheransturm vor. In gut einer halben Stunde sollte das Mittagsgeschäft beginnen.
„Das sieht man doch, so wie die dahergewatschelt kommt, dass die noch nie in ihrem Leben serviert hat. So läuft keine gelernte Serviererin."

Die Morgensonne spiegelte sich in der großen Fensterfront des Rosenhofes. Er wurde extra als Übergangslösung für die Internationale Gartenbauausstellung 1973 aus viel Glas und Holz gebaut und stand mitten in Planten un Blomen, umgeben von einem Meer aus Blumen. Von außen sah er wie ein riesiger Wintergarten aus. Je näher ich dem Eingang kam, desto unsicherer wurde ich. Kaum hatte ich das Restaurant betreten, bemerkte ich, wie die Kellner und Serviererinnen mich neugierig beäugten. Das machte mich noch unsicherer. Eine bestuhlte Tischreihe reihte sich an die andere. Am Ende des großen Raumes blickte man in die offene Küche. Sie war nur durch einen Gang – für das Servierpersonal – von dem Restaurant getrennt. In der Küche herrschte bereits reges Treiben.

Eine rothaarige Frau mit weißem Kittel kam aus der Küche direkt auf mich zu, begrüßte mich und reichte mir die Hand: „Hoppe, Sie sind bestimmt Frau May?"
„Ja", antwortete ich. Meine Unsicherheit stieg.
Ohne viele Worte zu verlieren, führte sie mich zu den anderen Kellnern, nahm einen Schlüssel mit der Nummer neun aus der Kasse, gab ihn mir und zeigte mir mein Revier: Fünf Tische im Restaurant und fünf weitere Tische im Garten. „Wenn Sie Fragen haben, fragen Sie ruhig Ihre Kollegen, die helfen Ihnen dann gern weiter", und schon eilte sie zurück in die Küche.
Ungläubig betrachtete ich den Schlüssel in meiner Hand, wie sollte ich denn damit umgehen? Das konnte ja heiter werden. Dann stellte ich mich jedem einzelnen Kollegen höflich mit meinem Familiennamen vor.
„Na, lass man das Formelle, ich heiße Karl, in unserer Zunft duzt man sich", gab er mir den Rat. Die korpulente Rosi lächelte mich mit ihrem gutmütigen Gesicht wohlwollend an, dass ich sie spontan fragte: „Kannst du mir vielleicht die Kasse erklären? Damit habe ich noch nie gearbeitet. Wo ich mal gelernt habe, hatten wir nur eine Schublade fürs Geld." Geduldig erklärte sie mir dieses Monstrum von einer Kasse.
„Frag ruhig nach, wenn du Schwierigkeiten hast." Auch sie duzte mich sofort. Schnell ging sie mit mir noch alles genau durch, denn in den nächsten Minuten wurden die ersten Gäste erwartet.
So richtig kapiert hatte ich das mit der Kasse trotzdem noch nicht. Ein mulmiges Gefühl machte sich in meiner Magengegend breit: ‚Wie soll ich das nur schaffen, wenn alle Tische voll besetzt sind? Was hab ich mir bloß dabei gedacht, als ich die Anzeige im Hamburger Abendblatt las'. Unsicher stand ich nun mit meinem Talent da. Der Kassenschlüssel brannte mir in der Hand!
Und dann – kam meine Rettung! Dunkle Wolken zogen am Himmel auf. Kurze Zeit später prasselte der erste Regenschauer nieder. Der Ansturm der Gäste blieb aus. Wir brauchten nur im Lokal zu servieren.
„Hast du aber ein Glück", raunte Karl mir bei der Essenausgabe zu, als ich versuchte, drei riesengroße schwere Porzellanteller auf einmal auf meine Hände und Arme zu verteilen. „Bei dem Regen brauchst du draußen nicht auch noch servieren. So kannst du es ganz in Ruhe lernen."

Auch wenn ich Glück hatte, wie Karl meinte, die verschiedenen Gerichte auseinander zu halten, sie den Gästen zu bringen sowie die Kasse zu bedienen und hinterher auch noch zu kassieren, war trotzdem schon genug Arbeit für mich. Das hatte ich mir doch einfacher vorgestellt.

Rechtzeitig zur Kaffeezeit entschloss sich die Sonne – zuerst zaghaft – zwischen den Wolken hervorzugucken, um dann wenig später in voller Pracht zu erscheinen. Der Spuk vom Regen war vorbei. Innerhalb kurzer Zeit waren die Tische draußen gerammelt voll und ich in meinem Element, denn das hatte ich ja bereits in meiner Lehrzeit im Eiscafé gelernt. Zwischendurch kam Frau Hoppe auf mich zu und sagte: „Dafür, dass Sie es noch nie gemacht haben, servieren Sie schon ganz gut."
Ich war aufgenommen!
Nach dem Kaffeegeschäft war Wachablösung. Als ich mich von Rosi verabschiedete, steckte auch sie mir: „Weißt du, Moni, wir haben an deinem Gang gesehen, dass du noch nie serviert hast und Wetten abgeschlossen, wann die Hoppe dich spätestens nach Hause schickt. Alle Achtung, du hast dich gut geschlagen." Zufrieden mit mir, sammelte ich meine Mädels ein und fuhr mit ihnen nach Hause.

So verbrachten wir unsere nächsten Wochenenden in Planten und Blomen inmitten eines unbeschreiblichen Blütenmeeres. Die Mädels freuten sich die ganze Woche aufs Wochenende, um sich dort auszutoben. Geld genug hatten sie auch dabei, mein Trinkgeld war nicht schlecht.

Besonders in der Kaffeezeit, wenn die Sonne schien, waren die Außentische gerammelt voll. Als Ausgleich für die ruhige Kugel im Büro konnte ich mich hier in meinem Revier voll austoben. Je voller es war, desto hochtouriger wurde ich. Schwierig war oft der Nachschub, entweder es gab keine Deckel mehr für die Kaffeekännchen oder der Wunschkuchen war ausgegangen. Manchmal hatte ich das Gefühl, ich hätte viel mehr verkaufen können, und manchmal schien bei der Ausgabe alles aus dem Ruder zu laufen. Das brachte mich auf eine Idee. Kurzentschlossen stellte ich so viele Kuchenteller wie möglich mit dem Kuchen, der noch verfügbar war, auf einen Schlitten (großes Tablett).

Dann rauschte ich mit den Worten: „Wer möchte Kuchen?", durch mein Revier. Der Kuchen ging weg wie warme Semmeln. Egal was, Hauptsache Kuchen. Das gleiche tat ich mit den Kännchen – ohne Deckel und fragte erneut: „Wer möchte lieber ein Kännchen heißen Kaffee ohne Deckel oder gar keinen Kaffee, uns sind nämlich die Deckel ausgegangen!" Alle wollten!
„Der bleibt heute in der warmen Sonne sowieso warm", meinte verständnisvoll eine ältere Dame, als ich ihr das Kännchen hinstellte. Alle waren zufrieden. Jedenfalls in meinem Revier.
Als ich bei einer älteren Dame abkassierte, sagte sie verblüfft: „Wissen Sie, es ist komisch, ich komme fast jeden Sonntag hierher und bestelle mir stets ein Gedeck, Kaffee und Kuchen, und jeden Sonntag zahle ich einen anderen Preis, und soll ich Ihnen noch was verraten?"
Ich war ganz Ohr.
„Bei Ihnen zahle ich am Wenigsten!"
„Ja?", gab ich erstaunt zurück, „hm, das ist wirklich komisch, vielleicht habe ich ja zu wenig berechnet, aber egal, ich muss leider weitermachen."
Das war also der Grund, warum meine lieben Kollegen gleich am Anfang zu mir sagten:
Moni, draußen gibt es keine Speisekarten, was Kaffee und Kuchen sowie Getränke kosten, haben wir im Kopf."
Na, warte! Bevor ich mich nach Feierabend von meinen Kollegen verabschiedete, steckte ich es Ihnen.

Die Saison neigte sich dem Ende zu. Am letzten Serviertag im Rosenhof verabschiedeten sich alle ganz herzlich von mir. Rosi sagte: „Moni, du warst eine wirklich nette Kollegin und hast dich tapfer zwischen uns geschlagen. Ich arbeite ab und zu am Wochenende in einer Gaststätte mit Festsaal, dort finden gerade im Winter viele Vereinsbälle statt, wenn du Lust hast, kannst du gern mal mitkommen. Wir brauchen immer gute Leute."
Nun war ich endgültig in meinem neuen Beruf angekommen.
Eine Woche später löste ich mein Versprechen ein und verbrachte mit meinen Töchtern wunderschöne Ferien auf einem Reiterhof in der Holsteinischen Schweiz.

Kurze Zeit später, wir waren bereits aus unserem Urlaub zurück, rief Rosi an und fragte, ob ich nicht am nächsten Samstag einmal zum Servieren mitkommen möchte. Mein Mann war längst von seiner Auslandsreise zurück. Ausführlich hatte ich ihm von meinen lukrativen Wochenendausflügen erzählt, jedoch servieren in einer Kneipe? Davon war er überhaupt nicht begeistert.
Trotzdem startete ich einen Versuch. Am Anfang brachte es mir noch Spaß, doch gegen Mitternacht flitzte ich mit „Lütt un Lütt", Korn und Bier durch die Reihen und kämpfte mich durch immer dichter werdende Rauchschwaden. Dagegen war das Servieren auf der Gartenbauausstellung die reinste Frischluftkur.
„Sag mal, wie stinkt es hier auf einmal so furchtbar", sagte mein Mann zu mir, als ich mich gegen morgens ins Schlafzimmer schlich. Ich war wohl eine einzige Rauchsäule. Und so fühlte ich mich auch noch die nächsten Tage. Nicht nur, dass ich Kopfschmerzen hatte, mein ganzer Körper schien vergiftet zu sein. Vier Tage brauchte mein Körper, bis er wieder im Vollbesitz seiner Lebensgeister war. Von diesem Job ließ ich lieber die Finger. Der Preis war mir zu hoch. Wir waren überzeugte Nichtraucher!

Feierlaune: Es wurde wieder ruhiger in meinem Leben, denn in den nächsten Monaten begnügte ich mich mit meinem Job im Gerätedepot. Nach dem Motto:
„Wer tagein, tagaus ein ganzes Jahr
im Gerätedepot stets auf dem Posten war,
der soll im Kreise der Kollegen
auch die Geselligkeit mal pflegen!"
Diese Worte standen auf der ersten Seite der Bierzeitung, die kreative Kollegen vom Festausschuss zum Anlass unseres Julklappfestes herausgebracht hatten.
Allein die Organisation machte Riesenspaß. Aus wenig wurde viel gezaubert. Denn Geld, wie es gerade in den privaten Firmen für solche Festivitäten Gang und Gäbe war, gab es vom Vater Staat nicht. Die gesamte Mannschaft wurde eingeladen, auch die Handwerker aus der Werkstatt sowie unsere Ehepartner. Der Festausschuss, der jedes Jahr neu gewählt wurde, ließ sich Einiges einfallen.
Unser schrägster Vogel war Otto, zuständig für Panzer, Betten und Matratzen, wie er stets betonte. Ich glaube, alle mochten ihn.

Er kam aus Kasseburg, demselben Dorf, in dem mein Vater als Sohn eines Bauern geboren wurde. Wahrscheinlich fühlte ich mich allein schon deshalb dem Otto sehr verbunden. Er war ein Hansdampf in allen Gassen und ließ sich immer wieder neue Späße einfallen.

Wir hatten uns um eine weihnachtlich geschmückte Tafel versammelt. Der Klang einer Glocke ließ das wirre Durcheinander unserer Gespräche ganz plötzlich verstummen. Alle Köpfe schwenkten in die Richtung, von wo der Klang zu hören war. Mit lautem Gepolter wurde die Eingangstür zum Casino geöffnet. Eine kleine dicke Putzfrau erschien im Türrahmen und zog einen Bollerwagen hinter sich her. Eine blonde Lockenpracht und die knallroten Wangen sowie ihr kirschroter Schmollmund schmückten ihr schmales Gesicht. Zwei überdimensionale Brüste spannten sich unterm knallroten Wollpulli, als wollten sie ihn sprengen. Über dem knielangen Rock trug sie eine bunte Schürze. Nur die behaarten Beine mit den dicken Waden wollten so gar nicht zum übrigen Putzfrauenoutfit passen. Witzbold Otto spielte mal wieder seine Lieblingsrolle. Er nahm die Bierzeitung in die Hand und las laut und deutlich vor. Jeder von uns bekam sein Fett weg: zwar lustig, jedoch ganz schön übertrieben. Trotzdem steckte in jedem Vers ein Fünkchen Wahrheit.
Denn, dass Schöller gern einen über den Durst trank, war uns allen bekannt, trotzdem konnten die Verfasser der Bierzeitung es nicht lassen, über ihn zu schreiben:
*„Unser Schöller, dieser Knilch, trinkt nicht gerne Flaschenmilch, sondern lieber Alkohol, denn danach ist ihm pudelwohl.
Einmal hab`n wir ihn belauscht, da war er wirklich sehr berauscht.
Säuselnd hing er auf der Bank, der Anblick machte uns ganz krank.
Und die Moral von der Geschicht?...
Trink` Milch! Dann blüht dir so `was nicht!*

Danach bekam jeder sein Julklapp-Päckchen. Wir feierten bis in den frühen Morgen.

Hotel- Geschichten

Nicht nur die Tage wurden wieder länger, auch die Frühlingsonne hatte schon ordentlich an Kraft zugelegt. Das war ein Grund für mich, mein Fahrrad wieder aus dem Keller zu holen.

Ein schwerer, nach Honig riechender Duft wehte vom Rapsfeld herüber. Lautes Gezwitscher der Vögel erfüllte die Luft.
Emsig bastelten sie an ihren Nestern. Auch ich steckte voller Tatendrang und bastelte an einem neuen Plan. Im Büro war mal wieder nicht viel los.
So blätterte ich in den Stellenanzeigen des Hamburger Abendblattes. Überhaupt, wenn andere Leute Rätsel lösten, stöberte ich lieber in den Stellenanzeigen, um mich schlau zu machen, was der Markt so anzubieten hatte. Mal wieder wurde ich fündig.

‚Aushilfs-Serviererin für unsere Vierländer-Stuben gesucht'
Absender war das Hotel „Loews Hamburg Plaza"

Noch am selben Abend erzählte ich meinem Mann davon.
„Du hast ja vielleicht Vorstellungen, es ist ein Fünf-Sterne-Hotel und bestimmt zwei Nummern zu groß für dich. Die nehmen garantiert nur gelernte Kräfte." Er schüttelte den Kopf und staunte mal wieder über so viel Naivität.
„Das weiß ich auch, deshalb habe ich mir Folgendes überlegt, weil es ein internationales Hotel ist, brauchen die mit Sicherheit auch Servierkräfte, die englisch sprechen können. Das wäre schon mal ein Vorteil für mich. Außerdem schlage ich ihnen vor, dass ich anfangs, bis ich alles kapiert habe, mit weniger Lohn zufrieden sein werde."
„Hm, versuch dein Glück." Er wusste, ich war sowieso nicht aufzuhalten.
Ich hatte Glück. Mein Plan ging auf.

Gleich am nächsten Tag nahm ich den Hörer und unterbreitete dem Personalchef meinen Vorschlag. So abwegig fand er meine Idee gar nicht und gab mir einen Vorstellungstermin.
Ich zog mich schick an, ließ mein schulterlanges Haar zu einer schicken Hochsteckfrisur drapieren und machte mich auf den Weg.
Mal wieder hatte ich unwahrscheinliches Glück. Wie ich erst viel später feststellte, war der Personalchef im Urlaub und wurde vom Wirtschaftsdirektor vertreten, der gab mir eine Chance. Statt zwölf Mark die Stunde, sollte ich in den ersten sechs Wochen nur acht Mark die Stunde verdienen, dann würden wir neu verhandeln, meinte er. Ich solle nur noch einen günstigen Zeitpunkt abwarten.

Das hieß, wenn die Hütte brennt, und sie mehr Servierpersonal benötigen, als sie haben. Keine Woche später hatte ich den Job.

Zahnarztkongress in Hamburg: Das Hotel war mit Zahnärzten ausgebucht. Alle Hände wurden benötigt.
Mit klopfendem Herzen stand ich vor diesem neuen 120 Meter hohen und größtem Gebäude Hamburgs, dem neuen fünf Sterne Hotel „Loews Hamburg Plaza". Ein Ableger vom „Loews New York". Gleich nebenan war das neue Kongresszentrum. Erst vor einem Jahr war dieser Komplex mit dem Hotelturm fertiggestellt worden. Vor Aufregung rutschte mir mein Herz fast in die Hose, als ich die drei Stufen zum Personaleingang erklomm, um mich beim Pförtner zu melden. Hatte ich nun doch zu hoch nach den Sternen gegriffen? Doch zum Umkehren war es zu spät. Der Pförtner rief in den Vierländer Stuben an, nach kurzer Zeit erschien der Oberkellner, der gleich mit mir zur Hausdame ging. Dort bekam ich eine Art Vierländer-Dirndl verpasst, meine neue Arbeitskleidung. Ein bisschen mehr Busen hätte da schon reingepasst. Leider gab es noch kein „Push Up" oder „Wonderbra", den hätte ich gut gebrauchen können. Meine neuen Kollegen wurden über mein Nichtkönnen aufgeklärt und waren sehr kollegial. So brauchte ich anfangs nur den Commi zu spielen. Das heißt, meinen Kollegen, den Chef de Rang, zuzuarbeiten.
Nach ein paar Terminen war ich dann voll im Geschäft, und bereits nach sechs Wochen bekam auch ich den vollen Stundenlohn von zwölf Mark.

Kurze Zeit später erschien Ingrid aus Trittau auf der Bildfläche, eine neue Kollegin. Sie kam mir sehr gelegen, denn, wenn wir gemeinsam einen Termin hatten, nahm sie mich in ihrem VW-Käfer mit. Ihr Arbeitsweg führte durch meinen Wohnort.

Stars und Sternchen: kreuzten nun meinen Servierweg. Zwischen der Küchenausgabe und dem Restaurant war ein langer Tresen mit Barhockern, auf denen sich ab und zu Hotelgäste niederließen, um sich vor dem Schlafengehen noch ein Bierchen zu genehmigen.
„Irgendwoher kenne ich Sie", fragte ich einen jungen Mann, der lässig am Tresen saß und ein Bier bestellte.

„Klar, ich bin Tom Jones", gab er schlagfertig zurück und setzte ein breites Lachen auf. Ich überlegte kurz, auch wenn er Ähnlichkeit mit Tom Jones hatte, aber das glaubte ich nun doch nicht.
Dirk, ein Kollege, der an der Kaffeemaschine hantierte, nahm mich zur Seite und flüsterte mir ins Ohr: „Mensch, Moni, das ist doch der Manager der Sweets!"
„Die Sweets? Wer sind denn die Sweets? Die kenne ich nicht, nie von gehört."
„Was, du kennst die Sweets nicht, die bekannte Rockgruppe aus England?"
„Aha, trotzdem kenne ich sie nicht."
Am nächsten Morgen, als meine Älteste am Frühstückstisch erschien, fragte ich sie: „Hast du schon mal von den Sweets gehört?"
„Die Sweets, Mama, sind die etwa bei euch im Hotel?"
„Ja!"
„Waaas, und du hast sie nicht erkannt?"
„Woher denn!"
„Hast du das große Poster in meinem Zimmer noch nie gesehen?", sie nahm mich an die Hand und schleifte mich in ihr Zimmer.
Unübersehbar hing ein überdimensionales Poster von den Sweets an der Wand über ihrem Bett.
Komisch, das war mir bisher nicht aufgefallen. Na ja, seit sie ihr Zimmer selber in Ordnung hielt, war ich ja auch kaum noch drin.

Bevor die Sweets abends auf ihr Zimmer gingen, kamen sie auf ein Bier vorbei. Während die Gruppe sich an die Bar setzte, kam einer von ihnen auf mich zu, schaute mich mit seinen tiefblauen Augen an und fragte höflich:
„Hast du nicht Lust, wenn du gleich Feierabend hast, mit mir auf einen Drink in eine Bar oder Kneipe zu gehen?"
Ich dachte ich höre nicht richtig. Weil das Hotel völlig ausgebucht war, musste ich die ganze Woche den Spätdienst in den Vierländer Stuben schieben. Das schlauchte.
„Tut mir leid, aber das geht nicht, ich muss schon morgen früh um sieben Uhr wieder an der Schreibmaschine sitzen", lehnte ich dankend ab.
„Schade, vielleicht klappt es ja morgen."
Wieder stand er am nächsten Abend vor mir. So ging es die nächsten Tage.

Er gab die Hoffnung, mich doch noch überreden zu können, nicht auf. Inzwischen begrüßten wir uns, als seien wir alte Bekannte, mit Küsschen links und Küsschen rechts auf die Wange.
Es wurde Zeit für mich, ihm zu sagen, dass ich verheiratet sei. Das schien ihn überhaupt nicht zu stören.

„Mensch, mach doch keinen Aufstand, ich will doch nur ein Bier mit dir trinken gehen", versicherte er mir. Er gab die Hoffnung bis zum Schluss nicht auf. Doch ich traute ihm nicht, so ausgeflippt wie der mit seinen hautengen Lederklamotten sowie seiner dunklen schulterlangen Lockenpracht aussah. Bis die Jungs eines Abends nicht mehr kamen. Sie waren abgereist. Eine Autogrammkarte mit einer persönlichen Widmung von ihm schenkte ich Anna. Er war der Drummer auf dem Bild. Eigentlich schade. Was wäre gewesen, wenn er wirklich nur ein Bier mit mir trinken wollte. War ich blöd!

Querelen tauchten am Servierhimmel auf, ausgerechnet mit einer Gruppe französischer Geschäftsleute. Sie wohnten im Hotel und fanden sich zum Essen im Restaurant ein. Ich beobachtete, wie ein Kollege Schwierigkeiten mit ihnen hatte. Es drohte zu eskalieren. Wütend schimpfe er vor sich hin, als er die Biergläser unter den Zapfhahn stellte.
„Weißt du was", schlug ich ihm vor, „übernimm du mein Revier und ich übernehme deins, okay?"
Freundlich, aber betont sagte ich auf Englisch zu ihnen:
„Vergessen Sie alles, was bis jetzt geschehen ist, ab sofort bin ich für Sie zuständig, Sie werden sehen, wir werden bestens miteinander klarkommen." Ich brachte sie zum Lachen, und wir hatten viel Spaß miteinander. Viel Trinkgeld gab es am Ende noch obendrauf.

Schwarze Brigade: Ingrid war von Haus aus neugierig und machte sich auf den Weg, um sich die Bankett-Abteilung, die eine Etage höher lag, anzuschauen. Freudestrahlend kam sie zurück und überraschte mich mit den Worten:
„Moni, stell dir vor, da oben suchen sie auch Aushilfskräfte, und soll ich dir noch was sagen, die zahlen 16 Mark die Stunde."
„Wie bitte? So viel?", ungläubig schaute ich Ingrid an.
„Wie ist es, hast du Lust? Wollen wir beide uns da oben bewerben?", schlug Ingrid vor.

„Klar, habe ich Lust, ich bin dabei."
In den siebziger Jahren waren in den meisten noblen Restaurants und den Bankettabteilungen der Fünf-und-Viersterne-Hotels keine Frauen im Service erwünscht.
Wir hatten Glück und wurden im Kreise der ‚schwarzen Brigade'* aufgenommen.

Wegen der Berufskleidung (schwarze Hose und Jacke bei den Herren) wird das Personal im Service ‚schwarze Brigade' genannt und die Küchenbrigadel aufgrund seiner weißen Kleidung ‚weiße Brigade'.

Ingrid und ich waren die einzigen Frauen zwischen lauter männlichen Kollegen, die aus aller Herren Ländern und aus den verschiedensten Berufen kamen. Das gefiel mir.
Nicht nur gelernte Kellner, auch Studenten aller Fachrichtungen waren unsere neuen Kollegen. Vom Vierländer Dirndl konnten wir uns hier oben verabschieden, unsere neue Berufsbekleidung war schwarzer Rock und weiße Bluse. Außerdem mussten wir diese kleinen weißen Fummel von Schürzen vor dem Bauch tragen. Das erinnerte mich ans Eiscafé und den Rosenhof. Womit ich seit eh und je auf Kriegsfuß stand, war die Schleife. Sie akkurat zu binden war einfach nicht meine Nummer. Ob ich sie hinten band oder es vorn versuchte, manchmal probierte ich so lange, bis am Ende die steif gestärkten Bänder nur noch zerknautscht und schlaff herunterhingen.
War ich froh, wenn Ingrid in meiner Nähe war. Begreifen konnte es keiner. Ich auch nicht!

Mit den Terminen wurde es etwas ruhiger, aber von den Tätigkeiten her turbulenter. Nur mal eben die Tellergerichte hinstellen und Getränke einschenken, diesen Service gab es hier oben selten. Hier musste ich die hohe Schule der Servierkunst erlernen. Die Sporen für den Chef de Rang* musste ich mir erst noch durch hartes Training verdienen, und zwar ganz nebenbei. Keine Extra-Schulung!
Ein Chef de Rang ist in der Sternegastronomie für eine Servicestation mit ca. 15 bis 25, manchmal noch weniger, Gästen zuständig.

Jeweils zwei Kellner, bestehend aus einem Commi und dem Chef de Rang, waren als Team für ein Revier zuständig.

Je nachdem, was für ein Menü vom Veranstalter für seine Gäste bestellt wurde, bestand das Revier mal aus zwei, mal aus drei Tischen und manchmal nur aus einem einzigen Tisch für acht Personen.
„Lassen Sie sich alles von den Kollegen zeigen und passen Sie gut auf, damit Sie es bald können", meinte der Oberkellner zu mir. Für Ingrid war es einfacher. Sie hatte bereits in der gehobenen Gastronomie in Lütjensee gearbeitet.

Schnell hatte auch ich mich – Dank Heinz Ohlendorf – zum Chef de Rang hochgearbeitet. Er war unser bestes Pferd im Stall und hatte diesen Beruf von der Pike auf gelernt. Jahrelang war er auf dem Kreuzfahrtschiff, der alten Hanseatic von der Reederei Hamburg-Atlantik-Line, als Chef de Rang um die Welt geschippert. Wir verstanden uns von Anfang an. Er war es, der mir so ziemlich alles beibrachte, was man wissen und können musste, um einen perfekten Service in einem Fünfsterne-Hotel hinlegen zu können.
Heinz war erst mit dem Eindecken der Tische zufrieden, wenn alles millimetergenau an seinem Platz stand, wo es hingehörte. Ich war baff, zu sehen wie die Tischreihen und die Gläser, das neunteilige Besteck sowie die kunstvoll drapierten Servietten, jedes Teil für sich, eine schnurgerade Linie aufwiesen und das von jedem Winkel des Raumes aus gesehen. Nur so ergab es ein harmonisches Gesamtbild. Ich war gern sein Commi.
Auch, wenn Heinz ein strenger Lehrer war, von Sieben-Gänge-Menüs bis hin zum Gala-Dinner hat mir Heinz alles nach und nach beigebracht. Dafür war ich ihm unendlich dankbar!

„Neue Ideen braucht das Hotel", meinte der Bankettleiter eines Tages zu mir.
Ihm gefiel mein Engagement, das ich an den Tag oder auch an die Nacht legte. So brütete er stets etwas Neues aus. Mit einer Sektbar im Durchgangsfoyer zum CCH meinte er, den Vogel abgeschossen zu haben.
„Wissen Sie Frau May, wenn drüben im CCH die Veranstaltung vorbei ist, latschen so viele Menschen durch unsere Hotelhalle, das müssen wir ausnutzen."
Wartend auf den großen Ansturm, stand ich hinter der Sektbar. Kaum war die Veranstaltung im CCH vorbei, strömten die Leute durch unsere Hotelhalle in Richtung Ausgang zum Dammtor.

Die meisten rauschten an mir vorbei, ohne die Bar überhaupt zu registrieren. Einige der Gäste blieben verwundert stehen und bestellten sich schließlich einen Gute- Nacht-Schluck. Doch der Umsatz war zu gering und mein Stundenlohn zu hoch. So stellten wir diese Aktion schnell wieder ein.

Blauer Satellit: Bei der nächsten Aktion war ich nun aber doch überfordert.
Ich weiß nicht, welchen Stein im Brett ich beim Bankettleiter hatte, denn was er eines Tages von mir verlangte, hatte ja eigentlich nichts mit dem Service zu tun, rein gar nichts.
Aufgeregt kam er zu mir und fragte: „Waren Sie schon mal oben im „Blauen Satelliten", unsere Bar in der 26. Etage?"
„Nein, warum?" Auch noch eine Bar aufzusuchen, dazu hatte ich nun wirklich keine Zeit in meinem arbeitsreichen Leben.
„Der DJ fällt für die nächsten zwei Tage aus, trauen Sie sich zu, Schallplatten aufzulegen?" Nach kurzem Überlegen, antwortete ich: „Hm, ich glaub schon, kann ja nicht so schwer sein."
„Okay, dann kommen Sie morgen Abend um neun Uhr, der Bar-Chef wird Sie dann einweisen."
Mit stolzgeschwellter Brust überraschte ich meinen Mann, als ich nach Hause kam: „Morgen bin ich DJ im Blauen Satelliten."
„Du bist was?"
„Na, oben in der Bar leg ich die Platten auf!"
„Aha", ein wenig komisch schaute er mich an und schüttelte mal wieder den Kopf.
Als ich das Musikpult mit den vielen Knöpfen sah, wurde mir mal wieder, wie schon so oft in meinem Leben, ganz schön mulmig zumute. Der Bar-Chef, ein verständnisvoller Mensch, gab sich die allergrößte Mühe, mir das Notwendigste beizubringen. Wie man rechtzeitig eine neue Scheibe auflegt, bevor die alte ausgespielt hatte, kapierte ich schnell. Sie lauter oder leiser zu stellen, hatte ich auch schnell raus. Doch als ein Gast auf mich zukam und mich bat: „Würden Sie bitte die Platte von Berry White – The First, the Last, my Everything – spielen?"
‚Berry White', wiederholte ich in Gedanken, ‚wer in aller Welt ist das denn'? Sagte es ihm natürlich nicht, stattdessen antwortete ich: „Ich versuche es, dauert aber noch einen Moment!"

Schnell rannte ich zum Oberkellner und fragte: „Wer ist Barry White, haben wir den überhaupt?" Ungläubig und etwas seltsam schaute er mich an.

Na ja, wenn ich nur am Schuften war, bekam ich doch gar nicht mit, was in der Musikszene so lief. Mehr schlecht als recht habe ich mich dann zwei Tage am DJ-Pult gehalten. Die meisten Gäste hatten ja auch keine speziellen Musikwünsche.

So konnte ich schön der Reihe nach die Platten auflegen, die der Bar-Chef mir vorher zurechtgelegt hatte. Und was die Discomusik als solche betraf, war ich hellauf begeistert. Trällerten bei uns im Bankett hauptsächlich deutsche Schlagersänger, so traute ich meinen Ohren nicht, was für ein toller Diskosound da oben lief. Dabei auch noch die Drinks zu servieren, das konnte ich mir auch gut vorstellen. Und überhaupt, dieser überwältigende Ausblick über Hamburg bei Nacht, was für ein schöner Arbeitsplatz. So dauerte es nicht lange, und der Blaue Satellit zählte unter anderem auch zu meinem neuen Wirkungskreis, und diesmal schlug ich Ingrid vor, doch auch ab und zu einen Termin im Blauen Satelliten anzunehmen. Das taten wir nur ganz selten, wenn es im Sommer im Bankett keine Termine gab. Außerdem nur an einem Freitag oder Samstag.

Eigentlich durfte ich nur an zweiundfünfzig Tagen im Jahr einen Nebenjob ausüben. Doch irgendwie hatte ich das im Laufe der Jahre aus den Augen verloren, man brauchte mich ja ständig hier und da. Deshalb knallten wir die Tage, an denen ich nur ein paar Stunden arbeitete, mit anderen Tagen zusammen. So einfach war das.

Irgendwann waren mein Mann und ich von dem vielen Geld, das wir jetzt gemeinsam nach Hause brachten, völlig berauscht. Wir brauchten ja auch jede müde Mark, denn wir träumten von einem Haus in Pakistan. Das Grundstück hatte mein Mann bereits in Karachi gekauft.

Ein Unglück kommt selten allein: Alles lief wie am Schnürchen. Morgens spielte ich Tippse, mittags Hausfrau und am Wochenende Serviererin. Mein Mann und ich waren ein eingespieltes Team. Allerdings durfte nichts dazwischen kommen. Doch es kam was dazwischen. Mein Mann wurde krank und ich nervös. Nun musste ich alles selbst auf die Reihe kriegen.

Als ich ihn für ein paar Tage ins Krankenhaus brachte, passierte das Malheur. Auf dem Rückweg verfuhr ich mich. Irritiert schaute ich nach oben auf den Wegweiser, eine Sekunde zu lange, ausgerechnet in einer scharfen Kurve hatte ich den Lenker nicht rechtzeitig nach links gedreht und fuhr mit voller Fahrt in Richtung Bürgersteig. Ein Laternenmast stand dem Auto im Weg und bums, klebte mein Auto daran fest.

Bevor ich überhaupt kapierte, was passiert war, erschien auch schon ein Polizist auf der Bildfläche. War ja kein Wunder, ich stand direkt vor einer Polizeistation. Er riss die Wagentür auf und fragte: „Ist Ihnen was passiert?" Ganz entgeistert schaute ich ihn an und stammelte:

„Nein, aber ich glaube meinem Auto."

Erst beim Aussteigen bemerkte ich, dass vorne alles verbogen war. Mir liefen die Tränen, zuerst ganz langsam, dann immer heftiger, bis ich einen richtigen Weinkrampf bekam. In wenigen Sekunden war ich umringt von weiteren Polizisten. „Beruhigen Sie sich doch, seien Sie froh, dass Ihnen nichts passiert ist."

Der hatte gut reden, wie sollte ich jetzt nur alles schaffen. Ich heulte und heulte und faselte was vom Krankenhaus, von meinen Kindern und von meiner Arbeit, bis der nette Polizist sagte:

„Kommen Sie, ich bringe Sie jetzt erst einmal zum Arzt."

Der hatte seine Praxis auch gleich neben der Polizeistation. War ja praktisch.

Sofort bekam ich eine Beruhigungsspritze und musste nach einer Weile mit dem Polizisten zurück aufs Revier. So allmählich wurde ich auch wieder handlungsfähig. Die anderen Polizisten hatten mein Auto auf den Bürgersteig gefahren und fragten: „Wohin soll das Auto abgeschleppt werden? Fahren können Sie damit nicht mehr."

„Einen Moment, ich muss erst einmal mit meinen Arbeitskollegen reden, das sind nämlich Kraftfahrzeugmeister, die haben für alles eine Lösung", und ich erzählte ihnen, wo ich arbeite. Nun war ich wieder hellwach. Muss eine Wunderspritze gewesen sein, die mir der Arzt verpasst hatte. Bevor ich mich auf den Heimweg machte, schaute ich mir unseren VW-Käfer noch einmal genau an. Irgendwie sah er zwei Nummern kleiner aus.

Im Büro jammerte ich dem Pille und dem Hanki Boy die Ohren voll. Wie erwartet, hatten sie auch gleich eine Lösung parat

Sie riefen bei der Polizeistation an und versprachen ihnen, das Auto am nächsten Morgen abzuholen. Danach brachten sie es in ihre Werkstatt, besorgten Ersatzteile vom Autofriedhof und bastelten es in ihrer Freizeit in stundenlanger Kleinarbeit wieder zusammen. Dann stellten sie es mir, wie neu geworden, vor die Tür.
Sie ließen auch nicht mit sich reden, als ich sie für ihre mühevolle Arbeit entlohnen wollte; nur das Geld für die Ersatzteile nahmen sie an. Nicht zu glauben, welch eine Hilfsbereitschaft!

Das Fest der Feste: Loews wurde an die Canadian-Pazific-Gruppe verkauft. „CP-Hotels – Hamburg Plaza" prangte nun in großen Lettern auf der vorderen Seite des Hotelturms. Nun flatterte uns ein neuer Direktor ins Haus. Elovic war sein Name. Er sprühte förmlich vor Temperament und neuen Ideen. Überhaupt war er ein außergewöhnlicher Mensch. Sechzehn Sprachen beherrschte er. Was das Personal anging, so hatte er seine ganz eigene Philosophie: „Wir sind eine große Familie, und sollten uns hier alle wie zu Hause fühlen!" Das war nicht nur eine Floskel von ihm, er behandelte uns auch so. Stets hatte er ein offenes Ohr – für jeden von uns.
Seine neueste Idee: Er wollte an Silvester ein Fest arrangieren, wie es die Hamburger Bürger in diesem großen Stil bis dahin noch nicht erlebt hatten.
Für uns war es im Hotel die erste Silvester-Veranstaltung. Bisher hatten wir Silvester immer frei. Nun musste jeder an Bord sein.
Ab sofort hieß es: „Wer das ganze Jahr über Termine bekommt, muss jetzt auch Silvester ran." Das wurde schwierig für mich, denn mein Mann ist ein Silvesterscherz – er hat an diesem Tag Geburtstag. Da konnte ich ihn doch nicht allein lassen. Tagelang zermarterte ich mir den Kopf, um eine Lösung zu finden. Und, mir fiel eine ein. Ich ging zum Oberkellner und versuchte ihm folgenden Vorschlag zu unterbreiten:
„Herr Ohde, mein Mann hat Silvester Geburtstag, da ich ihn ja schon übers Jahr so viel allein lasse, bring ich es nicht übers Herz, es an diesem Tag auch zu tun. Wäre es nicht möglich, dass ich meinen Mann mitbringe, und er Joachim hinter der Getränkeausgabe hilft? Ich meine, das wird er schon auf die Reihe kriegen. Sie brauchen ihm auch nicht denselben Stundenlohn bezahlen, wie wir ihn bekommen!" Tatsächlich, mein Plan ging auf. Nach kurzem Überlegen meinte Herr Ohde:

„Ja, warum nicht?"
Nun brauchte ich nur noch meinen Mann zu überzeugen.

„Das Fest der Feste" nahte. Elovic, ein Mann von Welt, stellte alles auf die Beine. Die Gäste sollten dieses Fest nie mehr in ihrem Leben vergessen. Und ich? Ich werde es auch nie mehr vergessen!
Teilweise dachte ich: ‚Ich bin bei Onassis auf seiner Riesenyacht', denn dort gab's auch immer rauschende Feste, bei denen es an nichts, an gar nichts, fehlte. Stand ja in der Regenbogenpresse.
Mitten im Saal war das Büfett aufgebaut, damit die Gäste es von allen Seiten nicht nur bewundern, sondern sich auch nach Herzenslust daran bedienen konnten. Eine Hummerpyramide bis zur Decke, große Glasschalen randvoll mit russischem und persischem Kaviar, – waren sie leer – wurden sie aus zwei Kilo-Dosen nachgefüllt. Übrigens mein erster Hummer und Kaviar, den ich probierte. Hummer fand ich okay, aber dem Kaviar konnte ich nichts abgewinnen und verstand nicht, wieso die Leute ganz verrückt danach waren. Als ich später mal im Fernsehen sah, wie man dem lebenden Stör den Kaviar aus dem Bauch schneidet, war ich froh, dass ich nicht mehr davon gegessen hatte, und wütend auf die Menschen, die ganz verrückt danach waren. Keine Delikatesse, die nicht auf dem Büfett stand.
Der Champagner floss in Strömen, ob Pommery & Greno oder Moët Chandon – aus Magnum Flaschen, die ich kaum halten konnte, wenn ich die leergetrunkenen Gläser der Gäste nachschenkte.
Ebenso die harten Getränke wie edle Whisky- und Cognacsorten – alles gab's im Überfluss. Die Übernachtung im Hotel sowie das Katerfrühstück am nächsten Morgen – ein „All-Inklusive-Gourmet-Paket" für vierundzwanzig Stunden – wozu auch der Besuch sämtlicher Bars und Restaurants gehörte.
Für lächerliche 299 Mark! Pro Paar!
Das war einmalig! So, in dieser Form, gab es das Fest danach nicht wieder.

Nachdem der Hauptansturm der Getränkeausgabe so gegen zwei Uhr morgens vorbei war, gab Joachim meinem Mann frei. Er nutzte die Zeit und mischte sich unter die Gäste. Fiel ja auch nicht auf. Schließlich trug er auch einen schwarzen Anzug mit weißem Hemd und Fliege. Die meiste Zeit hat er sich oben im Blauen Satelliten amüsiert. Na ja, er hatte ja auch Geburtstag.

Gemeinsam fuhren wir morgens todmüde nach Hause. War ich froh, dabei gewesen zu sein. Auch wenn ich serviert hatte.
Herr Ohde sorgte zusätzlich für ein Bonbon: Die Stunden für meinen Mann übertrug er auf mein Stundenkonto. So bekam er für seine Hilfsdienste das gleiche wie ich.

Malheur – Stolperfalle! Heute kam es auf einen perfekten Service an, sonst gab`s Ärger. Damen in kostbaren Roben und Herren mit Smoking füllten den Saal. Bevor der Tanzabend begann, gab es ein Fünf-Gänge-Menü. Alles lief wie am Schnürchen. Wir waren bereits beim Dessert angelangt – eine Schaumcreme mit Himbeersoße. Aus der Patisserie kamen die Köche mit den großen, fünf Etagen hohen Trolleys angefahren, auf denen die großen Tabletts mit den Sektschalen standen, in denen die leckere Nachspeise kunstvoll angerichtet war. Vorsichtig nahmen wir die großen Schlitten, wie wir die Tabletts nannten, vom Wagen und brachten sie zu unseren Servicetischchen, um dort die Süßspeise auf einen Unterteller zu stellen, der mit einem weißen Papierspitzendeckchen dekoriert war.

Mit so einem großen Schlitten, bestückt mit der kostbaren Fracht, rauschte Heinz in den Saal. Elegant balancierte er ihn auf seiner flachen linken Hand in Schulterhöhe durch die engen Stuhlreihen.
Er stolperte – zehn Sektschalen flogen im hohen Bogen in alle Richtungen: einer Dame in den Ausschnitt ihres Abendkleides, einer anderen Schönen ergoss sich ein Gemisch von gelbem Schaum und roter Soße in den Nacken. Dem Herrn neben der Dame lief die Soße am Smoking runter. Ja, und was soll ich sagen, einen hatte es auf seiner Glatze erwischt. Die übrigen Gläser verteilten sich auf Tische und Teppich. Einige gingen zu Bruch. Eine Teppichkante war sein Verhängnis. Es war eine Katastrophe…!

Ausgerechnet unser lieber Heinz, dem besten Kellner im Saal, musste dieses Missgeschick passieren – unser Perfektionist! Er wurde nicht einmal mehr rot im Gesicht, sondern kreidebleich. Der arme Heinz. In seiner Verzweiflung, versuchte er es mit einer Schadensbegrenzung, indem er mit seiner Stoffserviette, die er stets bei sich trug, der Dame am Busen rumfummelte und pausenlos stammelte:

„Entschuldigen Sie bitte, es tut mir schrecklich leid!" Kollegen eilten ihm zu Hilfe. Wir konnten uns kaum ein Kichern verkneifen. Es sah aus wie in einem Komikfilm.
Die geschädigten Gäste nahmen es mit Würde. Im Gegenteil, nach einer Weile schmunzelten auch sie wieder.
Selbstverständlich kam das Hotel für den Schaden auf. Doch Heinz war derart verstört, dass er mit den Worten: „Ich gehe mir schnell ein sauberes Hemd anziehen", auf Nimmerwiedersehen verschwand.
Dabei wusste ich genau, dass er stets ein sauberes Hemd in seinem Spind als Reserve aufbewahrte. Er schämte sich so sehr, dass er diese Schmach einfach nicht verkraften konnte. Da ich seine Telefonnummer hatte, rief ich ihn nach einigen Wochen an. Auch der Oberkellner hatte ihm längst verziehen und vermisste ihn. Ich traf mich mit Heinz in Blankenese, wo er wohnte. Er arbeitete nun im „Süllberg Hotel" hoch über der Elbe.
„Nein, nie wieder arbeite ich im CP-Plaza Hotel, das werde ich mir nie verzeihen", meinte er. Schade!

Fliegender Vogel: Klar, Vögel fliegen nun mal, das ist ja schließlich ihre wichtigste Fortbewegungsart. Aber dieser Vogel war ja bereits tot. Diesmal traf es keinen von uns, sondern den Bankettleiter persönlich.
Ein einflussreicher Geschäftsmann hatte wichtige Geschäftspartner zum Mittagsmenü eingeladen. Er hatte Truthahn bestellt, den der Bankettleiter selbst am Tisch vor den Augen der illustren Geschäftsleute tranchieren wollte. Genau wie bei Heinz trug er seine kostbare Fracht auf der flachen Hand in Schulterhöhe. Diesmal kunstvoll dekoriert auf einem ovalen Silbertablett.
Das war mir sowieso schleierhaft, wie meine Kollegen auf der flachen Hand – waagerecht in die Höhe gestreckt, – schwere Lasten tragen konnten. Das konnte ich nicht, das brauchten wir Frauen auch nicht.
Forschen Schrittes durchquerte der Bankettleiter den kleinen Saal. Wahrscheinlich zu forsch, der Vogel flog ein letztes Mal durch die Lüfte und landete weiter hinten auf dem Fußboden. Mit hochrotem Kopf lief er schnell zum Truthahn und beförderte ihn aus lauter Verzweiflung erst einmal zurück aufs Tablett. Währenddessen klatschten die Herren. Vor Begeisterung? Oder vor Schadenfreude?

Schnell sprang der Gastgeber auf, nahm dem Bankettleiter das Silbertablett ab und stellte es mit den Worten mitten auf den Tisch: „Voilà, tranchieren Sie, damit wir mit dem Essen beginnen können!" Was für ein Gentleman.

Sekt und Moneten: Wenn es einen Ball mit einer Sektbar gab, wo wir Kasse machen konnten, gab es zwischen uns Frauen ein Problem, jeder wollte an die Sektbar. Inzwischen waren wir drei Frauen in der Bankettabteilung, Renate war noch hinzugekommen. Es war ein lukrativer Job und manchmal ein besonders lohnender. Nicht nur der Sekt, auch das Trinkgeld floss in Strömen. Besonders zu vorgerückter Stunde. Deshalb war die Sektbar ein heiß umkämpftes Revier. Und weil wir Frauen uns ständig darum kabbelten, übergab Herr Ohde mir die Oberaufsicht über die Sektbartermine. Akribisch genau trug ich sie in meinen Terminkalender ein, so kam dann jeder an die Reihe, wenn er dran war. Herr Ohde war eben schlau, er dachte sich, wenn er uns die Termineinteilung überlässt, ist er aus allem raus.

Schnell lernten wir, welche Gesellschaft am spendabelsten war. Einmal im Jahr ließen die Schausteller es richtig krachen, so dass wir zwei Bars brauchten. Renate und ich bekamen die eine Sektbar und zwei Kollegen die zweite.
Die Männer bekamen sie nur, wenn nicht genug Frauen da waren, denn Ingrid konnte an dem Abend nicht. Zwar fanden unsere Kellner-Kollegen es ungerecht, dass sie nur ganz selten mal an die Sektbar durften, aber Herr Ohde meinte:
„Frauen passen nun mal besser hinter die Sektbar."
Die Schausteller waren ein lustiges Völkchen, sie tanzten und tranken die ganze Nacht hindurch. Meistens kamen sie in den Tanzpausen in ganzen Gruppen angerollt. „Ach, Mädchen", sagte gleich am Anfang ein Gast zu mir, „was soll ich denn mit dieser Pfütze Sekt, nee, stell man gleich eine ganze Flasche hierher. Dann kann ich selbst nachschenken." Das taten einige aber nicht. Wahrscheinlich verloren sie beim Tanzen die Orientierung und stürmten die Bar, die ihnen gerade am nächsten war und bestellten eine neue Flasche.

Irgendwann verloren auch wir den Überblick, welche Flasche zu wem gehörte. Aus Platzmangel mussten wir schließlich die Sektkühler mit den Flaschen vom Tresen räumen, um Platz für die neuen zu schaffen.
Als später die Bar nur noch von Menschenmassen umringt war, schenkten wir auch den Sekt aus den stehengebliebenen Flaschen aus. Sollten wir etwa den kostbaren Inhalt wegschütten? Oft war noch Sekt für drei bis vier Gläser drin. Nicht nur die Herren der Schöpfung zahlten die Zeche, auch die Damen waren spendabel. Wo sie überall ihr Geld hernahmen? Ihre Handtaschen hatten sie ja meistens an ihrem Platz zurückgelassen. Ungeniert griffen sie tief in ihr Dekolleté hinein und holten so manchen großen Schein hervor. Einige benutzten ihre Schuhe als sichere Geldreserve.
Nachdem ich bei der Abrechnung mit Herrn Ohde die leeren Sektflaschen abgerechnet hatte, teilten wir uns, Renate und ich, den Restbetrag. Natürlich nicht vor den Augen der Kollegen, sondern in unserer Damen-Umkleidekabine. Dort waren wir allein. Ich nahm die Scheine und teilte sie gerecht unter uns auf. Es war ein ganz schöner Batzen, den wir übrig hatten. Unglaublich... Das war aber nur ein einziges Mal. Doch fürstlich war unser Trinkgeld, wenn wir die Sektbar machten, allemal, auch ohne Schaustellerball.

Einer unter uns war besonders abgebrüht.
Er behauptete bei der Abrechnung, er sei kurz vorher auf der Toilette gewesen und hätte sein Portemonnaie mit der gesamten Einnahme auf den Fenstersims gelegt und dort vergessen.
Als er es bemerkte und zurücklief, war es weg. Natürlich! Danach ward er nicht wieder gesehen.

Die Nassauer! „Ich brauche zwei Leute", sagte Herr Ohde, „ die bereit sind, um sechs den Room-Service zu machen, dort sind zwei Leute wegen Krankheit ausgefallen. Dafür dürft ihr ab sofort Feierabend machen und in einem Hotelzimmer übernachten." Gute Aussichten für Wolfgang und Jochen, sie stellten sich freiwillig zur Verfügung. „Meldet euch bei der Rezeption, und holt euch den Zimmerschlüssel, die anderen übernehmen euer Revier." Glücklich düsten die beiden ab. Mit dem Zimmerschlüssel in der Hand fuhren sie mit dem Fahrstuhl in die zwanzigste Etage.

Als sie das Zimmer betraten, schauten sie erst einmal fasziniert durchs Panoramafenster auf die von tausenden Lichtern erhellte Stadt. Danach machten sie es sich im Zimmer gemütlich. Ans Schlafen war gar nicht zu denken. Das hier war viel spannender. Jochen war inzwischen an der Minibar zugange. „Alles da, was das Herz begehrt", stellte er mit Genugtuung fest, „Was möchtest du Wolfgang?" Der hatte es sich bereits auf dem Sessel gemütlich gemacht und meinte mehr aus Spaß: „Ein Whisky auf Eis." Mit einem Lächeln auf den Lippen holte Jochen zwei kleine Whiskyflaschen aus der Minibar, öffnete sie und goss deren Inhalt in zwei Whiskybecher, eins reichte er Wolfgang hin und sagte: „Na, dann Prost!" Diese einmalige Gelegenheit, in einer Nobelherberge zu verbringen, kosteten sie voll aus. Jochen schaltete den Fernseher ein und setzte sich in den anderen Sessel. Auf den Geschmack gekommen, entschieden sie sich als nächstes für einen Cognac. So ließen sie es sich die ganze Nacht hindurch gut gehen. Entweder waren sie danach derart blau, dass sie nichts mehr merkten, oder der Teufel hatte sie geritten. Sie hatten völlig vergessen, warum sie hier waren, denn anstatt um Punkt sechs beim Room-Service zu erscheinen, riefen sie dort vom Zimmer aus an und bestellten sich selber ein Frühstück. Ein Luxusfrühstück. Das flog auf und sie 'raus. Sie wurden nicht mehr gesehen. Schade, eigentlich war der Wolfgang ein sehr netter Kollege, fleißig und stets hilfsbereit.

Hamstern: Satt wurden wir auch immer im Hotel. Da brauchten wir nicht einmal in die Hotelkantine zu gehen. Was waren wir nur für ein gewieftes Völkchen!
Weil ich ja nur bis elf Uhr vormittags im Büro arbeitete, konnte ich, wenn Not an Mann war, auch beim Mittagservice einspringen. Meistens erreichte ich dann das Hotel, bevor es mit dem Servieren losging.
Rumpsteak stand auf der Speisekarte. Nicht für uns, für die Gäste! Genau einhundertzehn Gäste waren angemeldet. Jeweils zehn Steaks waren in den länglichen heißen Vorlegeschüsseln angerichtet. Eine Schüssel mit zehn Steaks ließ ein Kellner schon mal für uns verschwinden. Ausgerechnet an diesem Tag hatte die Küche die bestellten Steaks genau abgezählt.

Kein einziges war übrig, das wussten wir ja nicht. Für gewöhnlich hatte die Küche immer mehr vorbereitet als Gäste da waren. Am Ende fehlten nun diese zehn Steaks. Wir dachten uns noch immer nichts dabei. Wie üblich rief der Oberkellner, Herr Porst, ein unwahrscheinlich netter Kerl, der nur im Tagesdienst arbeitete, unten in der Küche an.
„Es fehlen uns noch zehn Steaks!"
„Hier ist nichts mehr, wir haben alle hochgeschickt!", antwortete ein Koch.
„Trotzdem fehlen uns aber noch zehn Stück!", sagte der Oberkellner mit naiver Stimme. Er wusste ja von nichts.
Der Koch gab den Hörer an den Chefkoch weiter.
„Mensch, Herr Porst, wenn ihr Idioten da oben nicht zählen könnt, wir haben keine mehr, einhundertzehn sind weg. Basta! Seht zu wo ihr die fehlenden Steaks herbekommt!", schrie der Chefkoch mal wieder außer sich vor Wut durchs Telefon.
Mit hochrotem Kopf und Schweißperlen auf der Stirn, kam Herr Porst angerannt und brüllte jetzt selbst:
„Mensch, Kinder, sagt mir, wo die Steaks sind, wir bekommen hier sonst mächtigen Ärger!"
Marco holte die Steaks unter der Tischwäsche hervor, und sie wurden serviert.
Neben unserem Durchgang zum Saal war die Wäschekammer für die Tischwäsche und Stoffservietten. Nach dieser Aktion wurde die Wäschekammer, unsere geheime Vorratskammer, ein für alle Mal während des Services abgeschlossen.

Statt Sushi – Brötchenschwemme: Gerade hatte mein Dienst angefangen, ich war mal wieder mit Schleifenbinden beschäftigt, dass ich gar nicht den Koch bemerkte, der mit seinem Trolley an mir vorbei wollte. „Vorsicht, Moni, zur Seite bitte!", brüllte er. Ich erschrak und sprang zur Seite. Erstaunt erblickte ich lauter belegte Brötchenhälften, einen ganzen Trolley voll und ein zweiter, geschoben von dem Lehrling, folgte ihm auf dem Fuß. Neugierig fragte ich:
„Wer soll die denn alle essen?"
„Na, die Japaner", rief er mir zu und rauschte an mir vorbei.
„Für die Japaner? Das ist nicht dein Ernst, die essen doch keine Brötchen mit Wurst oder Käse."

„Ist mir doch egal, ist so bestellt worden! Basta!" Abgesehen davon, dass es in diesem vornehmen Hotel bisher noch keine belegte Brötchen in irgendeiner Form gab, konnte ich mir beim besten Willen nicht vorstellen, dass Japaner die essen würden.

Der Koch schob den Wagen in den Konferenzraum, dann nahm er die Brötchen einzeln vom Tablett und platzierte sie mit allerlei Grünzeug dekorativ auf dem Büfett.

Die Konferenz der Japaner war bereits in einem anderen Raum voll im Gange. Es war nur eine kurze Konferenz. Nach einer Weile wurden die Zwischentüren geöffnet und die Japaner strömten herein. Wir standen mit unseren runden Tabletts mit den Getränken bereit. Zunächst stürmten sie ans Büfett. Verdutzt blieben sie stehen und schauten sich die Brötchen etwas genauer an. Bis schließlich, der eine oder andere sich ein Brötchen schnappte und hinein biss. Jedoch begeistert schienen auch sie nicht zu sein. Trotzdem bewahrten sie Haltung und kamen höflich und freundlich lächelnd auf uns zu und nahmen sich einen Drink. Japaner lächeln immer. Kurze Zeit später war der Spuk vorbei und der Laden wieder leer, nur das Büfett war noch voll. Voll schöner halber Brötchen, belegt mit Käse, Mettwurst oder Schinken. Tablettweise schleppten wir sie wieder nach hinten in den Servicegang. Der Oberkellner rief den Chefkoch an. Schnaubend vor Wut kam er angestürmt, betrachtete verdutzt seine Brötchen, als hätte er sie noch nie gesehen, und brüllte: „Was soll ich denn jetzt mit dem ganzen Mist machen?" War nicht sein Tag heute.

„Wer hat denn dem Veranstalter die Brötchen aufgeschwatzt. Kanapees wären eine bessere Alternative für die Sushi-Esser gewesen, wer hat sie beraten?", wollte Herr Ohde wissen.

„Die wollten was typisch Hamburgisches, was nicht so teuer ist!", tobte der Gardemanger, Chef der kalten Küche.

„Na ja, auch als Japaner erwarte ich von einem Fünf-Sterne-Hotel was anderes", musste ich nun auch noch meinen Senf dazugeben und konnte einfach meinen Blick nicht von dem Haufen halber Brötchen lassen."

„Und? Was machen wir jetzt damit."
„Essen, was sonst?"
„Doch nicht den ganzen Haufen."
„Ihr könnt sie ja mitnehmen!"

„Mitnehmen?", wiederholte ich. Damit riskierte man ja sonst einen Rausschmiss. Es war das erste und letzte Mal, dass wir offiziell etwas mitnehmen durften. Das ließ ich mir nicht zweimal sagen. Vom Joachim ließ ich mir Alufolie geben, nahm den Aufschnitt von den Brötchen und wickelte es nach Sorte getrennt in die Folie ein. Plötzlich stand Ingrid mit einem großen blauen Müllsack neben mir.
„Was willst du denn damit?"
„Die Brötchen einpacken." Jeweils zwei Hälften legte sie aufeinander und packte sie in den Müllsack, bis er voll war.
„Du willst doch nicht etwa den ganzen Müllsack mit nach Hause nehmen?" „Aber sicher, bevor die Küche alles wegschmeißt."
Draußen auf dem Weg zum Parkplatz, neben dem Dammtor-Bahnhof, blieb ich stehen und sagte:
„Ingrid, gib mir mal deinen Müllbeutel."
Ahnungslos gab sie ihn mir. Es war ein lauer Sommerabend, viele Menschen waren unterwegs. Sie gingen oder kamen gerade aus Planten un Blomen. Ich öffnete den Sack und quatschte ein junges Pärchen an:
„Wie ist es, möchtet ihr ein leckeres frischbelegtes Brötchen haben?" Irritiert schauten sie abwechselnd mich und den Müllbeutel an. Auch Ingrid war völlig überrumpelt und schaute mit großen Augen dem Spektakel ungläubig zu.
„Umsonst!", schob ich nach. Und hielt ihnen ein Schinkenbrötchen unter die Nase.
„Wo habt ihr die denn her?"
„Na, hier aus dem vornehmen Hotel, sind von einer Konferenz übrig geblieben." Flugs nahmen sie es. Die nächsten Leute warteten bereits, drei an der Zahl. Nun schaute Ingrid bösartig drein und maulte:
„Was machst du mit meinen Brötchen?"
„War doch nur ein Spaß, es sind noch genug drin." Ich gab den Dreien je eines und verschloss den Sack wieder und reichte ihn Ingrid zurück.

Vier Wochen später besuchten mein Mann und ich Ingrid. Inzwischen hatten wir uns auch privat angefreundet. Kaum dass wir saßen, Ingrid war in der Küche um Tee für uns aufzubrühen, fragte Michael, ihr zwölfjähriger Sohn, mich:
„Tante Moni, möchtest du ein leckeres Brötchen?"
„Wie bitte, habt ihr immer noch von den Plaza-Brötchen?"

Erstaunt schaute ich Ingrid an, sie erschien gerade wieder auf der Bildfläche. „Wieso? Die hab ich doch gleich eingefroren!" Ingrid war sehr praktisch veranlagt.

Schmuggelware! Nichts durften wir aus dem Hotel heraustragen, was dem Hotel gehörte. Nicht einmal eine Papierserviette, das war streng verboten. Wer dabei erwischt wurde, flog 'raus. Wo kämen wir denn auch hin, wenn jeder was mit nach Hause nehmen würde. Das kapierten wir schon. Nicht ganz!
Es waren mal wieder nach einer Veranstaltung diverse Köstlichkeiten auf dem Büfett übrig gebliebenen. Der Sous Chef (zweiter Chef der Küche) raunte mir ins Ohr:
„Ich weiß wirklich nicht, was ich mit dem ganzen Krempel machen soll. Wenn du Lust hast, kannst du dir was mit nach Hause nehmen, aber bitte unauffällig." Das ließ ich mir doch nicht zweimal sagen. Ich schnappte mir Ingrid, und wir beide sackten uns unauffällig die schönsten Brocken ein, darunter geräucherte ganze Putenbrust- und Roastbeefstücke, die hatte er extra für uns auf dem Büfett liegen lassen, echten Friedrichs-Lachs sowie die heiß geliebten ‚Petit Four' (handgemachtes pralinenähnliches Kleingebäck). Bevor wir zu Ingrids Auto gingen, holte sie sich noch aus der Küche zwei blaue Müllsäcke, randvoll mit trockenen Baguette-Scheiben, für ihr Pferd. Die durfte sie offiziell mitnehmen. Am Auto stand bereits ein Kollege von uns, der mitgenommen werden wollte. Vollbepackt stiegen wir dann in Ingrids VW-Käfer.
Sie wollte gerade losfahren, da kam auch noch der lange Stefan angerannt. Eigentlich war gar kein Platz mehr im Auto, doch Ingrid wollte ihn nicht zurücklassen. Mehr schlecht als recht, quetschte sich Stefan zwischen Brotsäcken und Kollege ins Auto, bis wir dann endlich mit viel Gelächter losfuhren. Überhaupt haben wir mit unseren Kollegen viel gelacht. Unterwegs wurde dann einer nach dem anderen wieder ausgeladen. Bevor ich endlich zu Hause aus dem Auto stieg, teilten wir unsere Köstlichkeiten in der Morgendämmerung schwesterlich auf. Nach dem Motto: eins für dich, eins für mich.

Ertappte Diebin: Nicht nur im Hotel, auch im Geräte-Depot ließ jemand Schmuggelware wegschaffen. Nur diesmal war es mir gar nicht recht.

Um es mal zu erwähnen: Nur gearbeitet habe ich auch nicht. Wenn eine Feier ins Haus stand, war ich dabei und nahm gar nicht erst einen Termin im Hotel an. Mit Pauken und Trompeten wollten wir diesmal eine Maskerade im Geräte-Depot feiern. Nicht nur unsere Abteilung, sondern alle Depotangehörige sowie deren Gäste waren eingeladen. Mit Girlanden, Ballons und Papierschlangen wurde der Raum aufwändig geschmückt, dagegen war die Karnevalsgesellschaft einfallslos gekleidet. Papphüte sowie rote oder blaue geringelte T-Shirts waren bei den meisten Gästen Standards. Allein an unserem Tisch saßen vier geringelte Männlein und Weiblein. Einige hatten zu ihrer normalen Kleidung, nur den obligatorischen Papphut auf dem Kopf sowie eine Papierschlange um den Hals. Der Stimmung tat dies jedoch keinen Abbruch. Auch mein Mann und ich waren in Bestform und tanzten bis in die frühen Morgenstunden.

Ausgepowert und verschwitzt gingen wir in den Garderobenraum. Außer ein paar Jacken und Mäntel, die noch vereinzelt an den Garderobenhaken hingen und auf ihren Besitzer warteten, war der Rest bereits vergriffen, auch mein Mantel. Verdutzt schauten wir auf den leeren Haken neben dem Mantel meines Mannes. Erschrocken fragte ich laut: „Wo ist mein Mantel?" Er nahm seinen Mantel vom Haken – in der Hoffnung meiner hängt darunter. Nichts war zu sehen. „Hm", meinte er dann, „wird schon irgendwo sein."
Während sich mein Mann seinen Mantel schon mal überzog, hob ich die restlichen Mäntel an, in der Hoffnung meiner hängt darunter, jedoch nichts.
„Vielleicht hat ihn jemand aus Versehen angezogen?"
„Aus Versehen?"
„Na ja, hier haben doch heute viele einen über den Durst getrunken, da kann es durchaus vorkommen. Wirst sehen, einer von den Damenmänteln, die noch am Haken hängen, bleibt übrig." Nicht lange, da tauchten die letzten Gäste auf, nahmen ihre Mäntel vom Haken und verschwanden.
„So, und jetzt?"
„Was schnauzt du mich an, ich kann doch nichts dafür!"
Ich hörte trotzdem nicht auf zu fluchen.
„Weil du bestimmt froh bist, dass ich den Mantel los bin." Mein Mann mochte den Mantel nicht. Er fand ihn sogar hässlich.
Ein Offizier tauchte auf und meinte ganz verwundert:

„Frau May, was ist los, wieso sind Sie so aufgeregt?"
„Jemand hat mir meinen Pelzmantel gestohlen."
„Das glaub ich nicht, nicht hier im Depot, wie soll er mit Ihrem Mantel überm Arm an der Wache vorbeikommen?"
„Weiß ich auch nicht!" Gemeinsam suchten wir noch einmal überall. Er war nirgends zu finden.
„Wie soll ich in der klirrenden Kälte nach Hause kommen?", fragend sah ich den Offizier an. Denn wir mussten bis zur Wache laufen.
„Ich fahre Sie nach Hause und das mit dem Mantel werde ich aufklären, das verspreche ich Ihnen", versuchte er mich zu beruhigen.
Im Auto forschte er weiter:
„Ist es ein kostbarer Pelzmantel?"
„Na ja, so kostbar nun auch wieder nicht."
„Wie sieht er denn aus, ich meine welche Farbe und welches Fell hat er?" „Silbergraues Kaninchenfell."
„Hm, egal, Frau May, wir werden den Mantel schon finden, das verspreche ich Ihnen."
Tatsächlich, drei Tage später kam er mit meinem Mantel überm Arm zu mir ins Büro. Erstaunt sah ich ihn an, die Hoffnung ihn wieder zu bekommen, hatte ich längst aufgegeben. „Und, wo war er?"
Er reichte mir den Mantel und sagte: „Bedanken Sie sich bei dem wachhabenden Beamten. Der hatte sich nämlich gewundert, wieso unter dem Mantel einer Frau Fell hervorlugte, als sie vor ihm an der Wache stand. Außerdem spannte sich ihr Mantel am Körper. Das sah alles so gedrungen aus. Doch dann dachte er sich: ‚Es wird ein Karnevalskostüm aus Fell sein'. Da jeder fremde Gast seine Einladung mit Namen und Adresse beim Wachmann abgeben musste, konnten wir die Diebin ausfindig machen."

Freibier: Wie oft mussten wir nach einem Ball, bevor Feierabend war, den gesamten Saal zum Frühstücken eindecken. Das hasste ich – weil ich so müde war. Komischerweise hatten die Jungs mehr Ausdauer. Stephan, unser Medizinstudent, drehte dann die Musik ganz laut auf und versuchte mich zu motivieren, indem er sagte: „Komm, Moni, wach auf, es ist die letzte Runde."
„Frau May", sagte Ohde, als ich mich endlich gegen vier Uhr nachts von ihm verabschiedete, „ich habe Sie für Mittwoch siebzehn Uhr eingetragen."
„Wie lange geht`s denn?"

„Nicht lange, nur drei bis vier Stunden."
„Gut, ich bin dabei." Der Oberkellner wusste, dass ich morgens um sieben wieder an der Schreibmaschine sitzen musste. Darauf nahm er auch meistens Rücksicht und gab mir überwiegend Wochenendtermine.

Die Veranstaltung zog sich in die Länge. Die Gäste wollten einfach nicht gehen, obwohl der Vortrag schon längst vorbei war und auch das Büfett war längst abgeräumt. Endlich gegen Mitternacht konnten wir Schluss machen. Da kam Luciano auf mich zu und sagte: „Moni, wir gehen jetzt ein Bier trinken, komm doch mit." Eigentlich wusste jeder, dass dieses Thema für mich tabu war. Trotzdem umzingelten meine lieben Kollegen mich, ich konnte nicht nein sagen. Kurze Zeit später saßen wir in einer verrauchten, aber gemütlichen Kneipe in der Esplanade. Ich war die einzige Frau zwischen sechs Kollegen. Uns gegenüber am anderen Tisch saß ein älterer Herr, der mich freundlich anlächelte. Irgendwann stand er auf und setzte sich unaufgefordert zu uns an den Tisch und bestellte eine Runde. Das gefiel den Jungs, mir aber nicht. Das sagte ich ihm auch. „Ach, Mädchen, mach dir um mein Portemonnaie keine Sorgen, ich bin auf Geschäftsreise in Hamburg und will einfach nur gemeinsam mit euch Spaß haben, nicht mehr und nicht weniger."
Da nun die Fronten geklärt waren, konnte auch ich mich entspannen. So gelacht wie in dieser Nacht hatte ich schon lange nicht mehr. Unser neuer spendabler Freund schmiss eine Runde nach der anderen. Die Zeit verrann wie im Fluge. Draußen wurde es bereits hell. Endlich gegen vier Uhr brachen wir auf. Der Fremde bedankte sich bei uns für den schönen Abend. Und die Jungs bedankten sich bei mir. Stefan sagte:
„Das hat sich gelohnt, Moni, dich nehmen wir in Zukunft immer mit!"
Die öffentlichen Verkehrsmittel fuhren bereits wieder. Gemeinsam fuhr ich noch mit Stefan bis zum Hauptbahnhof, wir lachten und alberten wie Teenager, dann trennten sich unsere Wege. Um fünf Uhr war ich endlich im Bett und schlief sofort ein.
„Moni, wach auf, was ist los mit dir, es ist schon sieben Uhr, du musst los?" Mühsam versuchte ich mich aufzurichten, oh je, mehrere Hammer schienen gleichzeitig auf meinem Kopf zu hämmern.

Mit Gewalt schleppte ich mich unter die kalte Dusche und mit völlig verquollenen Augen ins Büro.
Mein für-alles-verständnisvoller-Chef, Herr Wolf, sah mich als erster den Flur längst schlurfen.
„Mensch, Moni", raunte er mir ins Ohr, „hier, nimm die Bild-Zeitung und verkriech dich in dein Büro. Wenn einer 'reinkommt, halte dir die Zeitung vors Gesicht und tu so, als ob du liest." So quälte ich mich durch den Morgen und schwor mir, das nie wieder zu tun.

Große Ereignisse und wichtige Leute
Unser neuer Hoteldirektor, der Mitglied im Club der kochenden Männer war, hatte erlesene Gäste zum „Diner Maison der Confrèrie de la Chaine des Rotisseurs*, Paris, Bailliage Hamburg", eingeladen.
*eine internationale gastronomische Gesellschaft. Sie bringt heute professionelle und nicht professionelle Mitglieder aus der ganzen Welt zusammen, die den gemeinsamen Geist der Gesellschaft teilen und gutes Essen und Trinken schätzen und genießen. (siehe Wikipedia)

Zum Gedenken an das erste CP-Hotel, das 1886 in Field, Britisch-Columbia, eröffnet wurde, stand die kulinarische Spezialität unter dem Motto „Mount Stephan Hause".
Durch ein Spalier von Soldaten eines Musikkorps der Kanadischen Armee, schritten die illustren Gäste in den mit festlichem Blumendekor geschmückten Saal.
Während des swingenden Bigband-Sounds der ‚Black Birds of Paradise' wurden die Gläser gefüllt. Danach servierten wir ein typisch britisch-kolumbianisches 9-Gänge-Menü. Unter dem Beifall der Gäste erschien die weiße Zunft, um das Tranchieren der Rindslendchen zu zelebrieren

Nachdem die Gäste ausgiebig diniert hatten sprach der Chargé de presse de Bailliage d'Hambourg Dank und Anerkennung nicht nur dem Küchenchef und seiner weißen Zunft, nein, auch wir, die schwarze Zunft, wurden für unsere gute Arbeit gelobt! Jeder von uns musste vortreten, wurde beim Namen genannt und bekam eine Urkunde überreicht.

Für mich, war es die größte Anerkennung in diesem Beruf – und das als Quereinsteiger – ohne je eine Schule für Hotel- und Gaststättengewerbe besucht zu haben. Als am nächsten Tag ein Bild von der weißen und schwarzen Brigade in der Zeitung abgebildet war, war ich mal wieder im ‚Taumel der Begeisterung' angekommen.

Wichtige Leute aus Politik und Wirtschaft sowie unwichtige, die so taten, als seien sie wichtig, liefen mir auch hin und wieder in der Bankett-Abteilung über den Servierweg. Die meisten von ihnen kannte ich nicht, auch wenn sie noch so wichtig waren.
Mal wieder trat ich ins Fettnäpfchen.
Eine kleine feine Herrengesellschaft war mittags zu Gast. Am Ende der Tafel saß ein blonder, etwas gedrungener Mann mit rundlichem Gesicht. So ganz beiläufig sagte ich zum Oberkellner: „Also den blonden Mann dahinten am Tisch kenne ich irgendwoher."
„Wieso irgendwoher, Sie müssten doch am besten wissen, wer das ist."
„Ja…? Woher denn?"
„Das ist doch Ihr höchster Chef!"
„Mein höchster Chef?" Ich schnallte noch immer nicht, wen er meinte. „Mensch, Frau May, es ist der Bundesverteidigungsminister, Georg Leber!"
Und den hatte ich gerade bedient.
So auch Liza Minelli, Ike und Tina Turner, die Gruppe Dschinghis Khan und wie sie alle hießen. Autogrammkarten sammelte ich nicht. Aber mit einigen haben wir dann doch mal gemeinsam Fotos gemacht, wie mit dem Blödel- Otto Waalkes, der Schlagersängerin Mary Roos oder Ireen Sheer sowie vielen anderen mehr. Die waren uns doch auch so nah, wenn sie sich zwischen ihren Auftritten bei uns hinten aufhielten. Also nicht die Liza Minelli, die wohnte nur im Hotel und ging in die Vierländer Stuben essen. Das waren dann die Momente, wo es mir richtig Spaß machte zu arbeiten.

Ach ja, beinahe hätte ich es vergessen, der Heinz Kluncker, langjähriger Vorsitzender der ÖTV, war einmal im Jahr mit seinen Gefolgsleuten im Hotel. Da ich mir längst meine Sporen verdient hatte, durfte ich mir mein Revier aussuchen. Und dazu gehörte der Tisch, an dem Kluncker saß. Wir wurden Freunde. Arbeitsfreunde!

Jedes Mal fragte er mich bei der Begrüßung: „Na, Frau May? Sind sie mittlerweile der ÖTV beigetreten?" Stets war meine Antwort: „Aber, Herr Kluncker, ich habe Ihnen doch wiederholt gesagt, erst wenn Sie ins Gerätedepot kommen und dort einen Vortrag über Ihre Gewerkschaft halten." Er lachte. Er lachte sowieso immer.

Gerade habe ich die Lebensgeschichte vom Kluncker bei Wikipedia durchgelesen. Da heißt es unter anderem: dass er unter höchster Lebensgefahr 1944 aus der Wehrmacht ausgetreten sei.
Wahrscheinlich hatte er deshalb auch Supergehälter für uns durchgeboxt. Dafür muss ich ihm noch im Nachhinein dankbar sein. Wie schön, dass ich ihm persönlich begegnet bin.

War Presseball im CCH, dann hieß es für uns, die Crème de la Crème der Presseleute kam vorher zu uns zum Gala-Dinner, bevor auch sie hinüber zum großen Saal des CCH marschierten. Viele Chefredakteure lernte ich so kennen, manche begrüßten mich dann stets mit Handschlag und mit Namen. Heute hätte ich dieses Vitamin „B" gebraucht können. Bestimmt hätten sie dafür gesorgt, dass ich endlich mal auf die Bestsellerliste komme. Schade es ist lange her!

A propos Fußballstars: 1979 hatte der Hamburger SV seine Meisterschaftsfeier bei uns im Hotel. Sie hatten die Deutsche Fußballmeisterschaft nach Punkten gewonnen. Dafür sollten sie bei uns nach Strich und Faden verwöhnt werden.
Während sie am Nachmittag ihr letztes Heimspiel gegen Bayern München austrugen, bereiteten wir mit Eifer ihre Meisterschaftsfeier im Bankett vor.
Die Moravia Brauerei hatte eigens zu diesem Anlass auf die Biergläser in Tulpenform, „HSV Deutscher Meister 1979" in goldener Schrift eingraviert.
Zu jedem Gedeck wurde ein solches Glas dazugestellt.

Wie ein Lauffeuer hatte sich die Nachricht vom Unglück in dem Fußballstadion verbreitet: Ein Tumult war am Ende des Spieles ausgebrochen, der in einer Katastrophe endete.

Tausende Fans aus der Westkurve versuchten aufs Spielfeld zu gelangen, dabei wurden etliche Personen schwer verletzt. Anfangs war sogar von einigen Toten die Rede. Das machte mich so fertig, dass ich überhaupt keine Lust hatte, die Fußball-Meister zu bedienen.

Bevor die Meister mit ihren Begleitungen überhaupt im Hotel auftauchten, versuchten bereits viele Fußball-Fans, die direkt vom Stadion zum Hotel kamen, es zu stürmen. Wie die Ameisen umzingelten sie es. Selbst auf dem schmalen Balkon, der außen um das Bankett herum verlief, tauchten sie auf, als wollten sie durchs dicke Fensterglas springen. Mir war unheimlich zumute, bis endlich die Polizei kam und dem Spuk durch eine Art Sicherheitsring ein Ende setzte, damit die Stars unbehelligt das Hotel betreten konnten.

Trotz alledem wurde entschieden, dass die Feier stattfinden sollte. Wohl war den Spielern nicht zu Mute, der Schock saß ihnen noch tief in den Knochen, als sie sich zur Feier einfanden, das sah man ihnen an. Gleich nach dem Essen, verließen sie den Saal wieder.
Die Nachricht von den Todesfällen, stellte sich Gott sei Dank als Irrtum heraus.
Einige der gesponserten Moravia-Gläser ließen die Gäste zurück. Weil das Hotel eh nichts mehr damit anfangen konnte, nahm ich zwei mit nach Hause. Nun gehörten nicht nur Speisekarten von besonderen Anlässen sowie Fotos mit
einigen Stars zu meiner Sammlung, sondern auch zwei Biergläser vom Deutschen Meister!

Ich liebte meine Gäste und meine Gäste mich – meistens jedenfalls. Am Ende einer Veranstaltung sagte mal ein Gast zu mir:
„Sie geben einem das Gefühl, als sei man zu Gast bei Ihnen zu Hause. Sie sind die perfekte Gastgeberin." Das war mein schönstes Kompliment.

Liebe Kollegen:
Nicht nur meine Gäste liebte ich, auch die meisten meiner Kollegen. Nicht alle, aber viele. Den Stefan zum Beispiel, unseren großen, gutaussehenden Medizinstudenten.

Mit diesem Job im Hotel finanzierte er sich sein Studium. Den Heinz Ohlendorf habe ich ja schon erwähnt. Und dann war da noch der Luciano, ein sehr gut aussehender Italiener. Wenn er im Winter mit seinem langen Pelzmantel erschien, sah er aus wie ein feiner Pinkel. Überhaupt legten die meisten Kellner auf ihre Freizeitkleidung großen Wert. Manche sahen aus, als hätten sie einen teuer bezahlten Job. Luciano mochte mich auch. Warum sonst hat er mir mal eines Nachts gegen Feierabend, als ich mal wieder völlig am Boden war und nur noch nach Hause wollte, ins Ohr geflüstert: „Weißt du, Moni, wenn du nicht verheiratet wärest, würde ich dich vom Fleck weg heiraten." Dabei hatte er liebevoll seinen rechten Arm um meine Schulter gelegt.

Unser außergewöhnlichster Kollege war McDonald. Verzeihung Dr. Dr. McDonald. Er stammte aus einem uralten schottischen McDonald-Familiengeschlecht. Seine Doktortitel hatte er in Wirtschaft und Meeresbiologie gemacht und war viel in der Welt herumgekommen. In Australien hatte er das Verhalten der Haie erforscht. Im offenen Meer, versteht sich. Er hatte keine Angst vor Haien. Einmal brachte er sogar ein Haifischgebiss mit, um es uns zu zeigen. In Hamburg wollte er seinen dritten Doktor machen. Warum er als Kellner arbeitete? Ganz einfach, er hatte sich von seinen reichen schottischen Verwandten für längere Zeit losgesagt, und wollte alles selbst auf die Reihe kriegen.
Mich nannte er Princes Monique. Das gefiel mir. Als er mal wieder für ein paar Wochen unterwegs war, schrieb er mir einen Brief, nicht nach Hause, denn die Adresse kannte er nicht. Auf dem Umschlag stand: CP-Hotel, Hamburg Plaza
Princes, Monique May, Bankett. Zwar war er nicht der erste Mensch, der mir einen Kosenamen gab, denn auch meine Freunde sowie mein Mann verpassten mir öfters welche. Nur so einen schönen wie Princes Monique hatte mir noch keiner gegeben.

Nicht ganz so lieb benahm sich ein anderer Kollege. Ohne ersichtlichen Grund beschimpfte er mich als Nutte. Er war ein italienischer Kollege, der noch nicht lange da war. Verwundert hakte ich nach: „Wieso bezeichnest du mich als Nutte?" Irgendeine Laus war ihm beim Servieren über die Leber gelaufen, denn er antwortete im arroganten Ton:

„Wieso wundert dich das, ihr deutschen Frauen seid doch alle Nutten!" Stefan, der daneben stand, sagte in einem ruhigen Ton: „Komm, Moni, wir gehen jetzt zum Oberkellner." Noch am selben Abend war der Italiener draußen und ward nie wieder gesehen.

Auf dem Campus

Inzwischen waren sechs aufregende und anstrengende Jahre ins Land gegangen. Meine Jüngste wurde inzwischen sechzehn Jahre alt. Zeit für mich, eine vernünftige Ganztagsarbeit zu suchen, um den Halbtagsjob sowie das Servieren endlich aufzugeben. Im Gerätedepot wurde einfach kein vernünftiger Ganztagsposten frei, außerdem wollte ich auch mehr verdienen. Am Frühstückstisch erzählte ich von meinem neuen Plan. Mein Chef, hatte aufmerksam zugehört. Am Montag überraschte er mich mit einer Zeitungsanzeige und sagte: „Die Hochschule der Bundeswehr in Hamburg sucht eine Sachbearbeiterin für die Fachbereichsverwaltung, ich kenne den Personalchef persönlich, soll ich mal mit ihm reden und dich anmelden?"
„Das würdest du für mich tun?"
„Ja, damit du endlich zur Ruhe kommst, denn das Listenschreiben bei uns unterfordert und die ewige Nachtarbeit im Hotel überfordert dich." Als Dankeschön gab er mir ein fantastisches Zeugnis mit auf den Weg. Obwohl ich gute und sehr gute Chefs in meinem harten Berufsleben hatte, Hauptmann Wolf zählte für mich zu den allerbesten unter ihnen. Das muss ich auch mal loswerden.

Aller Anfang ist schwer! Wie war ich glücklich, als ich diese Arbeit an der Hochschule bekam. „Frau May, wir müssen hier in der Fachbereichsverwaltung – wie ein Wollknäul – eng zusammenarbeiten. Einer muss den anderen jederzeit vertreten können, sonst läuft hier bald alles drunter und drüber. Denn wir sind die Anlaufstelle für den gesamten Fachbereich, mit seinen 200 Mitarbeitern", sagte Rolf Bruhns, mein neuer Vorgesetzter gleich am Anfang zu mir. Für mich war er ein Kumpeltyp. Wir verstanden uns auf Anhieb so gut, dass wir uns duzten.
Ein halbes Jahr lang hatte ich einen rauchenden Kopf von den vielseitigen Aufgaben, die ich lernen musste. Büromaterial beim Einkauf bestellen, verwalten und herausgeben.

Das Jahres-Budget der einzelnen Professoren auf einem Rechner überwachen sowie die jeweiligen Dissertationen, die von den wissenschaftlichen Mitarbeitern eingereicht wurden, bearbeiten, weiterleiten und überwachen. Auswärtige Gastdozenten einladen und, und, und... Manche Sachen brauchte ich nur einmal im Monat, alle paar Monate oder einmal im Jahr zu machen. Es war ein sehr vielseitiger Job, der mir unheimlich Spaß machte. Vor allen Dingen, weil ich nicht am Schreibtisch kleben musste, sondern viel innerhalb des Hochschulgeländes unterwegs war und dadurch viele Kollegen aus den verschiedensten Abteilungen persönlich kennen lernte. Da war ich mal wieder in meinem Element.
Trotzdem hatte ich am Anfang so manches Mal das Gefühl, alles läuft mir aus dem Ruder. Doch Rolf beruhigte mich dann mit den Worten: „Weißt du, Moni, wenn wir eines Tages da oben auf einer weißen Wolke sitzen, und das Treiben hier unten auf der Erde beobachten, werden wir uns totlachen über die vielen kleinen und großen Aufregungen, die wir uns – völlig umsonst – hier unten auf Erden machen."
Vor den Professoren hatte ich anfangs höllischen Respekt. Schließlich besaßen sie das höchste Amt in Lehre und Forschung ihres Institutes. Allein in unserem Fachbereich lehrten und forschten über zwanzig Professoren. Unterstützt wurden sie von über achtzig Diplom Ingenieure.
Und ich? Hatte nicht einmal den Volksschulabschluss. Bis dahin jedenfalls noch nicht. Das wusste natürlich niemand, habe ich auch keinem erzählt. Schließlich war es mit der Volksschule lange her. Es sollte noch etwas dauern, bis ich dann endlich den Volksschulabschluss – wegen einer anderen Geschichte – nachholen musste. Aber davon später. Doch das ist gegenüber der Qualifikation eines Professors ein lächerliches ‚Nichts'. Vom Ehrgeiz gepackt, wollte ich so schnell wie möglich – ohne Ausnahme – von allen Wissenschaftlern anerkannt werden. Und diese Ausnahmen gab es wirklich. Stillschweigend kamen einige Muffelköpfe anfangs in mein Büro, um ihre Post aus ihrem Fach zu holen. Ohne einen Gruß verschwanden sie wieder. Aber nicht mit mir! Unüberhörbar sagte ich: „Einen schönen Guten Tag, Herr Professor soundso!" Manchmal erschraken sie richtig. Nach einiger Zeit hatte ich auch den letzten Professor so weit, dass er freundlich grüßte, wenn er zur Tür hereinkam. Ab dann ließ auch ich den Professor weg.

Meine Kolleginnen machten es eh nicht. Weil Professor eine Amtsbezeichnung und kein Titel ist, brauchten wir Angestellten sie auch nicht so zu betiteln. Später hatte ich sogar so manchen Scherz auf den Lippen, das gefiel ihnen. Ich war integriert.

Nichts als die Wahrheit! „Du solltest dich einer Fahrgemeinschaft anschließen", schlug Rolf mir vor. „Ich kenne doch noch niemanden hier."
„Doch, du kennst den Herrn Söhnke von der Werkstatt, der wohnt bei dir um die Ecke, gemeinsam hat er mit anderen Kollegen eine Fahrgemeinschaft."
„Wer weiß, ob er noch einen Platz frei hat."
„Frag ihn doch einfach. Heute Mittag wollte er vorbeikommen und Büromaterial holen."
So wurde ich schnell und unkompliziert Mitfahrerin in einer lustigen Männergesellschaft. Wöchentlich wechselten sich die Männer mit ihren Autos untereinander ab. Ich beteiligte mich mit zehn Mark pro Woche an den Spritkosten, dafür brauchte ich nicht selbst zu fahren. So waren alle zufrieden, und ich hatte einen lustigen und schnellen Arbeitsweg. Es gab immer was zu erzählen. Genau wie bei uns Frauen üblich, so plauderten auch sie aus dem Nähkästchen. Einen Witz hatten sie auch oft auf Lager. Stubenrein wohlbemerkt, darauf wurde streng geachtet. Wahrscheinlich meinetwegen. Das gefiel mir.
Eines Morgens sagte Herr Söhnke:
„Gestern Abend waren meine Frau und ich in der Gärtnerstraße. Wir haben uns dort ein Klavier für unsere Tochter angeschaut."
Ohne auf das Klavier einzugehen, sagte ich:
„In der Gärtnerstraße? Da hab ich schon mal gewohnt."
„Das weiß ich", antwortete er.
„Hm? Woher wissen Sie, dass ich dort gewohnt habe? Wir kennen uns ja noch gar nicht lange." Überrascht schaute ich in den vorderen Rückspiegel. Herr Söhnke saß am Steuer. Unsere Augen trafen sich. Lächelnd antwortete er:
„Wir beide haben ein Geheimnis."
„Wir haben was? Jetzt machen Sie aber Witze, das wüsste ich, wenn ich mit Ihnen ein Geheimnis hätte." Meine Neugierde wuchs. „Dann erzählen Sie mal, welches Geheimnis ich mit Ihnen haben sollte."

„Nicht hier und jetzt, das erzähle ich Ihnen erst, wenn wir beide mal allein im Auto fahren."
Das sagte er derart überzeugt, dass ich nicht wagte, noch weitere Fragen zu stellen und ließ es dabei bewenden. Komischerweise blieben auch die anderen Mitfahrer stumm. Was die wohl dachten? In der nächsten Zeit zerbrach ich mir den Kopf, was Herr Söhnke wohl mit Geheimnis meinte. Bis ich zu dem Schluss kam: ‚Der verwechselt mich bestimmt mit jemand anderem. Das wird sich schon noch als Irrtum herausstellen'. Keine Woche später stand Herr Söhnke mit seinem BMW bei mir vor der Haustür. Allein! Als ich wie immer hinten einsteigen wollte, sagte er:
„Frau May, Sie können ruhig vorn einsteigen, heute kommt keiner mehr. Der eine hat sich krank gemeldet und der andere fährt heute mit seinem eigenen Wagen, weil er nach Feierabend was zu erledigen hat."
Bis wir die A 24 erreicht hatten, hielt ich mich noch zurück. Dann sprudelte ich los:
„So, Herr Söhnke, nun können Sie mir ja mal verraten, welches Geheimnis wir beide miteinander haben sollten."
„Um es kurz zu machen, ich habe mal die ganze Nacht mit Ihnen verbracht!" „Sie haben was…?"
„Na, wie ich schon sagte, wir haben eine ganze Nacht miteinander verbracht!" Er machte eine kurze Pause. Die Spannung war kaum noch auszuhalten. Mit einem schelmischen Unterton fuhr er fort:
„Zuerst haben wir getanzt, danach hab ich Sie mit meinem Fahrrad nach Hause gefahren. Hinten auf meinem Gepäckträger. Bis es dann hell wurde, haben wir kurz vor Burgstall im Straßengraben gelegen."
„Aber, Herr Söhnke, was reden Sie da?!"
„Keine Angst, es ist nichts passiert!"
„Das wäre ja noch schöner, dann würde ich mich garantiert auch daran erinnern!"
„Okay, von Anfang an: In Reinbek war Schützenfest. Sie waren mit Ihrem Bruder Erich da. Um Sie herum standen lauter junge Männer. Eine Weile habe ich mir das Spektakel angeschaut, dann habe ich Sie mir geschnappt, und wir haben die ganze Nacht durchgetanzt. Wie schon erwähnt, fuhren wir dann mit dem Rad über Ohe nach Burgstall. Dort waren Sie übers Wochenende bei ihrer Mutter zu Besuch."

„Ich glaube Ihnen kein Wort. Wenn ich wirklich die ganze Nacht mit Ihnen getanzt haben soll, müsste ich mich doch daran erinnern. Ich kann mich doch an jeden Typen erinnern, dem ich jemals begegnet bin."
„Anscheinend nicht, aber es ist die Wahrheit, was ich Ihnen erzähle. Ich werde Ihnen auch noch weitere Details verraten. Sie kamen gerade aus der Schweiz zurück und erzählten mir, dass Sie vorübergehend wieder in dem Eiscafé in der Gärtnerstraße arbeiten. Sobald sie einen Job in England hätten, wollten Sie dorthin fahren. Ich habe Ihnen sogar noch einen Brief in die Gärtnerstraße geschickt. Leider haben Sie nicht geantwortet. Vielleicht waren Sie ja auch schon auf dem Weg nach England."
„Das verstehe ich nicht, wieso erinnere ich mich nicht daran." Daraufhin sagte Herr Söhnke: „Und noch etwas, Sie hatten ein gelbes Sommerkleid mit schmalen Trägern an." Nun war ich endgültig platt! Das war mein Lieblingskleid. Wieso nur, konnte ich mich überhaupt nicht daran erinnern? Schließlich war er ein gut aussehender, sehr netter Mensch.
Wochenlang habe ich gegrübelt. Jahre später fiel mir etwas ein, was damit zusammenhängen könnte. Es war ein warmer Sommertag, ich versuchte bei meiner Mutter verzweifelt einen großen schwarzen Schmierfleck aus meinem gelben Lieblingskleid zu entfernen. Ich erinnere mich, dass ich über diesen Fleck sehr sauer war. War das Kettenschmiere von der Fahrradkette? Habe ich mir deshalb die Nacht mit ihm aus meinem Gedächtnis gestrichen, weil mein Lieblingskleid versaut war?

Glückspilze: Seit ich meinen Ganztagsjob im Büro hatte, ließ ich mich im Hotel nicht mehr so oft blicken. Über kurz oder lang wollte ich den Job ganz an den Nagel hängen. Doch das hinderte mich nicht daran, auch noch einen Kollegen von der Hochschule mit ins Plaza Hotel zu schleppen.
„Weißt du, Moni, seit ich von meiner Frau getrennt lebe, komme ich mit meinem Geld nicht mehr über die Runden. Es langt hinten und vorn nicht. Der Unterhalt für meine beiden Kinder frisst fast mein ganzes Gehalt auf. Wenn es so weiter geht, werde ich wohl noch die nächsten Jahre in einer Wohngemeinschaft verbringen müssen!", klagte mir Willi-Boy sein Leid, als ich bei ihm im Büro auftauchte. Er saß unten in der Hauptverwaltung.

„Na ja, alles kann man nicht haben, dafür hast du jetzt deine grenzenlose Freiheit", gab ich erst einmal meinen Senf dazu. Denn er war für sein geselliges Leben bekannt. Trotzdem überlegte ich, wie man ihm helfen könnte. Mein Helfersyndrom wurde aktiv, heraus kam eine Superidee.

„Weißt du, Willi-Boy, am Wochenende fährt mein Mann für einige Zeit ins Ausland, danach kommst du mich besuchen und ich koche für uns ein viergängiges Menü. Nichts Großes, nur viele verschiedene Sachen. Damit üben wir dann den perfekten Service. Vorher zeige ich dir, wie man den Tisch für ein Mehr-Gänge-Menü eindeckt – wo genau was zu liegen hat, und außerdem wie man in der gehobenen Gastronomie serviert. Vielleicht kann ich dich dann später mit ins CP-Plaza nehmen."
„Das würdest du machen? Meinst du das reicht, um dann auch im Plaza arbeiten zu können?"
„Wir versuchen es. Wenn du es erst einmal kapiert hast, ist es kinderleicht.
Nur, wir müssen einen günstigen Moment abwarten, und zwar so lange, bis der Oberkellner aufgrund einer großen Veranstaltung händeringend mehr Kellner sucht als ihm zur Verfügung stehen. Bis dahin musst du üben, üben und nochmals üben!"
Ein wenig ungläubig schaute er mich mit seinen braunen Augen an.
„Passt es dir nächste Woche am Mittwoch?"
„Na klar, ich bin da, wann immer du möchtest."

Essensgerüche durchzogen meine Wohnung, als Willi-Boy vor der Tür stand. Ein Gemisch aus Gebratenem, Gekochtem und Wein, wovon ich mir bereits einen Schluck genehmigt hatte.
„Hallo, komm rein, wir können gleich anfangen, alles ist vorbereitet."
„Hm…, riecht fantastisch, da bekommt man ja gleich Appetit!"
Ich führte ihn ins Esszimmer und zeigte ihm, wie man einen Tisch festlich eindeckt. Dann legte ich ihm eine weiße Stoffserviette über den linken Arm und gab ihm eine Weinflasche in die rechte Hand.
„Das Etikett muss stets dem Gast zugewandt sein, damit er den Namen des Weines lesen kann."
Dann zeigte ich ihm, in welches Glas wie viel man höchstens einschenken darf, welche Köperhaltung man einnehmen muss,

wie und an welche Stelle man die verschiedenen Speisen auf dem Teller vorlegt und so weiter. Mit viel Spaß haben wir ein komplettes Menü serviert und verspeist. Nun gab ich ihm einen Zettel und Bleistift, er musste sich alles genau aufschreiben, damit er zu Hause üben konnte.

Nicht lange, und der Tag X war gekommen. Eine große Veranstaltung stand ins Haus. Händeringend wurden noch weitere Leute zum Servieren gesucht.
„Herr Ohde, ich könnte Ihnen auch noch einen Kellner besorgen, ein Hochschulkollege von mir, er hat auch schon serviert", flunkerte ich, „wenn Sie möchten, kann ich ihn ja mitbringen!"
Am Gesichtsausdruck merkte ich, er glaubte mir nicht. Wahrscheinlich klang meine Stimme nicht sehr überzeugend, denn im Lügen war ich nicht besonders gut. Eine Weile dachte er nach.
Schließlich sagte er: „In Ordnung, bringen Sie ihn mit. Sie tragen die Verantwortung, wenn was schief geht."
„Ja, mach` ich, Herr Ohde, vielen Dank!"
Er wurde mir beim Service zugeteilt. So lief alles wie am Schnürchen. Komischerweise bekam Willi-Boy anfangs nur Termine, wenn ich welche hatte. Auf jeden Fall war seine finanzielle Not vorbei, denn er bekam ja den gleichen Stundenlohn wie ich.

Und noch ein Glückspils!
„Frau May, haben Sie vielleicht eine Idee, wie ich zu einem neuen Computer kommen könnte? Mein neuer Mitarbeiter quält sich mit einem uraltem Gerät herum, wie soll er damit optimal arbeiten?", jammerte mir ein Professor die Ohren voll.
„Wieso, in zwei Monaten beginnt das neue Haushaltjahr, da bekommen Sie doch wieder Geld."
„Das ist es ja gerade, weil ich nur zwei wissenschaftliche Mitarbeiter habe, bekomme ich viel weniger Geld als eine Professur, die mehrere Mitarbeiter hat." Ich schaute auf den Kontostand meines Rechners und antwortete: „Fragen Sie den Sprecher, nächste Woche fließt das für dieses Jahr nicht ausgegebene Geld in seinen Topf zurück. Dann wird er Ihnen bestimmt das Geld für einen PC geben."
„Was meinen Sie, auf die Idee bin ich auch schon gekommen. Aber er hat gesagt, das geht nicht."
„Warum nicht?"

„Weil ich nur zwei Mitarbeiter habe steht mir kein weiterer PC zu."
„Aha", und während ich überlegte, wie ich ihm helfen könnte, meinte er: „Dabei habe ich doch in meiner Professur denselben Forschungsaufwand wie meine Kollegen." Mit den Worten: „Wissen Sie was? Mir fällt bestimmt noch was ein, wie ich Ihnen helfen kann", gab ich ihm Hoffnung, „ich rufe Sie dann an."
Da ich den Haushalt überwachte, wusste ich genau, welcher Professor jedes Jahr Geld über hatte. Denn es waren stets dieselben, die sparsam mit ihrem Geld umgingen. Diesen sparsamen Professor fragte ich, ob er seinem Kollegen für einen neuen PC Geld überschreiben würde, bevor dieses Geld zum Sprecher zurückwanderte. Ohne viele Worte zu verlieren, sagte er:
„Selbstverständlich." Wie ein kleines Kind freute sich der Prof., als er das Geld für einen PC auf seinem Konto hatte.

Die Büroflüsterer: Man vertraute mir so manches ‚Geheimnis' an. Wer mit wem was hatte, oder wer sich unmöglich benahm. Einmal zeigte mir ein Kollege ein Bild, auf dem eine nackte Kollegin abgebildet war. Er prahlte, dass sie es mit einigen Männern an der Hochschule trieb. Wahrscheinlich reichte er das Bild unter seinen Kollegen herum. War mir das peinlich – nicht nur für die Dame, auch für meinen Kollegen. Vielleicht hatte sie ihm einen Laufpass gegeben. Er war nämlich verheiratet und sie ledig. Nun war er sauer darüber. Ich schüttelte nur den Kopf und sagte vorwurfsvoll:
„Ihr Verhalten finde ich unmöglich. Ich dachte immer, nur Frauen sind Klatschbasen. Den Spruch ‚Ein Gentleman genießt und schweigt', sollten Sie kennen." Er wurde rot, schnell ließ er das Bild im Jackett verschwinden.

„Na, Werner, du siehst heute aber nicht gerade erholt aus, wo hast du dich denn am Wochenende rumgetrieben?", scherzhaft versuchte ich ihn ein wenig aufzumuntern, als ich sein Büro betrat. Er war durchaus nicht der Typ, von dem man annahm, dass er sich überhaupt rumtreiben könnte.
„Rumgetrieben?", wiederholte er, „viel schlimmer, ich bin gerade bitterlich enttäuscht und ausgenutzt worden."
„Oh, das tut mir leid", und das meinte ich aufrichtig. Werner war für mich ein ganz lieber Kollege.

Eigentlich war er ein verschlossener Mensch. Viel wusste ich nicht aus seinem Privatleben, trotzdem wagte ich zu fragen: „Von wem denn?"
„Von einer Kollegin, die auch hier arbeitet."
„Aha."
„Ja, und ich war nicht mal lange mit ihr zusammen, während sie mich richtig abgezockt hat."
„Wie konnte dir das passieren?"
„Ich habe sie geliebt und gedacht, sie meint es auch ernst mit mir. Zuerst waren es nur kleine Geschenke, doch ihre Wünsche wurden immer kostbarer. Am Ende sollte ich ihr ein zwölfteiliges Service für tausend Mark kaufen."
„Und? Das hast du hoffentlich nicht gemacht?"
„Leider, ja! Kurz darauf hat sie Schluss gemacht."
„Hol dir doch das Geschirr zurück."
„Das bring ich einfach nicht fertig." Meine Neugierde war nun nicht mehr zu bremsen. Ich bohrte solange, bis er mir den Namen sagte. Es war die nackte Dame auf dem Bild. Ganz schön abgebrüht. Doch nicht so unschuldig, wie ich dachte.

Hinter vorgehaltener Hand erzählte mir eine Kollegin auf dem Hochschulgelände: „Übrigens, Moni, was ich dir noch sagen wollte, du schwärmst doch immer so von der Frau Lahn."
„Was heißt schwärmen, ich finde sie nicht nur attraktiv sondern auch sehr nett." „Stell dir vor, die soll es mit einem Professor in seinem Büro auf dem Schreibtisch getrieben haben." Mit ungläubigen Augen schaute ich sie an und meinte: „Das glaube ich nicht, das hat sie doch gar nicht nötig, sie hat doch selbst einen sehr gut aussehenden Mann in einer höheren Position. Nee, bei aller Liebe, das kann ich mir nicht vorstellen. Wer hat denn den Quatsch wieder in die Welt gesetzt?" Das wusste sie auch nicht so recht.

Ein Schätzchen hatten wir auch. Ich mochte sie sehr gern und fand sie mit ihrem schulterlangen Lockenhaar, ihren großen blauen Augen, ihrer hübschen Kleidung und ihrem zauberhaften Lachen einfach super. Wir freundeten uns an. Jedoch aus ihrem Schätzchen-Leben erzählte sie mir nichts. Sie wusste, ich war ein Moralapostel. Das habe ich später von anderen erfahren.
So brodelte ständig die Gerüchteküche.

Mit Schimpf und Schande: Im CP-Plaza Hotel war nichts mehr so wie am Anfang. Ständig wechselte der Wirtschaftsdirektor. Fürs Bankett wurden mehr und mehr Lehrlingen für den Tagesdienst eingestellt. Ingrid hatte uns auch schon längst verlassen. Ab und zu servierte sie noch da draußen in einem Restaurant am Lütjensee. Außerdem züchtete sie jetzt Siamkatzen und ritt lieber mit ihrem Pferd in der Natur umher. Ich glaube, sie war rundum zufrieden. Stefan hatte sein Studium beendet und war Arzt in einem Krankenhaus. McDonald hatte sich einen Job in der Weltwirtschaft zugelegt. Mein Mann und ich hatten uns unseren Traum von einem Haus in Pakistan erfüllt. Nun wollte auch ich kürzer treten und das Leben ruhiger angehen lassen. Allerhöchste Zeit, Abschied vom Hotel zu nehmen. Zwei Termine hatte ich noch. Danach wollte ich am zweiten Weihnachtstag mit meinem Mann nach Karachi fliegen und unseren neuen Wohnpalast für zwei Monate genießen. An der Hochschule hatte ich mir bereits meinen sechswöchigen Jahresurlaub genommen plus zwei Wochen unbezahlten Urlaub.

Ich balancierte gerade ein Tablett mit schmutzigem Geschirr zum Servicewagen, als Herr Ohde auf mich zukam und sagte:
„Kommen Sie Frau May, ich brauche Sie jetzt im Bremer Zimmer, Marco ist bis jetzt nicht erschienen und ich brauche dort eine gute Kraft."
„Wieso, was ist denn da los?" Willig folgte ich ihm.
„Unsere Geschäftsführung feiert Weihnachten."
„Die Geschäftsführung feiert was?", abrupt blieb ich stehen, „ich dachte in diesem Jahr gibt es keine Weihnachtsfeier!"
„Tja, die Geschäftsführung macht für sich eine Ausnahme!"
„Ach so, für uns Fußvolk gibt es in diesem Jahr keine Weihnachtsfeier. Herr Ohde, dann möchte ich auch nicht die feinen Herren bedienen!"
Herr Ohde war entsetzt, solche Töne kannte er nicht von mir.
„Ich habe niemanden sonst, den ich da hinschicken könnte. Sie müssen dahin, ob Sie wollen oder nicht!" Mit etwas weicherer Stimme meinte er: „Tun Sie mir wenigstens den Gefallen, ja?"
Schweren Herzens begab ich mich auf den Weg. Ungefähr zwanzig Personen standen bereits vor dem offenen Konferenzraum und tranken Champagner. Holger, mein Kollege, erwartete mich bereits. Allein hätte er diesen aufwendigen Service nicht geschafft.

Die Tische im Raum waren zu einem großen Block zusammengestellt und weihnachtlich eingedeckt. Der Herr Direktor gab seinen Gästen ein Zeichen, sich in den Raum zu begeben und zu setzen. Das festliche Mahl konnte beginnen. Meine Aggressionen auch. Sie stiegen von Stunde zu Stunde. Endlos zog sich das Essen hin. Während ich die heißen Teller für den Hauptgang vom Stapel nahm, um sie noch einmal zu überprüfen, ob sie auch poliert waren, erschrak ich. Zwischen zwei Tellern lag eine Kakerlake. Sie war tot. Ein schlechtes Omen. Im Hotel wurde es mit der Hygiene sehr genau genommen. Bisher hatte ich noch keine in diesem Haus gesehen.
Am liebsten hätte ich dieses Vieh liegen lassen und dem Direktor direkt vor die Nase gesetzt. Doch ich besann mich und schnipste sie unbemerkt vom Teller. Ausgetauscht habe ich den Teller nicht. Vergeltung musste sein.

Bevor der Nachtisch serviert wurde, ging die Beweihräucherung der Kollegen los. Für jeden einzelnen Mitarbeiter hielt der Direktor eine Dankesrede für seinen geleisteten Hoteleinsatz und überreichte ihm persönlich ein Geschenk. Mir wurde speiübel. Ich konnte mich gerade noch am Riemen reißen. Trotzdem hielt ich eisern – mit aufgesetzter Freundlichkeit – bis zum Schluss durch.
Am Ende der Veranstaltung hörte ich, wie jemand sagte:
„Auf zum Blauen Satelliten, dort geht die Party jetzt richtig los!"
Nun war meine Wut kaum noch zu bremsen. Als die Gesellschaft weg war, räumte ich mit Holger das Zimmer auf. Dann ging ich seelenruhig zum Oberkellner und fragte: „Hab ich jetzt Feierabend?"
„Wenn Sie wollen, ja, aber sie können auch im Saal B weiterarbeiten."
„Heute nicht, danke!", gab ich zurück.
Obwohl es in mir wie eine gezündete Bombe brannte, versuchte ich nach außen hin entspannt zu wirken, was mir äußerst schwer fiel. Aber ich wollte hier während meiner Arbeitszeit kein großes Theater machen. Während ich mir die Schürze abnahm, flüsterte ich Renate zu:
„So, jetzt habe ich Feierabend und gehe als Privatperson in den Blauen Satellit, mal sehen, welche Entschuldigung der Herr Direktor auf Lager hat, warum wir keine Weihnachtsfeier bekommen, und die in Saus und Braus die ganze Nacht abfeiern!"

Denn der Satellit war für den Abend und die Nacht wegen dieser geschlossenen Gesellschaft gesperrt. Entsetzt sah Renate mich an: „Oh je, wenn das man gut geht." Inzwischen hatten sich noch zwei weitere Kollegen zu uns gesellt, die sich auch längst in Rage geredet hatten und es toll fanden, was ich vorhatte. Entschlossen fuhr ich mit dem Fahrstuhl in den 26. Stock.

Im ersten Moment konnte ich bei der schummrigen Beleuchtung keinen Direktor entdecken und war enttäuscht. Jedoch nachdem meine Augen sich an das gedämpfte Licht gewöhnt hatten, sah ich ihn am äußersten Ende gemeinsam mit unserer Bankettleiterin und einem Büromenschen, den ich nicht kannte, sitzen. Überrascht sprang der Herr Direktor auf, als ich vor ihm stand, und begrüßte mich, so, als hätte er mich heute noch gar nicht gesehen. Dabei hatte ich ihn unten doch die ganze Zeit bedient.
„Hallo, Frau May, kommen Sie, setzen Sie sich zu uns." Der Unbekannte neben ihm sprang auf und verschwand. Ich setzte mich auf seinen Platz.
„Was möchten Sie trinken?" Ohne eine Antwort abzuwarten, winkte er die Servierin herbei und bestellte mir auch einen Schampus.
„Eigentlich bin ich nicht hier, um zu feiern, ich wollte lediglich wissen, warum wir, ich meine das Fußvolk, keine Weihnachfeier bekommen, und Sie es sich hier richtig gut gehen lassen."
„Wer hat denn das Gerücht in die Welt gesetzt, na klar gibt`s für alle eine Weihnachtsfeier, nur die haben wir in den Januar verlegt.
„Dann ist es doch keine Weihnachtsfeier mehr."
„Macht nichts, wir nennen sie dann Jahresabschlussfeier. Zeitlich passt es auch besser, im Januar ist im Bankett wenig zu tun. Da haben wir kaum Termine."
Mit Engelszungen versuchte er mich milde zu stimmen, was ihm mit seinem Charme auch gelang. Ich stieß mit ihm an und sagte kleinlaut: „Na ja, wenn es so ist, werde ich es meinen Kollegen erklären. Ich bin auf jeden Fall nicht dabei, denn ich fahre am zweiten Weihnachtstag mit meinem Mann für zwei Monate nach Pakistan." Darüber wollte er mehr wissen. Wir unterhielten uns noch eine ganze Weile über unser Haus und über Pakistan. Bis er schließlich aufstand und sich mit den Worten entschuldigte:

„Ich muss jetzt gehen, ich wünsche Ihnen eine gute Reise, passen Sie auf sich auf", er gab mir ein Abschiedsküsschen auf die Wange. War das vielleicht ein Judaskuss…?
Dunkle Wolken zogen am Satellitenhimmel auf! Mir gegenüber saß der neue Wirtschaftsdirektor. Eiskalte, messerscharfe Augen sahen mich durchdringend an. So, als wollten sie mich durchbohren. Ohne ein Wort zu verlieren, stand ich auf und ging Richtung Ausgang. Ich rauschte gerade am Küchen-Chef vorbei, da packte er mich am Ärmel und rief: „He, Moni, komm setz dich zu mir, lass uns was trinken."
„Nee, geht nicht, hier ist dicke Luft, ich glaube, dann bringt mich der Wirtschaftsdirektor auf der Stelle um."
„Ach, kümmere dich nicht um den, komm setz dich zu mir", wiederholte der Küchen-Chef. „Tschüss!", meinte ich nur noch und haute ab. Meine Mission war beendet.

Zwei Tage später – mit mir und der Welt zufrieden – erschien ich am Arbeitsplatz. Herr Ohde war nicht da, er hatte frei. Herr Randel, sein Hilfssheriff vertrat ihn. Jahrelang war er nun schon der Hilfssheriff, ernst nahmen wir ihn trotzdem nicht, denn er hatte im Gegensatz zu Herrn Ohde kein Rückgrat. Er schien auf mich gewartet zu haben, denn als er mich kommen sah, nahm er mich zur Seite und sagte ein wenig zu förmlich für seine Wenigkeit: „Kommen Sie bitte mit, Frau May, ich muss Ihnen etwas mitteilen."
„Ja und? Was denn?"
„Nicht hier vor versammelter Mannschaft, kommen Sie, wir gehen in den kleinen Saal. Machen wir es kurz", meinte er völlig linkisch, „Sie sind fristlos entlassen, mit Hausverbot!"
Im ersten Moment dachte ich, er machte einen Scherz mit mir und tat so, als hätte ich es nicht verstanden.
„Was haben Sie da eben gesagt?"
Artig wiederholte er den Satz. Nun erst kapierte ich die Tragweite seines Satzes. Von einer zu anderen Sekunde war mir, als würde mir der Boden unter den Füßen weggerissen. „Aber wieso? Ich habe doch gar nichts getan", stammelte ich.
„Das weiß ich auch nicht, Befehl von oben!"
„Einen Moment, wer von oben hat Ihnen den Befehl erteilt?"
„Der Wirtschaftsdirektor." Allmählich setzte mein Verstand wieder ein.

„Das wollen wir ja mal sehen, das glaube ich nicht, und das mit dem Hausverbot schon gar nicht. Das wird der Direktor niemals zulassen! Und ausgerechnet", am liebsten hätte ich gesagt: ‚Sie Waschlappen', doch das verkniff ich mir, stattdessen sagte ich: „Sie, der hier kaum was zu sagen hat, spricht mir eine Kündigung aus, das finde ich geradezu grotesk. Ich gehe jetzt zum Direktor, wollen mal sehen, was er dazu sagt."

Wutentbrannt lief ich eiligen Schrittes die Wendeltreppe hinunter, ging um die Rezeption herum, und blieb verdattert vor der Tür des Direktors stehen. Breitbeinig, mit seitlich ausgestreckten Armen stand der schwergewichtige Personalchef vor der Tür des Direktors. So, als habe man ihn mit Pattex angeklebt. Der Hilfssheriff, diese Witzfigur, hatte ihn gewarnt.
„Hier kommen Sie nicht 'rein, der Direktor hat eine Besprechung!" Siegessicher schaute er mich an. Ich kam mir vor wie David, nur dass mir die Schleuder für den angeklebten Goliath fehlte. Die hätte ich gut gebrauchen können. Im Moment unschlüssig, was ich als Nächstes tun könne, machte ich schließlich auf dem Absatz kehrt, ging in die Hotelhalle zu den Fahrstühlen, fuhr in die zweite Etage und besuchte im Personalbüro die Assistentin des Wachhundes, Frau Kramer. Freundlich, wie immer, empfing sie mich. Völlig verzweifelt begann ich zu erzählen. Ungläubig schüttelte sie ihren Kopf, bis sie schließlich sagte: „Nein, Frau May, das glaube ich nicht. Nicht Sie! Niemals! Das kriegen wir wieder hin." Sie nahm den Hörer und wollte den Direktor anrufen. Der Wirtschaftsdirektor war am Apparat und bestätigte die Aussage des Personalchefs, dass der Direktor im Moment für niemanden zu sprechen sei. Als Frau Kramer den Hörer auflegte, sagte sie mit beruhigender Stimme: „Sie möchten zu ihm kommen, sehen Sie, es renkt sich alles wieder ein."
Mit gemischten Gefühlen ging ich in die Höhle des Löwen. Selbstgefällig und arrogant, blieb er hinterm Schreibtisch sitzen, mich ließ er stehen, mit den Worten: „Tja, das haben Sie sich selbst verscherzt. Sie hatten kein Recht, da oben im Satelliten aufzutauchen. Das haben Sie nun davon", fertigte er mich ab. Ohne auch nur ein Wort zu verlieren, verließ ich den Raum und rannte wieder in die Personalabteilung. Über eine derartige arrogante Haltung wurde nun auch Frau Kramer böse und meinte:

„Ohne Einwilligung des Betriebsrates und einer schriftliche Kündigung läuft hier gar nichts! Am besten, Sie gehen jetzt nach Hause und beruhigen sich, ich werde das hier regeln, rufen Sie mich morgen an." Sie machte mir Mut.

Hoffnungsvoll rief ich am nächsten Tag Frau Kramer an. Leider hatte auch sie nichts erreichen können. Nun bat ich sie –möglichst noch heute, per Eilboten – mir die schriftliche Kündigung zuzuschicken, damit ich noch vor Weihnachten die Klage beim Arbeitsgericht einreichen konnte. Nach zwei Tagen lag die schriftliche Kündigung mit Hausverbot – ohne Kündigungsgrund, vom Betriebsrat unterschrieben, im Briefkasten. Einen Tag vor Heiligabend reichte ich die Klage ein und bat die nette Sachbearbeiterin beim Arbeitsgericht, sie möge mir erst in zwei Monaten die Ladung für den Schlichtungstermin schicken, weil ich mich in der Zwischenzeit im Ausland aufhalten werde.
Auch, wenn ich mit diesem Job aufhören wollte, aber mit Schimpf und Schande wollte ich mich nicht vom Hof jagen lassen. Obwohl mein Mann immer wieder zu mir sagte:
„Lass es doch, ärgere dich nicht, du willst doch gar nicht mehr im Hotel arbeiten!"
„Nein, ich lass es nicht." Ich blieb standhaft.
Die Ladung zum Vergleichstermin lag bereits im Briefkasten, als ich wieder im Lande war. Erwartungsvoll erschien ich vor Gericht. Eine Richterin war Schlichterin. Doch das CP-Plaza Hotel hatte es gar nicht nötig zu schlichten, sie standen auf dem Standpunkt, als Aushilfsservierin habe ich keinerlei Rechte. Schließlich sei ja mein Hauptarbeitgeber die Hochschule. Die Richterin fragte mich:
„Möchten Sie weiter im CP-Plaza Hotel arbeiten?"
„Ja, sicher", sagte ich. Sie wandte sich zur Gegenpartei und sagte:
„Wenn Sie Frau May keine Abfindung zahlen wollen, dann hebe ich hiermit das Hausverbot per sofort auf. Sie muss in Ihrem Hause, bis der Fall gerichtlich entschieden ist, weiterhin beschäftigt werden!"

Ich rief Herrn Ohde an und bekam meine nächsten Termine. Ab sofort machte ich gute Miene zum bösen Spiel und ging weiterhin im Hotel arbeiten. Nicht mehr so oft wie vorher, nur damit ich bis zur nächsten Verhandlung den guten Willen zeigte.

Lief mir der Wirtschaftsdirektor übern Weg, ging ich erhobenen Hauptes, ohne einen Gruß zu verlieren, stolz an ihm vorbei. Mit dem Oberkellner, kam ich, wie immer, sehr gut aus.

Die nächste Verhandlung vor Gericht stand an. Inzwischen waren seit der Kündigung sechs Monate vergangen. Die Frau unseres Rechtsreferendars hatte eine eigene Anwaltskanzlei, sie vertrat mich vor Gericht.
Wieder lief die gleiche Chose wie bei der Güteverhandlung. Das Hotel meinte, als Aushilfskraft mit nur zweiundfünfzig Arbeitstagen im Jahr hätte ich keinerlei Rechte und man könne mich kündigen, wann man wollte. Nun kam mir die Sammelleidenschaft meines Mannes zugute. Er hatte sämtliche Terminkalender aufbewahrt, in denen ich die Daten und Arbeitsstunden, der letzten sieben Jahre eingetragen hatte. Die legte ich plus der jeweiligen Jahresabrechnungen der Richterin vor. Ganz in Ruhe schaute sie sich die Seiten mit den Terminen in dem Taschenkalender an, dann nahm sie einen Taschenrechner und eine Jahresabrechnung und teilte das Bruttogehalt durch zweiundfünfzig Tage und die wiederum durch acht Arbeitsstunden. Erstaunt sagte sie der Gegenpartei:
„Ich wusste gar nicht, dass eine Serviererin fünfzig D-Mark die Stunde verdient. Wollen Sie nun Frau May freiwillig weiterbeschäftigen und ihr für die Ausfallzeiten nachzahlen oder nicht!?"
Sie wollten nicht. Die Richterin runzelte die Stirn und sagte: „Die Sitzung ist hiermit beendet. Wir werden das Urteil in Abwesenheit der Parteien entscheiden."
Ich glaube, der Wirtschaftsdirektor hatte aus lauter Hass gegen mich noch immer nicht geschnallt, was wirklich Sache war. Hätte er sich von seiner Buchhaltung meinen Jahresverdienst geben lassen, hätte er darauf kommen müssen, dass ich mehr Rechte hatte, als er wahrhaben wollte.
Keine Woche später hatte ich das Urteil in den Händen.
7-tausend DM in bar und weiterarbeiten, wenn ich wollte.
Wollte ich nicht. Nicht einmal die Klamotten aus meinem Spind habe ich abgeholt. Die Ära Servieren war für mich ein für alle Mal vorbei.
In Zukunft wollte ich mich nur noch auf meinen Ganztagsjob in der Hochschule konzentrieren.

Standesdünkel: Auch an der Hochschule waren die Leute nicht vor gewissem Standesdünkel gefeit.
„Stell dir vor, Moni, mein Chef lässt sich sogar von seiner Frau mit ‚Professor' betiteln."
„Wie bitte? Wie läuft das denn?"
„Das will ich dir sagen, als letztens einer unserer Mitarbeiter ihn Zuhause anrief, sagte seine Frau doch tatsächlich am Telefon: „Ich muss mal schauen, ob der Herr Professor da ist." Und nach einer Weile, als sie nachgeschaut hatte, flüsterte sie durchs Telefon: „Der Herr Professor schläft."

Ein Beamter betrat das Büro eines Kollegen. Der sprach gerade mit einem Mitarbeiter aus der Lagerhaltung, die beiden duzten sich. Als der Lagerrist den Raum verließ, sagte der höhere Beamte etwas abfällig: „Duzt du dich etwa mit dem?"
„Na ja, du weißt ja, wie es ist, auf der letzten Betriebsfeier haben wir damit angefangen."
„Dann lass das man schön wieder bleiben, die werden sonst zu frech." Ausgerechnet dieser hochbezahlte Beamte, der sehr streng mit seinen Mitarbeitern war, musste zu Hause kuschen. Seine Frau hatte nicht nur die Hosen an, sie hatte auch einen Putzfimmel. Dieser Putzfimmel ging so weit, dass keiner mehr in die Küche durfte, wenn sie mit der Küche fertig war. Da er so auf Standesdünkel bedacht war, kaufte er sich einen Wohnwagen, in dem er machen konnte, was er wollte. Auch eine Lösung. Nur wissen durfte es niemand.

Mit Leib und Seele

Nun muss ich auch mal auf meinen Mann zu sprechen kommen.
Im Stern Nr. 29/11 stand geschrieben:
„Je höher das Einkommen der Frauen über dem des Mannes liegt, desto höher ist die Wahrscheinlichkeit einer Scheidung" (Andrew Oswald, Wirtschaftsprofessor an der Universität Warwick, England)

Mein Mann hatte überhaupt keine Schwierigkeiten mit meinem Verdienst. Wagenladungen voll Geld hätte ich heranschaffen können. Wir beide wollten ja möglichst schnell unser Traumziel erreichen. Und das hatten wir ja nun. Bis dahin hatten wir auch stets ein gemeinsames Konto. Und mein Mann dachte, es geht lustig weiter so.

Nicht mit der Schufterei, doch mit dem gemeinsamen Konto. Denn an der Hochschule verdiente ich inzwischen auch nicht schlecht. Er wollte weiter alles Geld, was wir nicht unbedingt brauchten, auf die hohe Kante legen. Da machte ich ihm einen Strich durch die Rechnung. Ab sofort eröffnete ich mein eigenes Konto und vertrat den Standpunkt, jeder sollte selbst sein Konto verwalten. So kam es, dass mein Mann sein Geld, was er übrig hatte, weiter fleißig sparte. Ich hingegen wurde großzügiger. Ich hatte das Sparen satt! Eine Idee, wie ich mein Geld ausgeben könnte, ließ auch nicht lange auf sich warten und schon stürzte ich mich in ein neues Abenteuer.

Jedoch sie ist ein Wirbelwind, vielmehr, als wir es alle sind.
So lernte sie noch nebenbei, 'ne Art von Kräuter-Doktorei.
Und wenn es eine von uns zwickte, man sie zu Moni schickte.
Wenn sie sodann um Hilfe bat, bekam sie nicht nur Rat, auch Tat.
Heide & Co

Wieder einmal entdeckte ich eine interessante Zeitungsannonce im Hamburger Abendblatt:
Heilpraktiker-Ausbildung am „Münchener Heilpraktiker Kolleg"
Nicht in München sondern in Hamburg fand der Unterricht statt. Bereits in meiner Kindheit im Dorf Kollow bekam ich eine Warze am Finger mit Schöllkraut weg und ein Gerstenkorn am linken Augenlied, ließ ich mir von dem Atem unserer Ziege wegpusten. Außerdem haben wohl meine sechs Jahre in der Echo Apotheke sowie auch die gesunden Frühstückspausen im Gerätedepot mein Interesse an der Naturheilkunde geweckt. Ich überlegte nicht lange und meldete mich dort an: Wer weiß, vielleicht ergeben sich daraus ja noch ungeahnte Möglichkeiten.
Und wie es mit den Hobbies so ist, man verdient kein Geld damit, sondern gibt ganz schön viel aus. Nach all dem jahrelangen Sparen konnte ich jetzt ja mal etwas Geld für mich opfern.
Unterricht war samstags. Gemeinsam mit den Medizinstudenten hatten wir die „Anatomie des Menschen" im Uniklinikum Eppendorf beim Prof. Werner Lierse. Er war eine Kapazität auf seinem Gebiet. Seine Vorträge waren Kult. Mit Leib und Seele war ich dabei, wenn er in einer anschaulichen, lebendigen und witzigen Art versuchte, uns den Aufbau des menschlichen Körpers näher zu bringen.

Noch nie hatte ich derart Spannendes über den menschlichen Körper gehört. Ab sofort gehörten nicht nur die Medizinstudenten zu seiner Fan-Gemeinde, auch ich!
„Wenn man bedenkt, dass der Körper zu 65% aus Wasser besteht, braucht ihr ja nur noch 35% zu lernen!" War Lierses Spruch!
Das machte Mut.
Liane, meine Mitschülerin und später meine Freundin, sagte mal zu mir: „Es war ein Spaß, dich beim Unterricht zu beobachten. Wie ein kleines Kind hast du gestaunt, über das, was Prof. Lierse da vorne erzählte." Sie hatte gut reden, sie war Hebamme und bestens mit dem Körper des Menschen vertraut. Aber woher sollte ich denn das alles wissen. Liane hatte Abitur. Und ich? Das war doch eine ganz andere Geschichte. Und so ging ich drei Jahre lang samstags entweder zu den Unterrichtsräumen in der Handwerkskammer am Holstenwall oder in die Anatomie der Uni-Klinik in Eppendorf.
Ich kaufte mir alle nötigen Fachbücher der Medizin und studierte sie oft bis spät in die Nacht hinein. Für mich waren sie so spannend wie für andere Leute Krimis. Auch, wenn ich die einzelnen Kapitel drei- bis viermal durchlesen musste, bis ich sie überhaupt verstand. Wie auch, ich hatte doch noch nie etwas mit Latein zu tun gehabt. Aber ich war wissbegierig, kaufte mir das kleine Latinum und nervte ständig meine Mitschüler oder die Lehrer, bis ich alles kapierte. Na ja, so ziemlich alles.

Singapur und die Wunderheiler: Im Taumel der Begeisterung angekommen, konnte ich mal wieder mein neuestes Hobby nicht aus meinem Arbeitsleben 'raushalten. Am liebsten hätte ich mein neues Wissen in die Welt hinaus geschrien und alle gleich missioniert.
Im Januar nahm ich meinen Jahresurlaub und flog mit meiner neuen Freundin Liane und meiner jüngsten Tochter Janine im Schlepptau nach Singapur. Janine hatte gerade ihren Abschluss von der Fremdsprachenschule in der Tasche und bekam die Reise von mir und meinem Mann geschenkt. Liane und ich wollten die klassische chinesische Körperakupunktur im „Singapur Akupunktur-Center" erlernen.

Mr. Lee und Mr. Ng, beide mehrfache Meister der Akupunktur, waren unsere Lehrmeister. Unterricht war an sechs Tagen in der Woche. Überwiegend unterrichtete uns Mr. Ng, ein junger dynamischer Mensch. Voller Begeisterung waren wir in unserem Element.

Ein zehnjähriger Junge kam mit seinen Eltern in die Praxis, er hatte Parkinson der schlimmsten Form. Sobald Mr. Lee ihm die Nadeln nicht nur in die Ohrenmuscheln, sondern auch am ganzen Körper setzten, waren seine Zuckungen und unkontrollierten Bewegungen weg, wie weggeblasen. Er kam täglich zur Behandlung. Bereits nach vierzehn Tagen kam er allein – ohne Eltern. Über so einen schnellen Erfolg waren wir total erstaunt. Für uns grenzte es an ein Wunder. Sollte der Erfolg von Dauer sein, war es natürlich mit den paar Behandlungen nicht getan. Von Woche zu Woche wurde weniger akupunktiert. Nach einem halben Jahr sollte er nur noch einmal die Woche, dann zweimal im Monat als Erhaltungstherapie die Akupunktur bekommen.

Liane und ich mussten uns gegenseitig piksen. Während Liane die Nadeln, die ich ihr setzte, gar nicht merkte, zuckte ich bei jeder Nadel, die Liane mir setzte, zusammen. Das sah Mr. Lee und sagte:
„Was ist los, Moni, wieso zuckst du so?"
„Ich weiß auch nicht, es tut mir einfach weh."
„Quatsch, Akupunktur tut nicht weh, man muss es nur richtig machen." Er nahm eine Nadel und versuchte sie mir schmerzfrei zu setzen. Abermals zuckte ich. „Komisch", sagte er und probierte ein zweites und drittes Mal. Immer dasselbe Zucken. „Egal", bemerkte ich, „dann tut es mir eben weh."
„Ich mag bei dir gar nicht mehr zustechen", unschlüssig hielt Liane die Nadel zwischen ihren drei Fingern, Daumen, Zeigefinger sowie Mittelfinger.
„Ach, Liane, ignorier einfach mein Zucken, los hau jetzt endlich die Nadel 'rein", versuchte ich ihr Mut zu machen. Nach Schulschluss mussten wir im Hotel weiter üben, üben und nochmal üben, um so die Fertigkeit zu erlangen. Nicht an uns selber, sondern einem eigens dafür entwickelten Ball.
Eines Morgens, wir saßen im Wartezimmer und warteten auf Mr. Ng, damit er uns in den Übungsraum holt, kam nicht Mr. Ng, sondern Mr. Lee zum Vorschein, seine gelbliche Hautfarbe war kreidebleich, völlig aufgeregt sagte er: „Heute fällt der Unterricht aus!"
„Warum? Ist Mr. Ng nicht da?", hakte Liane nach.
„Doch, aber er hat Mist gebaut."

Mr. Lee zog sich einen Stuhl ganz nah an uns heran, setzte sich und sprach langsam und sichtlich geschockt: „Seine verdammte jugendliche Ungeduld wäre ihm fast zum Verhängnis geworden. Er kann von Glück sagen, dass ich hier heute aufgetaucht bin, sonst wäre es für ihn zu spät gewesen."
Die Spannung wurde unerträglich. „Was ist denn passiert?", wagte ich mit gedämpfter Stimme zu fragen. Wir konnten uns beim besten Willen nicht vorstellen, was passiert sein könnte. Mr. Lee holte tief aus und begann: „Eines Tages wollen wir ohne Nadeln heilen, das ist dann die Fortsetzung der Akupunkturlehre. Doch um dort hinzukommen muss man viel Geduld aufbringen und täglich mehrere Stunden meditieren. Heute hat Mr. Ng maßlos übertrieben, weil er, wie ich schon sagte, sehr ungeduldig ist und schnell ans Ziel kommen will. Das geht aber bei einer Geistheilung nicht, das weiß auch er. Als ich heute Morgen in die Praxisräume kam, saß er geistig völlig entrückt und körperlich entstellt da, nur weil ich schon viel weiter bin als er, konnte ich ihn aus diesem Zustand zurück holen. Wie ich schon sagte, er hat großes Glück, dass ich da war. Denn eigentlich habe ich heute, weil wir keine Sprechstunde haben, frei. So, jetzt muss ich mich wieder um ihn kümmern, geht bitte nach Hause, und kommt erst am Dienstag wieder." Er stand auf und öffnete die Tür zur Praxis. Ich folgte ihm und fragte: „Darf ich ihn mal sehen?" Schnell zog er die Tür wieder zu und sagte im forschen Ton: „Moni, bleib wo du bist, sonst bekommst du einen Schock fürs Leben."

Was dort in den Praxisräumen wirklich passiert ist, habe ich bis heute nicht kapiert, doch als wir am Dienstag Herrn Ng zu Gesicht bekamen, sah er im Gesicht noch ganz verschroben aus: Nicht nur die Augen waren geschwollen, auch das Gesicht war irgendwie verdreht.

Mr. Lee hatte sich über meinen Schmerz bei jedem Einstich der Nadeln Gedanken gemacht und probierte verschiedene Varianten der Stechtechnik aus. Doch nichts änderte sich. Eines Tages kam er wieder mal mit einer neuen Idee in die Praxis: „Moni, heute wirst du keine Schmerzen haben." Blitzschnell setzte er die Nadel. „Und?", gespannt schaute er mir ins Gesicht.

„Schmerzen!" Er war enttäuscht, schließlich hatte er bereits den achtfachen Meister in Akupunktur erreicht. Doch dann sagte er: „Ich glaube, die einfachste Erklärung wäre, du trägst deine Energie direkt unter der Haut." Da schien er Recht zu haben, denn ich war mein ganzes bisherige Leben energiegeladen.
Übrigens, bevor wir nach vier Wochen wieder nach Hause flogen, hatte sich Mr. Ng`s Gesicht wieder völlig normalisiert.

Wundermittel aus deutschem Lande: Auch wenn ich mich an das damalige Erlebnis mit Herrn Söhnke nicht erinnern konnte, so mochte ich ihn ausgesprochen gern. Er war ein stets höflicher und hilfsbereiter Mensch und der Meister in der Werkstatt. Es gab kaum ein Wunsch, den er mir abschlug.
„Herr Söhnke, die Sonne scheint, die Kastanien sind in voller Blüte, wie ist es", weiter brauchte ich nichts sagen. Denn wie jedes Jahr, wenn ich um diese Zeit bei ihm auftauchte, wusste er bereits, was ich wollte, und rief in Richtung Werkstatt. „Hartmut und Walter, kommt mal bitte her und bringt eine Leiter mit."
Die Kastanienbäume vom Hochschulgelände standen in voller Blüte. Mit Hilfe der Leiter pflückten sie mir einen ganzen Beutel voll Kastanienblüten. In meinem Büro stand bereits eine braune Dreiliterflasche, die mit 95% Alkohol gefüllt war, dort hinein steckte ich die frisch gepflückten Blüten, und stellte die Flasche für die nächsten Wochen in den Schatten neben meine Heizung, nicht, ohne sie ab und zu kräftig durchzuschütteln. Nach sechs Wochen goss ich die Flüssigkeit durch ein Sieb und füllte sie in 200- ml-Arzneiflaschen. Fertig war mein Einreibemittel gegen Rheuma, Tennisarm, verspanntem Rücken, Venenschwäche, und was die Leute sonst noch für Wehwehchen hatten: ein uraltes Hausmittel, das aus Schlesien kommen soll.
Rolf war zuständig für Ringelblumen. Davon hatte er genug in seinem Garten. Früh morgens, wenn die ersten warmen Sonnenstrahlen die Blüten erwärmten, pflückte er einen großen Strauß und brachte ihn mir mit. Daraus zauberte ich dann Zuhause mit Hilfe von Bio-Schweineschmalz Ringelblumensalbe, die ich in kleine Salbentöpfchen abfüllte und in den Kühlschrank stellte. Sehr wichtig war dabei die Hygiene.

Ich weiß gar nicht mehr, wie vielen Menschen ich nicht nur mit dem Kastanienmittel, sondern auch mit der Ringelblumensalbe geholfen habe. Meine Fan-Gemeinde wuchs stetig. Nicht nur am Arbeitsplatz auch in meinem privaten Umfeld. Genauso wuchsen meine Behandlungsmethoden. Neuerdings kamen Kupferarmbänder hinzu, die ließ ich mir als einfachste Ausfertigung in der Werkstatt herstellen. Auch die gingen weg wie warme Semmeln. Alles umsonst. Geld war für mich tabu. Ich war ja noch in der Ausbildung.

Dreh – Schwindel: „Üben, üben, üben", hatte uns ja der Akupunkturmeister Mr. Lee mit auf den Weg gegeben, als er uns das Akupunktur-Diplom überreichte. Eigentlich sagte er mir eine große Zukunft mit der Akupunktur voraus. Er meinte, ich könne hervorragend stechen. Wahrscheinlich, weil ich an meinem Körper diese Schmerzen beim Stechen der Nadeln verspürte. Versuchspersonen hatte ich in meinem Umfeld mehr als genug. Kaum war ich aus Singapur zurück, verbreitete sich die Neuigkeit über mein Akupunktur-Diplom wie ein Lauffeuer. Ich hatte nicht nur die Körperakupunktur, sondern auch die Ohrakupunktur gelernt. Die idealste Methode zur Rauchentwöhnung. Vielleicht entschied sich ja der eine oder andere mit Hilfe der Ohrakupunktur, endlich mit dem Rauchen aufzuhören. Entweder in der Mittagspause oder gleich nach Feierabend übte ich, was das Zeug hielt und staunte nicht schlecht über die Erfolge. Ich war von den Socken, bei manchen Personen brauchte ich nur eine einzige Sitzung und sie hörten mit dem Rauchen auf. Sie waren besonders willensstark. Die Regel war es natürlich nicht, meistens brauchte ich schon vier bis sechs Sitzungen. Nur Willi-Boy, der war resistent. Sobald ich die Nadeln aus seinen Ohren entfernte, sagte er doch tatsächlich: „Ich könnte mir direkt wieder eine Zigarette anzünden." Nach der achten Sitzung sagte ich dann endlich: „So, Willi-Boy, das war`s, du willst ja gar nicht aufhören!" Dafür war mir meine Zeit zu schade. So weit ging mein Übungseifer nun auch wieder nicht.
Im Rausch meines Erfolges, denn immerhin hatte ich von zehn Rauchern acht von ihrem Laster befreit, wagte ich mich weiter vor. Die Verlockung war groß. Irgendwelche Verspannungen hatte fast jeder. Aber nur im engsten Kollegenkreis pikste ich.

Mit verspanntem Nacken und leidenden Gesichtsausdruck erschien Marion in mein Büro. Ich hatte ihr schon mal helfen können, flehend sah sie mich an und fragte: „Kannst du mich in der Mittagspause akupunktieren? Ich habe die ganze Nacht kein Auge zugetan und kann meinen Kopf kaum noch bewegen. Die Schmerzen sind kaum noch auszuhalten, ich bin fix und fertig!"
„Selbstverständlich, mach ich." Als Marion gegangen war, kam Rolf aus seinem Büro; unsere Zwischentür stand stets offen, so hatte er das Gespräch mitbekommen und sagte: „Ich bin neugierig und möchte zu gerne auch mal spüren, wie es sich anfühlt, wenn du mir eine Nadel durch die Haut stichst. Geht das überhaupt, auch wenn man nichts hat?"
„Sicher, kein Problem, wenn Marion nichts dagegen hat, kannst du gleich heute in der Mittagspause mitkommen. Denn sie wird ohne Bluse da sitzen." Marion war einverstanden.

Mit meinem kleinen Akupunkturköfferchen unterm Arm und Rolf an meiner Seite setzten wir uns Punkt halb eins in Bewegung in Richtung Konferenzraum. Marion wartete bereits auf uns, als wir auf der Bildfläche erschienen.
Vorsorglich schloss ich die Tür hinter uns ab, denn Zaungäste konnte ich nicht gebrauchen. Zuerst beschäftigte ich mich mit Marion und setzte ihr die Nadeln in die hierfür vorgesehenen Akupunkturpunkte am Nacken, drei links und drei rechts. Stimulierte sie, indem ich jede einzelne Nadel zwischen meinem Daumen und Zeigefinger drehte, um so die Blockade aufzulösen. Sie wurde von Sekunde zu Sekunde entspannter und der Schmerz ließ nach. Trotzdem bat ich sie, noch eine Weile mit den Nadeln im Nacken entspannt sitzen zu bleiben, damit die Wirkung noch verstärkt wird. Nun wandte ich mich Rolf zu und bat ihn seinen rechten Hemdsärmel hochzukrempeln und den Arm auf die Tischplatte zu legen. Nach gründlicher Desinfektion der Haut, und ehe er sich versah, steckte die Nadel in seinem Arm auf Höhe der Armbeuge.
„Na", forschte ich nach, „hast du den Piks gemerkt?"
„Nein, nichts", ließ er freudestrahlend verlauten. Nun startete ich auch bei ihm mit der Stimulation. Aufmerksam beobachtete ich ihn. Denn während der Stimulation kommen bei den Menschen die verschiedenartigsten Empfindungen zum Vorschein – von Taubheits-, Kribbel-, Wärme- bis hin zum Kältegefühl.

Jedoch Rolf spürte nichts von alledem. Plötzlich wurde er kreidebleich und murmelte was vom Schwindel. Dann sackte er in sich zusammen und rutschte vom Stuhl, bis er regungslos auf dem Boden liegen blieb. Blut lief ihm über die rechte Gesichtshälfte.
Bruchteile von Sekunden stand ich wie gelähmt da und schaute ihn mit aufgerissenen Augen an: „O, Gott", dachte ich, „was ist denn jetzt passiert. Hab ich ihn etwa umgebracht? Mit einer einzigen ganz dünnen Nadel! Aus und vorbei mit deiner Heilpraktiker-Karriere, stattdessen landest du jetzt im Kittchen."

„Oh, je, was machen wir denn jetzt?", fragte Marion. Sie stand plötzlich neben mir. Schlagartig wurde ich hellwach.
„Mensch, Marion, setzt dich sofort wieder hin, du darfst dich doch nicht bewegen, wenn nur eine einzige Nadel in der verspannten Muskulatur feststeckt, habe ich das nächste Problem." Ein Geistesblitz durchfuhr mich. In Sekundenschnelle kniete ich neben Rolf und presste ihm meinen rechten Daumen so stark ich konnte zwischen Nasenflügel und Oberlippe. Oh Wunder, unmittelbar danach schlug er die Augen auf und sah mich ganz entgeistert an, als sei ich von einem anderen Stern. Schnell zog ich ihm die Nadel aus dem Arm. Als er seine sieben Sinne wieder beisammen hatte, bat ich ihn noch eine Weile liegen zu bleiben und entfernte erst einmal Marions Nadeln, damit sie sich wieder anziehen konnte. Vielleicht musste ich ja noch den Krankenwagen rufen. Zunächst suchte ich die Ursache der Blutung. Gott sei Dank war es nur eine klitzekleine Platzwunde am Kopf, die er sich beim Fallen vom Stuhl zugezogen hatte. Ich desinfizierte die Wunde, die nicht mehr blutete und wischte ihm das Blut aus dem Gesicht. So schnell wie der Spuk gekommen war, verflog er auch wieder.
„Was war denn los?", ächzte Rolf noch leicht benommen. Mir fiel es wie Schuppen von den Augen. Ich hatte die einfachsten Regeln der Akupunktur missachtet: Nie die erste Körperakupunktur im Sitzen des Patienten vornehmen, sondern stets im Liegen, dann kann er auch nicht bewusstlos werden. Zweitens: Ich musste die Nadel in die verkehrte Richtung gedreht haben. Nämlich gegen den Energiefluss, auch Meridiane genannt. Anstatt ihm Kraft zu geben, habe ich ihm seine letzte Kraft genommen. Drittens: Wie konnte ich nur zwei Menschen auf einmal behandeln.

Im Büro hatte ich zwar den Ruf, sieben Sachen auf einmal souverän zu schaffen, aber in der Behandlung von Menschen sollte ich lieber die Finger davon lassen.
Rolf ertrug meine Niederlage mit Würde und Verständnis. Kein bisschen sauer auf mich, aber noch wackelig auf den Beinen, legte er sich für die nächste Stunde in seinem Büro auf die Couch. Als eine Sekretärin etwas von ihm wollte und sein Zimmer betrat, erschrak sie und fragte erstaunt: „Aber, Herr Bruhns, Sie sehen ja ganz blass aus, was ist denn mit Ihnen los?"
„Tja, das weiß ich auch nicht, mir geht`s auf einmal nicht so gut, ich muss mich ein wenig ausruhen," antwortete er mit schwacher Stimme. Es blieb unser Geheimnis.

Prüfungsschock: Nach dreijähriger Ausbildung meldete ich mich in Bad Oldesloe für die Überprüfung an. Das bedeutet: Mir wurde durch ein Zertifikat die Erlaubnis erteilt, eine eigene Praxis aufmachen zu dürfen.
Kaum jemand zweifelte an meinen Wissensstand. Auch ich nicht, denn ich war gut vorbereitet. Elke Erdmann, unsere Lehrerin für die Klassische Homöopathie, sagte mir, bevor ich zur Prüfung nach Bad Oldesloe fuhr: „Wenn es keiner schafft, du wirst es schaffen. Außerdem schicken wir dir alle aus dem Kurs positive Gedanken während deiner Prüfung zu."
Zuerst lief alles glatt. Ich musste den Verdauungstrakt in Deutsch und danach in Latein, erklären. Dann fragte der Prüfer mich wie das pflanzliche Lebermittel heißt, das die Leber vor starken Giften schützt. Ich hatte dieses Medikament zu Hause in meinen Apothekerschrank stehen und es auch schon oft weiter empfohlen. Doch mir fiel der Name „Carduus Marianus", die Mariendistel, einfach nicht ein. Je mehr ich mich anstrengte, je unsicherer wurde ich. Als Nächstes kamen die Sinnesorgane dran. Ausgerechnet das Auge, meine einzige Schwachstelle. Ich fing an zu stottern. Mir gegenüber saßen zwei Prüfer, ein Mediziner und ein Heilpraktiker. Der Mediziner schaute mich durchdringlich an. Ich wurde rot im Gesicht. Nun fiel mir gar nichts mehr ein. Ich wusste, ich habe verloren, stand auf, nahm meine Tasche und ging zum Fahrstuhl. Während ich auf den Fahrstuhl wartete, kam der Heilpraktiker angelaufen, mit eindringlicher Stimme sagte er: „Und Sie kommen wieder, das müssen Sie mir versprechen!"

Er musste die große Enttäuschung in meinen Augen gesehen haben. Keiner hatte diese Niederlage verstanden, jeder wollte mich motivieren, noch einmal die Prüfung zu wiederholen. „Irgendwann später", pflegte ich dann zu sagen.
Trotzdem blieb meine Begeisterung für die Naturheilkunde ungebrochen.
In den nächsten Jahren besuchte ich Spezialkurse wie: Homöopathie und Kräuterkunde sowie Reiki. Außerdem nahm ich an einem Laborkurs teil. An manchem Wochenende tourte ich durch Deutschland, um an Heilpraktiker- und Ärzte-Tagungen für Naturheilkunde beizuwohnen.
Nicht, dass ich nur mit meinen Hobbys beschäftigt war, nein, nein. Meine Arbeit an der Hochschule machte mir weiterhin Spaß, auch wenn ich manchmal sieben Sachen auf einmal zu erledigen hatte. Je mehr ich gefordert wurde, desto mehr war ich in meinem Element. Das war nicht bei jedem so.

Beamtenfrust! Einmal wurde ich Zeuge, eines Gespräches zwischen zwei Beamten, wovon der eine im mittleren Dienst und sein Kollege im gehobenen Dienst beschäftigt waren. Völlig geknickt fragte einer den anderen: „Wie sieht es bei dir mit der nächsten Beförderung aus, hast du schon was gehört?"
„Nein, nichts, egal wie sehr man sich hier abstrampelt, man kommt einfach nicht weiter. Hier läuft einfach nichts mehr."
„Genau wie bei mir und deshalb habe ich meine innerliche Kündigung ausgesprochen und mache nur noch Dienst nach Vorschrift!"
„Das habe ich schon lange getan."
‚Sieh mal einer an', dachte ich, ‚anstatt ihr dickes Beamtengehalt Tag für Tag abzuarbeiten, schmollen sie lieber'.
Innere Kündigung? Und ich dachte immer: ‚ein Beamter ist unkündbar'.

Aber nicht nur einige Beamte dachten so, auch einige Angestellte waren pfiffig. Eine Sekretärin war besonders schlau, sie löste ihren Frust am Arbeitsplatz, indem sie ihren wohlverdienten Urlaub so legte, dass sie in manchen Jahren, – je nachdem wie die Feiertage lagen –, schon mal auf bis zu zehn Wochen Urlaub kam. Natürlich nicht am Stück. Sie nahm ihren Urlaub wochenweise.

Dies schaffte sie nur, weil sie als Halbtagskraft im Wechsel eine Woche zwei Tage und die andere Woche an drei Tagen arbeitete. Zwischendurch kamen dann noch die vielen Krankmeldungen und die wochenlangen Kuraufenthalte, die sie alle zwei Jahre in Anspruch nahm, hinzu. Dadurch glänzte sie mehr durch Abwesenheit als durch Anwesenheit!
Bis es eines Tages ihrer Kollegin, die ja schließlich ihre Arbeiten mitmachen musste, doch zu viel wurde, und sie zum Personalchef rannte. Der setzte dann dem Treiben ein Ende, indem er die Dauerurlauberin zu sich bat und meinte: Liebe Frau Karsten, wenn Ihre Ausfallzeiten auch in den nächsten Jahren so weiter laufen, sollten Sie doch lieber die Rente einreichen, das wäre ja für alle Beteiligten die beste Lösung." Sieh da, auf einmal war sie völlig gesund.

Kurschatten

Das mit der Kur war auch so eine Sache. Es waren stets dieselben, die sich alle zwei bis drei Jahre eine Auszeit in Form einer wohlverdienten Kur auf Krankenschein gönnten. Sie seien von der harten Arbeit so erschöpft, dass sie meinten, kuren zu müssen, um weiterhin fit zu bleiben. Meistens auch noch vier Wochen mit Verlängerung. Hinterher schwärmten sie, wie gut ihnen die Kur jedes Mal wieder tat. Ich wurde neugierig und wollte so etwas Schönes auch mal ausprobieren. Kurzentschlossen reichte ich eine Kur bei meiner Krankenkasse ein. Umgehend bekam ich eine Liste ihrer Kurhäuser in Deutschland zugesandt. Warum nicht gleich das Nützliche mit dem Angenehmen verbinden und entschied mich für ein Kurhaus in den Bergen, im schönen Allgäu: ein wunderbarer Ausgleich für unseren platten Norden. Spannend auf das, was mich im Allgäu erwartete, fuhr ich im Hochsommer mit dem Zug in Richtung Süden.

Nachdem jeder Neuankömmling sein Gepäck aufs Zimmer gebracht hatte, wurden wir vom Kurdirektor in der hübschen Hotelhalle persönlich empfangen. Mit einem Begrüßungsgetränk in der Hand bildeten wir einen Kreis um ihn herum. Er stellte sich kurz vor, hieß uns herzlich willkommen und bat dann jeden einzelnen von uns, zwanzig an der Zahl, sich mit Namen vorzustellen. Danach stellte er folgende Fragen: „Aus welchem Grund sind Sie hier?

Welche Erwartungen erhoffen Sie sich von einer Kur, wie möchten Sie sich persönlich in die Gruppe einbringen?" Er schaute Kurt, der neben ihm stand, an und nickte ihm aufmunternd zu. Kurt erzählte von seinem Burnout und dass er deswegen in letzter Zeit zu viel an Körpergewicht verloren hätte.
„Ich bin hergekommen, um mich zu regenerieren!", schloss er. Einer nach dem andern kam an die Reihe. Als ich dran war, posaunte ich: „Ein wenig Sport! Viel Erholung! Damit sich mein Bluthochdruck am Ende der Kur normalisiert, und ich meine Blutdrucktablette absetzen kann. Außerdem versuche ich, meine positive Lebenseinstellung in die Gruppe einzubringen!"
„Eine gute Voraussetzung", meinte der Herr Kurdirektor, „wir freuen uns, wenn die Gruppe sich untereinander gut versteht, denn das trägt gewaltig zum Kurerfolg bei."
Das mit der positiven Lebenseinstellung hätte ich man lieber nicht sagen sollen. Denn, erstens kommt es anders und zweitens, als man denkt!
Der Ärger begann gleich am ersten Tag beim Abendessen. Auf meinem Teller lag Margarine. Ich ging zum Koch und sagte:
„Ich esse keine Margarine. Darf ich bitte Butter haben?" Er holte seinen Plan und fragte nach meinem Namen, dann sagte er:
„Sie bekommen keine Butter."
„Ich bekomme keine Butter? Wieso das denn nicht?"
„Ihr Cholesterinwert ist erhöht."
„Ach so, deshalb bekomme ich keine Butter, auch nicht zum Frühstück?" - „Nein, auch nicht zum Frühstück."
„Ich esse aber keine Margarine", wiederholte ich, damit er das kapierte.
„Tut mir leid, wer einen erhöhten Cholesterinspiegel hat, bekommt keine Butter. So steht es in der Diätverordnung." Enttäuscht ging ich zum Tisch zurück und strich mir wohl oder übel ganz dünn das Schmierfett aufs Brot. Am nächsten Morgen ging der Zirkus weiter. Ich bekam auch keine Eier, auch nicht am Wochenende, wie man mir beteuerte.
Beim Ergometer strampelte ich mir die Wut aus dem Bauch und fühlte mich danach besser. Dann kam die große Überraschung beim Mittagessen. Fast fettlos und fleischlos würgte ich mir die trockenen Körnerfrikadellen runter. So ging es die nächsten Tag weiter.

Einfälle hatte der Koch, das musste man ihm lassen, was er so alles aus den verschiedenen Körnern zubereitete, war schon genial. Nur, es war staubtrocken. Mit einem zufriedenen Gesicht stand er im Speisesaal und amüsierte sich wahrscheinlich auch noch beim Zusehen, wie wir seine Kreationen herunterwürgten. Bis es mir reichte, ich stand auf ging zu ihm, und sagte:
„Also, wissen Sie, wenn ich Restauranttester wäre, würde ich Ihnen für ihre Körnergerichte nur Minuspunkte geben." Schockiert schaute er mich an! Trotzdem hakte er nach:
„Warum? Würden Sie mir das mal näher erklären?"
„Na ja, ich koche auch manchmal Körnergerichte, nur im Gegensatz zu Ihnen, peppe ich sie mit Gewürzen, Gemüse und Olivenöl sowie Gemüsebrühe auf, und zwar so viel, dass das Gericht genügend Feuchtigkeit enthält, damit es einem nicht im Hals stecken bleibt. Sollten Sie auch mal probieren." Seine Fassung hatte er wieder, blasiert meinte er:
„Ich koche nach Vorschrift, ob es Ihnen gefällt oder nicht!"

Übrigens bekam Kurt dieselbe Diät wie ich verpasst. Auch er nörgelte herum, nur, er nörgelte mehr unter uns Kurschwestern und -brüdern oder im Stillen. Er war ein höflicher und bescheidener Mensch. Mittags mischte ich mir die Suppe unter die Körnergerichte und aß einen Salat dazu. Abends ging ich dann oft in eine Gaststätte und aß was Vernünftiges. Abnehmen? Kam für mich nicht in Frage. Meiner Meinung nach hatte ich kein Gramm zu viel Speck auf den Rippen.
Kurt hatte sich gleich am Anfang mit Klaus, seinem Tischnachbar, angefreundet. Fortan waren sie unzertrennlich. Sie blieben unter sich. Mit dem Rest der Gruppe hatte ich viel Spaß. Helmut, der mit seinem Auto da war, nahm mich auf seinen Ausflügen mit. Dadurch lernte ich nicht nur das Allgäu kennen, sondern wir fuhren auch über die Grenze ins wunderschöne Tirol. Das war ja auch gleich um die Ecke. Wenn wir abends nicht gemeinsam in der Gruppe in eine Gaststätte gingen, machten wir es uns mit mehreren im Zimmer gemütlich und redeten über dies und das.

Liebesgerangel! Als ich Inas Zimmer betrat, schaute ich entsetzt auf zwei aufeinander am Boden liegende Menschen und fragte mit überlauter Stimme: „Was ist denn hier los?"

Es roch wie in einer Destille. Helmut lag auf dem Rücken und fuchtelte mit seinen Armen wie wild um sich, unentwegt schrie er: „Lass mich in Ruhe!" Mit aller Gewalt versuchte er, Elke abzuschütteln, die ihn mit ihrem schweren Gewicht zu erdrücken drohte. Sie hatte ihn fest im Griff. „Hau endlich ab, und lass mich in Ruhe", wiederholte er und versuchte, seinen Kopf seitlich von ihr wegzudrehen, was ihm misslang. Wie ein Hänfling wirkte er unter dieser großen, kräftig gebauten Elke. Hemmungslos drückte sie ihm Küsse ins Gesicht, wo ihre Lippen ihn gerade trafen und faselte mit lallender Stimme was von Liebe. „Meint die das ernst, oder macht sie nur Spaß?" Ich konnte es mir beim besten Willen nicht vorstellen, dass das, was ich da sah, ernst gemeint war.
„Ich glaube, sie meint es ernst", erwiderte Ina und schaute mich belustigt an. „Wie schrecklich!" Irgendwann schaffte Helmut es, sich von der Walküre frei zu schaufeln. Er stand auf und verließ wütend das Zimmer. Nun erst bemerkte ich, dass die Walküre betrunken war.
Bei dieser Gelegenheit vertrauten mir meine lieben Kurkollegen so manches Kurgeheimnis an. Wer mit wem nachts im Bett 'rumhüpft. Wer, wie die Walküre heute, um welchen Typen kämpft. Welcher Mann um welche Frau buhlt. Ich kam aus dem Staunen nicht heraus.
„Ja, hörst du es nicht, was hier nachts manchmal abgeht?"
Nein, bis jetzt habe ich nichts gehört, aber ich habe hier in den Bergen einen guten Schlaf. Außerdem wohne ich ja ganz oben am anderen Ende des Flures." War es das, was der Kurdirektor zur Begrüßung mit den Worten: „Wir freuen uns, wenn die Gruppe sich untereinander gut versteht, denn das trägt gewaltig zum Kurerfolg bei", meinte?

Bevor sich die Kur dem Ende neigte, besuchte mein Mann mich. Er kam mit dem Auto und quartierte sich für ein paar Tage in einem kleinen Hotel ein. Am Ende wollte er mich dann mit nach Hause nehmen. Ich freute mich sehr auf ihn. Vorn neben der Empfangshalle war eine Cafeteria, dort tranken wir zur Begrüßung einen Kaffee, danach wollte ich ihm mein Zimmer zeigen.
„Wo wollen Sie denn hin?", die Empfangsdame war uns bis zum Fahrstuhl gefolgt.
„Ich will meinem Mann mein Zimmer zeigen."
„Das dürfen Sie nicht."

„Wie bitte, ich darf meinem eigenen Mann nicht mein Zimmer zeigen?"
„Nein, das ist laut Hausordnung verboten."
„Sagen Sie das noch einmal, das glaube ich nämlich nicht!" Sie wiederholte, was in der Hausordnung stand. Gerade wollte ich laut lospöbeln: „Nachts wird hier quer durch die Betten gebumst, und ich darf meinem Mann am helllichten Tag nicht mein Zimmer zeigen!" Doch mein Mann hielt mich zurück.
„Lass sie doch, viel gibt es doch in deinem Zimmer bestimmt nicht zu sehen." „Mir geht es aber ums Prinzip und um die doppelte Moral, die hier herrscht", sagte ich in einem lauten Ton, so dass die Empfangsdame es mitbekam. „Trotzdem, lass es, ich möchte lieber mit dir eine Ausfahrt machen", beruhigend sprach er auf mich ein.
Zwei Tage vor der Abreise wurde in der Cafeteria eine Abschiedsfeier veranstaltet. Auch mein Mann durfte kommen, denn die Cafeteria lag ja außerhalb des Bettenbereiches. Er kam auch, gern sogar. Meine Kurschwestern freuten sich – auf meinen Mann. Sie hatten ihn inzwischen längst kennen gelernt. Wir waren viel mehr Frauen als Männer in der Gruppe. Jeder Mann, der gern tanzte, war ein gern gesehener Gast. So hatte ich mal wieder das Nachsehen. Ein, zwei Tänze tanzte er mit mir, danach forderten nicht nur die Frauen ihn, sondern er auch die Frauen auf – schön der Reihe nach. Na ja, ich hatte ja auch noch den Helmut, der auch sofort auftauchte, als er meinen Mann mit anderen Frauen tanzen sah.
Am nächsten Morgen beim Frühstück schlug mir Ina vor: „Moni, wenn du heute Nacht ein paar nette Stunden mit deinem Mann auf deinem Zimmer verbringen möchtest, lasse ich meine Terrassentür angelehnt, damit er bei mir durchs Zimmer gehen kann."
„Danke, lieb gemeint, aber mein Mann hat ein viel schöneres Zimmer."
„Wieso, das sehe ich anders, wenn man was Verbotenes tut, macht es doch viel mehr Spaß!"
„Aber doch nicht mit dem eigenen Mann, da gibt's doch nichts Verbotenes." Ich blieb stur.

Am letzten Kurtag gab es vom Hoteldirektor, gleich nach dem Frühstück, ein Abschiedsgetränk, und wieder formierten wir uns um ihn herum zu einem Kreis. Nun wollte er von uns das Endergebnis der Kur wissen.

Hauptsächlich interessierten ihn die verlorenen Pfunde der einzelnen Kurgäste. Die meisten erzählten ihm stolz, wie viel sie abgenommen haben. Im Stillen addierte er sie. Kurt kam dran. Er sagte, dass er sehr unglücklich über seine verlorenen Pfunde sei. Nun würde er mit noch weniger Pfunden nach Hause fahren als er ohnehin mitgebracht hatte. Warum sagte er bloß nichts vom miesen Essen. Das hat er nun davon, wäre er auch schön essen gegangen wie ich, hätte er bestimmt keine weiteren Pfunde verloren. Der Herr Direktor ging gar nicht erst näher auf Kurts Aussage ein und fragte einfach den nächsten Kurgast. Als ich an der Reihe war, setzte ich mich mit folgenden Worten in Szene:
„Mit großen Erwartungen kam ich hierher, erfüllt haben sie sich nicht. Hätte ich eher abreisen können, hätte ich es getan. Dies war meine erste Kur und wird meine letzte sein!" Man hatte mir erzählt, wenn ich die Kur abbreche, müsste ich der Krankenkasse die gesamten Kurkosten zurückerstatten.
„Das ist auch ein Statement", bemerkte der Direktor nur und ging zum nächsten Kurgast über. Stolz verkündigte er zum Abschluss: „Ich freue mich über den großen Erfolg in dieser Gruppe. Sie haben insgesamt 120 Pfund abgenommen."
Armer Kurt, seine kostbaren Pfunde waren mitgerechnet!

Wenn`s dem Esel zu wohl geht... Jahrein, jahraus, arbeiteten wir, Rolf und ich, friedlich zusammen. Bis, ja, bis ich meinte, mal wieder was anderes machen zu müssen. Die Idee kam mir diesmal nicht selbst. Dafür hatte Rolfs Beamtenkollege, Herr Schramme, in der anderen Fachbereichsverwaltung gesorgt. In letzter Zeit tauchte er öfter bei uns auf. Ein charmanter, gutaussehender Mann von mittlerer Statur. So manches Kompliment hatte er auf Lager, wenn er mein Büro betrat. Ihm ging ich auf den Leim. Seine langwierige Mitarbeiterin wollte bald in Rente gehen und die einzige Nachfolgerin, die für diesen Posten vom Personalchef vorgesehen war, wollte er auf gar keinen Fall haben. So umgarnte er mich eine ganze Weile. Irgendwann schlug er mir den Wechsel von einem Fachbereich zum anderen vor. Längst wusste ich, dass da oben eine viel ruhigere Kugel geschoben wurde als bei uns und sagte deshalb zu. Dumm gelaufen – für mich! Das hat mir Rolf nie verziehen. Unsere herzliche Beziehung war ab sofort um einige Grade abgekühlt.

Nach außen hin bewahrte er sein Gesicht und war wie immer freundlich, aber ich merkte, er war anders.
Endlich hatte ich weniger zu tun und ich konnte mal so richtig durchatmen. Nicht nur von Herrn Schramme, der mir zur Begrüßung einen großen Blumenstrauß auf den Schreibtisch gestellt hatte, auch von den Professoren dieses Fachbereiches und deren Vorzimmerdamen wurde ich sehr herzlich aufgenommen. Das gefiel mir. Ich brauchte nicht lange zu kämpfen, bis mich alle akzeptierten. Die Arbeit war gegenüber der vorherigen ein Kinderspiel. Ich fühlte mich sauwohl. Hier wollte ich die nächsten Jahre bis zu meiner Rente bleiben.
Um die Naturheilkunde war es auch ruhiger geworden. Meine Lehrjahre waren vorbei. Und ich musste mich entscheiden, ob ich nun eine Praxis für die Naturheilkunde aufmachen wollte. Dafür hätte ich meinen Job über kurz oder lang aufgeben müssen, was für mich überhaupt nicht in Frage kam. Also entschied ich, die staatliche Heilpraktiker-Überprüfung auch nicht mehr nachzuholen, sondern die Naturheilkunde nur noch als Hobby für mich und meine Familie zu betreiben. Denn ohne die behördliche Überprüfung durfte ich keine Menschen behandeln. Wenn jemand meine Hilfe brauchte, gab ich nur gute Ratschläge. Außerdem wuchsen immer mehr Praxen für Naturheilkunde wie die Pilze aus der Erde. Auch war die Akupunktur inzwischen in aller Munde. Selbst die Mediziner interessierten sich für Akupunktur und ließen sich zu Spezialisten ausbilden. Ich erinnerte mich an die Worte des Präsidenten des Fachverbandes Deutscher Heilpraktiker, der auf einem Heilpraktiker-Kongress sagte: „Meine Damen und Herren, wenn die Mediziner eines Tages so weit sind und die Naturheilkunde als Ergänzung zu ihrer Schulmedizin integrieren, dann brauchen die Menschen uns nicht mehr."
Diese Worte hatten mir sehr imponiert. Auch, wenn es noch lange nicht so weit war, so passierte doch eine ganze Menge auf diesem Gebiet. Für mich war jedenfalls das Thema Heilpraktiker ad acta gelegt.
So ging die Zeit ins Land und wie sollte es auch anders sein, überschäumende Kräfte nahmen mal wieder Besitz von mir. Schwuppdiwupp, war ich wieder mittendrin in einer neuen aufregenden Sache. Nicht für mich, nein, diesmal wollte meine Tochter davon profitieren.

Frei nach dem Motto:
Zur Abwechslung gab`s noch `ne Bar...

...wo Mutter Lokomotive war. Um Töchterchen zu unterstützen, musste Mutter ganz schön flitzen.
So hatte sie nie Langeweile, war dafür öfter mal in Eile!
Heidi &Co

Aruba Island, allein schon der Name setzte Karibische Träume frei und machte Lust auf prickelnde Cocktails und süffige Longdrinks. Anna, meine Tochter, hatte nicht nur diese Idee mit dem Musik Café, sondern sich auch den schönen Namen, Aruba Island, ausgedacht.

Warum nicht? Sie liebte Musik über alles und auch in der Hamburger Discoszene kannte sie sich gut aus. Fast jeder DJ und jeder Türsteher in Hamburg zählte zu ihren Freunden. So dachte ich mir: Warum vor der Bar? Soll sie sich doch lieber hinter der Bar austoben und noch Geld dabei verdienen. Ja, der perfekte Plan!

Für einen guten Standort wurde Anna am Winterhuder Marktplatz fündig. Wir betraten eine verräucherte Kneipe im Ruhestand, denn der Besitzer hatte sie vor einer Woche geschlossen. Er meinte: Er hätte genug Geld mit der Kneipe verdient, jetzt wolle er groß ins Spielhallengeschäft einsteigen. Zu Anna gewandt meinte er: „Mädchen, wenn du schlau bist, lässt du hier alles so, wie es ist. Verdienst erstmal ordentlich Kohle mit dem Laden und dann eröffnest du eine Boutique, die passt besser zu dir."
„Mama, ich bediene doch keine Penner in einer verräucherten Kneipe. Guck doch mal, wie versifft es hier aussieht, allein die gelben Gardinen an den Fenstern, igittigitt!", antwortete Anna entrüstet. Meiner Meinung nach wollte der Grieche viel zu viel Geld haben. Aber er meinte, das sei die Kneipe wert, schließlich hätte er auch mal soviel dafür bezahlt und zeigte mir seinen alten Kaufvertrag. „Wissen Sie, mit den beiden Spielautomaten dort an der Wand verdienen Sie viel Geld, damit können Sie mir monatlich einen Teilbetrag abbezahlen. Außerdem bekommen Sie von der Brauerei auch noch Geld." Das klang alles ganz verlockend.

Anna und Jens, ihr Cousin, beides kreative Menschen, gestalteten aus der Spelunke mit viel Farbe innerhalb einer Woche ein hübsches Musik-Café. Alles war in schwarzen und blaugrauen Tönen gehalten. Karibische Motive zauberte Anna mit Pinsel und kräftigen Farben an die Wände. Sogar das große Schaufenster bekam eine windschiefe Palme verpasst.

Im Taumel des Eröffnungsrausches: Aus allen Ecken Hamburgs kamen die jungen Leute, um bei der Eröffnungsparty dabei zu sein. Der Laden war gerammelt voll. Neben Jan, einem jungen Spund, der gerade seine Kochlehre beendet hatte und ein Freund von Anna war, mischte auch Janine hinter dem Tresen kräftig mit. Jens hatte seinen silbernen Shaker und ein Rezeptbuch für Longdrinks und Cocktails mitgebracht.
Der einzige aus der Familie, der fehlte, war mein Mann. Er wusste von nichts. Vor drei Wochen war er in seine Heimat gereist.
Was hatten wir für einen Spaß. Ab zehn Uhr war dann Schluss mit Freigetränken. Ab jetzt musste bezahlt werden. Die Kasse klingelte. Wir alle waren in einem einzigen Eröffnungsrausch.
Danach holte uns der Alltag schnell auf den Boden der Tatsachen zurück und eine arbeitsreiche Zeit begann. Hauptsächlich für mich! Nach Büroschluss stellte ich mich für drei Stunden hinter den Tresen, damit Anna sich wieder mehr um ihren sechsjährigen Sohn kümmern konnte. Bis sie ihn ins Bett gebracht hatte, war sie bei ihm. Sie wohnte in der Zweizimmerwohnung über dem Musik-Café, die zum Laden gehörte. Das war praktisch. Die Umsätze waren noch nicht berauschend, aber auch nicht schlecht.
Mal wieder völlig geschafft kam ich nach Hause und wollte ins Bett, da klingelte das Telefon. „Sag mal, wo steckst du eigentlich die ganze Zeit, ich versuche dich schon die ganze Woche abends zu erreichen." Es war mein Mann. „Ich war unterwegs."
„Aber doch nicht die ganze Woche? Na ja, egal, ich möchte wissen, wann du endlich nach Pakistan kommst. Hast du den Flug schon gebucht?"
„Nein."
„Wieso nicht."
„Ich kann nicht kommen."
„Bist du krank?"
„Nein, ich habe für Anna ein Musik-Café aufgemacht!"

„Du hast was?"
„Ja, das." Funkstille am anderen Ende der Leitung. Als er sich einigermaßen gefasst hatte, sagte er endlich: „Das glaube ich nicht."
„Doch es ist wahr."
„Bist du des Teufels?"
So ging es eine Weile hin und her. Dann sagte er, „Trotzdem, ich möchte, dass du kommst, meine Familie hat sich schon so auf dich gefreut, bitte kauf dir ein Ticket und komm."
„Ich habe aber kein Geld mehr für ein Ticket." Wieder Funkstille am anderen Ende der Leitung. Nach einer Weile sagte mein Mann: „Egal, dann nimm dir Geld von meinem Konto, reich deinen Urlaub ein und komm her, so schnell wie möglich." Er legte auf.
Nun musste ich Farbe bekennen, ob ich wollte oder nicht, und reichte meinen Urlaub ein. Jens und Jan waren bereit, Anna so gut es ging während meiner Abwesenheit zu unterstützen. Am Ende war ich froh, drei Wochen Urlaub machen zu können, und flog zu meinem Mann in unser Haus nach Pakistan und machte mich auf eine hitzige Diskussion gefasst.
Die folgte dann auch gleich nach meiner Ankunft. „Sag, bist du von allen guten Geistern verlassen, was hat dich diese verrückte Idee überhaupt gekostet, du hast doch hoffentlich nicht mein Konto angerührt."
„Aber, wo denkst du hin, das würde ich doch nie tun."
„Was hast du denn für den Laden bezahlt?"
„40-tausend Mark." Er wurde kreidebleich, trotz seiner braunen Haut. „Beruhige dich, ich habe nur Fünfundzwanzigtausend von der Bank aufgenommen, den Rest kann ich in Raten monatlich abbezahlen. Von der Brauerei habe ich auch noch Geld bekommen. Ich habe alles geregelt."
„Gar nichts hast du. Welche Bank hat dir so viel Geld gegeben."
„Unsere Bank."
„Ohne meine Unterschrift? Wir sind doch verheiratet. Die mache ich fertig, wenn ich zurückkomme."
„Wieso das denn? Ich verdiene doch mein eigenes Geld, erst wollten sie mir auch nichts geben, aber ich habe so lange mit ihnen diskutiert, bis sie schließlich nachgaben. Du brauchst dir keine Sorgen zu machen, ich zahle das geliehene Geld ganz allein zurück. Schließlich mache ich das doch alles für unsere Tochter."

Nach ein paar Tagen hatte mein Mann sich beruhigt, denn egal, was ich auch anstellte, seine Familie mochte mich sehr. Sie standen mir stets bei, wenn ich mal eine Meinungsverschiedenheit mit meinem Mann hatte. Unsere Sympathien beruhten auf Gegenseitigkeit. Außerdem bewunderten sie mich für meinen Fleiß. Endlich konnte ich mich erholen am Arabischen Meer in Karachi.

Mit neuen Tischen und Stühlen für draußen auf dem Winterhuder Marktplatz, sowie Sonnenschirmen von der Brauerei, hofften wir auf ein gutes Sommergeschäft. Das kam bei den Kunden gut an, aber nur, wenn das Wetter schön war. Dann war die Terrasse gerammelt voll. Annas Freund hatte eine kleine Musikbox, aus der karibische Musik erklang, am Eingang angebracht. Dazu kreierten wir die schönsten Eisbecher, mein Spezialgebiet. Anna mixte schöne Drinks – auch Softdrinks – selbstverständlich gab`s auch Kaffee. Das Geschäft brummte. Ein strahlender Sonnentag, ich war gerade dabei, zwei Erdbeerbecher 'rauszutragen, da hörte ich ein junges Mädchen zu ihrem Freund sagen: „Was ist denn das hier für ein geiler Laden?" Leider konnte man diese geilen Tage an fünf Fingern abzählen. Es wurde ein völlig verregneter Sommer. Anstatt im Laden Gäste zu bedienen, standen wir oft im dunklen Keller, um das Regenwasser abzuschöpfen, dass uns der sintflutartige Regen bescherte. Anna verließ immer mehr der Mut. Ihre Clique kam auch immer seltener. Wie auch – sie kamen teilweise von weit her und fanden einfach keinen Parkplatz. Die waren am und um den Winterhuder Marktplatz Mangelware. Sie sind dann enttäuscht wieder weggefahren. Das war für uns eine Katastrophe. Junge Leute kamen nur noch ganz selten. Hin und her suchten wir nach einem neuen Konzept. Wir hätten gern kleine Speisen angeboten, doch es gab keine Küche.

Damit Anna auch mal am Wochenende nur für ihren Sohn da sein sollte, entschied ich mich, über kurz oder lang samstags nachts zu arbeiten. Das gefiel mir. Immer mehr Leute mittleren Alters kamen ein Bierchen trinken, wie in einer richtigen Kneipe eben. Irgendwann hatte ich eine richtige Fan-Gemeinde: Bernd, der bei einem Verlag arbeitete, Beate, die bei einer Spedition Sekretärin war, Bärbel, die im Ratsweinkeller servierte, Peter, der sich viel auf der Rennbahn `rumtrieb, und schließlich der Dieter, der große Blonde, der seinen Tag mit Fensterputzen verbrachte.

Für ein paar Biere putzte er auch unser Schaufenster. Eines Tages stolzierte die kleinwüchsige Kerstin herein und kletterte mit strahlendem Gesicht auf einen Barhocker. „Ein Bier, bitte!", sagte sie. „Wer bist du denn?" Ein Gast beugte sich lächelnd zu ihr 'runter. „Ich heiße Kerstin und du?" Und schon war sie mittendrin im Geschehen, wobei sie am meisten für Stimmung sorgte. Sie hatte nicht nur ein hübsches Gesicht, sie war auch vom Naturell her der reinste Sonnenschein. Wann immer sie auftauchte, brachte sie die Menschen zum Lachen. Jeder mochte sie. Ach, ja und dann waren da noch die beiden Pakistanis vom Nachbarhaus. Das war auch der harte Kern. Wenn andere Gäste längst gegangen waren, blieben sie noch da, außer Peter und Bernd, die gingen schon mal früher. Wenn Helga mit ihrem Michael ab und zu auf ein Bier 'reinschneite, freute ich mich besonders. Sie war eine Arbeitskollegin von der Hochschule und wohnte nur zwei Straßen vom Aruba entfernt.

Auf zum Kiez! „Letzte Runde für heute, ich mach' gleich Feierabend!", gab ich dem harten Kern zu verstehen. „Och, es ist doch gerade so eine tolle Stimmung", sagte Kerstin. Daraufhin meinte Dieter: „Ich mache einen Vorschlag, wir gehen für eine Stunde auf den Kiez und tanzen dort ab, danach gehen wir zum Fischmarkt! Los, Moni, heute kommst du auch mit!" „Nee, ich bin viel zu müde." „Komm, sei kein Spielverderber, das würde dir auch mal gut tun, statt immer nur zu arbeiten." Sie redeten so lange, bis ich mich breitschlagen ließ. Mit zwei Taxis fuhren wir zur Reeperbahn.
Wie lange hatte ich nicht getanzt.

Die Musik ging mir schnell in die Beine. Automatisch bewegte ich mich in Richtung Tanzfläche. Ein junger Mann hatte sich zu mir gesellt, wir tanzten im Takt. Hamid, der Pakistani, schob sich frech dazwischen und wich mir nicht von der Pelle. „Warum hast du das gemacht?", fragte ich ihn schmunzelnd. „Ich pass auf dich auf, schließlich bist du mit einem Pakistani verheiratet. Alle Pakistani sind Brüder." Ich kicherte und tanzte weiter. Kerstin saß derweil mit einem muskulösen, gutaussehenden Mann an einem Tisch und trank Whisky Cola. Ein verwegener Typ, von oben bis unten in schwarzem Leder gekleidet. Sein offenes Hemd ließ auf nackter Haut eine schwere goldene Kette hervorblitzen. Mir sah er zu windig aus.

Ich trommelte alle zusammen, trat an Kerstins Tisch und sagte mit ernster Stimme: „Komm, Kerstin, wir müssen jetzt los, es ist schon hell draußen."
„Schade", sagte sie und krabbelte von der für sie viel zu hohen Bank 'runter. Ein lauer Sommermorgen empfing uns, als wir vor die Tür traten. Wir liefen quer über die Reeperbahn, vorbei an der Davidwache in Richtung Fischmarkt. „Erzähl, Kerstin, wie hast du diesen Schönling an deinen Tisch gekriegt?"
„Ich hab ihm ein Getränk spendiert."

„Hat der das nötig?" Darauf antwortete sie nicht, sondern sagte stattdessen: „Nächste Woche wollen wir uns treffen." Bevor ich was dazu sagen konnte, nahm Dieter mich zur Seite und meinte: „Keine Angst, Moni, das war ein Zuhälter, der hat sich nur einen Spaß daraus gemacht."
„Dieser Spinner, schämen sollte der sich." Kurz vor der Herbertstraße* rief Kerstin: „Ich muss ganz doll!" Sie fasste sich zwischen die Beine und wackelte von einem Bein auf den anderen. „Mensch, Kerstin, wir kommen doch gerade aus der Disko, warum bist dort nicht aufs Klo gegangen?"
„Da musste ich noch nicht." Hilfesuchend schaute sie sich um. Vor der Bretterwand, die die Herbertstraße von der Außenwelt abschirmte, blieb sie unschlüssig stehen. Ich spürte, was sie dachte und warnte sie: „Da darfst du nicht 'rein."
„ Egal", antwortete sie", und ehe wir uns versahen, war sie hinter der Bretterwand verschwunden. „Schnell, Dieter, lauf hinterher und hol sie zurück", rief ich ihm zu. Dieser große, kräftige Mensch hätte sie mit nur einer Hand raustragen können. Doch zu spät, bedeppert kam er zurück und sagte: „Sie sitzt schon und pinkelt den Nutten vor die Hütte."
„Oh je, das gibt Ärger", stöhnte ich. Triefend nass kam Kerstin wieder zum Vorschein. Eine Nutte hatte ihr einen Eimer Wasser über den Kopf gegossen. Wütend stampfte sie mit dem rechten Bein auf, ballte ihre Hände zu Fäusten und schrie unentwegt: „Das werden die mir büßen müssen. Wassertropfen spritzten in alle Himmelrichtungen. Uns liefen die Tränen – vor Lachen. Fast hätte ich mir selbst in die Hose gepinkelt. Nachdem jeder seine Taschentücher für Kerstin geopferte hatte, hing Dieter ihr seine Jacke um. Eine Weile vergnügten wir uns noch auf dem Fischmarkt, dann fuhr ich nach Hause.

*Die Herbertstraße auf der Reeperbahn in Hamburg ist wohl eine der bekanntesten Straßen der Welt. Auf nur 60m Länge präsentieren sich die „Liebesdamen" in Schaufenstern. Für Männer unter 18 Jahren und grundsätzlich für Frauen ist der Zutritt verboten. Für alle Fälle haben die Damen stets einen kleinen Eimer mit Wasser in ihrer Nähe stehen.

Ich stellte gerade zwei polierte Gläser ins Regal, da sah ich zwei bekannte Gesichter im Spiegelglas, abrupt drehte ich mich um. „Hallo, schön guten Abend", ich reichte den beiden Herren die Hand zur Begrüßung 'rüber. „Es waren ein Professor und ein hoher Beamter der Hochschule.
„Hallo, Frau May, zwei Bier bitte", sagte der Professor. Dann setzten sie sich auf einen Barhocker. Während ich die Gläser vom Abtropfblech nahm, sagte der Professor: „So, dass ist also Ihr Laden."
„Es ist nicht mein, sondern der Laden meiner Tochter", erwiderte ich, „und das dürfte auch Ihnen bekannt sein." Möglichst gelassen stellte ich den beiden die Biere hin. Mit wachen Augen inspizierte der Herr Professor den Laden und bemerkte schließlich: „Übrigens, ich finde Sie machen sich so perfekt hinter dem Tresen, warum übernehmen Sie den Laden nicht selbst. Ist doch ein netter Laden an einem guten Standort." Aha, hatte sich also schon rumgesprochen, dass wir den Laden wieder aufgeben werden.
„Interessant, Sie meinen also, ich solle man ruhig meinen Job an der Hochschule an den Nagel hängen."
„Ja, warum nicht, wäre doch einfacher für Sie, und Spaß bringt es Ihnen doch auch, dass sieht man Ihnen doch an."
„Meine Arbeit an der Hochschule bringt mir auch Spaß, viel Spaß sogar, das soll auch so bleiben." Nachdem sie ihr Glas leer getrunken hatten, verabschiedeten sie sich überaus höflich. Nach meiner Meinung zu höflich. Zumindest der Professor. Der hohe Beamte war mir gegenüber stets ein höflicher Mensch, der mich mochte. Er war bestimmt völlig unbefangen, als der Professor ihm vorgeschlagen hatte, mich mal im Aruba zu besuchen. Jedoch der Herr Professor?... Noch lange überlegte ich, was der Besuch wohl zu bedeuten hatte. Obwohl, mit dem Spaß hatte er nicht ganz Unrecht. Den hatte ich nicht nur an meinem Arbeitsplatz, sondern auch hin und wieder im Aruba.

Der Sommer neigte sich dem Ende zu, ich hatte längst mit Anna beschlossen, den Laden früher zu verkaufen als geplant. Auch mein Mann, dem der Laden von Anfang an ein Dorn im Auge war, drängte, ihn möglichst schnell wieder loszuwerden. Obwohl die Brauerei meinte, wir sollten bis zum Winter warten, dann hätten wir bessere Karten, da zahlen die Bewerber mehr.

Wider Erwarten fand sich schnell eine Käuferin, Lehrerin von Beruf. Mit fünfzig wollte sie noch einmal was völlig Neues ausprobieren. Ausgerechnet in dem Moment, als die Lehrerin auftauchte, betrat auch mein Mann den Laden. Er wusste, dass ich heute ein Verkaufsgespräch führen würde. Weil er ein Pfennigfuchser ist, hoffte ich, er würde mir beistehen. Jedoch als die Lehrerin sagte, sie hätte nur 25-tausend Mark, sagte er spontan: „Ja."
„Was redest du da? Ich will dasselbe zurück haben, was ich für den Laden bezahlt habe. Ich bin doch kein Wohltätigkeitsinstitut."
„Mehr als 25-tausend Mark kann ich aber nicht locker machen. Ich will hier ein Kaffeehaus draus machen und somit noch Einiges reinstecken."
„Das ist mir egal, was Sie aus diesem Laden machen möchten. Das war hier vorher eine versiffte Kneipe, wir haben sie aufgewertet und nehmen nicht weniger; tut mir leid, überlegen Sie es sich noch einmal in Ruhe und kommen dann einfach noch mal vorbei." Ich tat möglichst cool.
„Das bekommst du doch niemals wieder rein, was du dem gewieften Vorgänger bezahlt hast. Der Typ hat dich übers Ohr gehauen. Vergiss es, ich gebe dir das restliche Geld, mach endlich Schluss mit dem Laden. Schaue doch mal in den Spiegel, wie du aussieht, wie lange willst du das noch durchhalten?" Mein Mann war genervt, Anna wollte auch nicht weiter machen, und ich war körperlich am Ende. Nur um keinen Verlust zu haben, wollte ich das sinkende Schiff noch bis zum Winter retten. Als die Bewerberin ein zweites Mal auftauchte, gab ich nach. Sie tröstete mich mit den Worten. „Ich gebe meinen Beruf als Lehrerin auf. Wenn ich es hier mit dem Kaffeehaus nicht schaffe, verliere ich das Haus meiner Mutter, das habe ich nämlich beliehen, um mir meinen Traum verwirklichen zu können."

Groß feierten wir am vorletzten Samstag eine Abschiedsparty. Auch, wenn ich ab und zu an diesem Abend einen ausgab, so klingelte die Kasse noch einmal richtig. Bei lauter Disco-Musik, Bier, Cocktails und Longdrinks hatten wir wahnsinnigen Spaß. Und – warum eigentlich nicht? – kurz vor Feierabend schlug ich meinen Gästen vor: „Weil es heute so schön war, im Keller noch Bier ist, und in den Regalen noch Schnaps steht, lasst uns doch den Spaß am nächsten Samstag noch einmal wiederholen." Alle waren Feuer und Flamme.

Diese letzte Abschiedsparty war so verrückt, dass die Gäste zum Schluss auf den Tischen tanzten. Kein Wunder von den vielen Longdrinks und Cocktails, die Jens mixte. Er hatte sich zu unserem Star-Barmixer gemausert.

Diesmal schwebten meine Gäste und ich im Taumel der Begeisterung. Es war die schönste und lustigste Abschiedsparty, die ich je gefeiert habe.

Ganze neun Monate flitzte ich zwischen Arbeit, Wohnung und Bar hin und her. Dann war der Spuk vorbei und ich um einen Batzen Geld ärmer geworden. Da konnte ich keinem anderen die Schuld geben. Wie gut, dass ich während dieser Zeit in einem anderen Fachbereich gearbeitet habe, sonst hätte ich die Strapazen wohl kaum überlebt. Denn ich wurde ja nicht jünger. Wieder einmal konnte ich ein Kapitel aus meinem arbeitsreichen Leben zu den Akten legen und freute mich auf ruhigere Zeiten.

Undank ist der Welt Lohn: Das stand schon in der Bibel. Ein Brief kam aus Kiel, in dem es hieß: Anscheinend sei ich auf meinem Arbeitsplatz nicht ausgelastet, wie sonst könnte ich noch nebenher eine Kneipe betreiben. Der Name, wer mich angeschwärzt hatte, wurde natürlich nicht erwähnt. Trotzdem steckte man mir, wer es war. Ich war schockiert. Nicht über den Brief, denn ich war abgesichert. Die Genehmigung hatte ich mir vom Personalchef geben lassen. „Solange Sie Ihre Arbeit hier bei uns nicht vernachlässigen, habe ich nichts dagegen", meinte er zu meinen neuen Plänen. Das tat ich bei keiner meiner Eskapaden. Doch das wusste ja die Schreiberin nicht, nennen wir sie Kleie. Ausgerechnet die, die ich jahrelang mit meinen Bachblüten helfen konnte, war nicht nur hinterhältig, auch bösartig. Kein Dankeschön, kein Blumenstrauß, nichts. Schließlich machte ich das ja alles umsonst.

Und nun hatte die Dame mich auch noch denunziert. Diesmal war auch ich ihr auf den Leim gegangen, denn es war dieselbe Dame mit dem kostbaren Geschirr, welches sie dem Kollegen abgeknöpft hatte, und die schöne Nackte auf dem Foto.

Sie war sehr lange bei MB, da tat der Abschied ziemlich weh.
Anschließend kam sie her zu Päd und fand es hier wohl auch ganz nett.
Nun ist sie bei MB zurück und der Verwaltung bestes Stück.
Heidi & Co

Dumm gelaufen! Schade, lange konnte ich meinen ruhigen Posten im anderen Fachbereich nicht mehr ausüben. Rolf wechselte zum Betriebsrat. Seine Fachbereichs-Verwaltung musste neu besetzt werden und die Personalstelle meinte, dafür käme nur Herr Schramme in Frage. Doch der wollte nur gemeinsam mit mir zur anderen Fachbereichs-Verwaltung wechseln. Er wusste, auf mich konnte er sich verlassen. Außerdem kannte ich den MB in- und auswendig und brauchte nicht mehr eingearbeitet zu werden. Das war logisch gedacht. Doch ich weigerte mich. An die ruhige Kugel, die ich hier oben schob, hatte ich mich inzwischen gewöhnt. Der Personalchef schaltete sich ein und bat mich, es doch ihm zuliebe zu machen. Schließlich war das die einzige Lösung, außerdem hatte er mir in der Vergangenheit auch schon oft aus der Patsche geholfen. „Wo ist das Problem, Frau May?", meinte er, „Sie waren doch im Maschinenbau stets zufrieden?" Er hatte Recht, wie oft hatte er mir in den letzten Jahren geholfen. Nun war ich mal dran. Also sagte ich: „Ja!"
Der charmante, höfliche Schramme entpuppte sich als äußerst schwieriger Mensch, zumindest mir gegenüber! Das „Wollknäuel", wie Rolf und ich es früher im MB gebildet hatten, war geplatzt wie eine Seifenblase. Ich trauerte Rolf hinterher.

Plötzlich hatte ich das Gefühl zwischen uns hatte sich eine Art Hierarchie gebildet. Das fand ich ungerecht. Eine ganze Weile konnte ich ohne große Nebenwirkungen den Ärger, den ich mit Schramme hatte, runterschlucken. Doch irgendwann war das Fass zum Überlaufen voll. Sobald ich zwei Stunden im Büro war, stieg mein Blutdruck – trotz Blutdrucktablette – gefährlich an.

Ich überlegte nicht lange und stiefelte zum Betriebsarzt, um von ihm meinen Blutdruck messen zu lassen. Er staunte. Daraufhin erzählte ich ihm meine Geschichte, kurzentschlossen nahm er den Hörer vom Telefon und rief den Personalchef an. „Es geht um Frau May, die mir gegenüber sitzt, bereits morgens um zehn Uhr hat sie einen viel zu hohen Blutdruck. Dass Frau May seit sie wieder im MB ist, Schwierigkeiten mit ihrem Vorgesetzten, den Herrn Schramme hat, ist Ihnen ja bekannt und wie Sie wissen, haben wir eine Fürsorgepflicht für unsere Mitarbeiter. Darum bitte ich Sie, Frau May auf einen anderen Posten zu setzen." Er legte den Hörer auf und sagte mir zugewandt: „Sie möchten zum Personalchef kommen."
Aufatmend betrat ich das Personalbüro, setzte mich auf den Besucherstuhl und wartete gespannt, was mir der Personalchef wohl anbieten würde.
„Glauben Sie wirklich, Frau May, dass Sie, wenn ich Sie auf einen ruhigen Posten setze, glücklich dabei werden? Sie doch nicht, sie sind doch eine Powerfrau."
„Ich glaube aber ja, ich habe genug gepowert, meinetwegen können Sie mich in eine ganz ruhige Ecke schieben." Abermals klärte ich ihn über mein jetziges gespanntes Verhältnis zwischen mir und dem Schramme auf:
„Komischerweise stimmt die Chemie zwischen uns, seit wir im MB sind, nicht mehr. Wir haben jetzt öfters Meinungsverschiedenheiten. Ich glaube auch nicht, dass mein hoher Blutdruck von der vielen Arbeit kommt, sondern von dem Ärger mit Herrn Schramme."
„In Ordnung, ich verspreche Ihnen, ich mache mir da Gedanken und sobald ich was Passendes habe, gebe ich Ihnen Bescheid."
Nur, das brauchte er nicht mehr. Wie aus heiterem Himmel kam eine viel bessere Lösung auf mich zu.
Ich bekam ein Rundschreiben aus Bonn in die Finger. Darin hieß es: „Wegen der ‚Deutschen Einheit' plane die Bundeswehr, tausende Mitarbeiter ab dem fünfundfünfzigsten Lebensjahr sozial verträglich abzubauen. Man arbeite an einem Plan." Das war nicht nur die Lösung für die Bundeswehr, sondern auch für mich. Mit wehenden Fahnen lief ich zum Personalchef und zeigte ihm dieses Schreiben.
„Aber, Frau May, Sie denken doch nicht ans Aufhören, dafür sind sie ja noch viel zu agil."
Wieder einmal sprudelte es nur so aus mir heraus:

„Nichts ist so wie früher, alles läuft anders zwischen mir und Herrn Schramme. Glauben Sie mir. Außerdem möchte ich, wenn Bonn das Konzept ausgearbeitet hat, es in Anspruch nehmen und aufhören zu arbeiten. Was Besseres kann mir doch gar nicht passieren." Endlich hatte ich den Personalchef soweit:
„In Ordnung, ich halte Sie auf dem Laufenden, sobald etwas Neues aus Bonn kommt." Das meinte er ernst.
Trotz allem Ärger brütete ich wieder etwas Neues aus. So kam ich wenigstens auf andere Gedanken, denn bis Bonn wusste, wie es mit dem Abbau der Beschäftigten laufen sollte, gingen noch mal einige Monate ins Land.

Eine Frau will nach oben!

„Sie sagt dir glatt ins Gesicht: Du bist so blass, Grün steht dir nicht. Mit einem neuen Farbentipp fühlst du dich dann gleich wieder hip! Denn auch auf diesem Lebenssektor, da diente sie sehr gern als Doktor. Auch zum Thema Re-Design, da fällt ihr immer etwas ein. Ein altes Hemd, es passt nicht mehr? Da müssen neue Knöpfe her, dann kommt noch wo 'ne Rüsche dran: Sie hat 'ne neue Bluse an! Da hängt noch ein Kostüm im Schrank, die Jacke ist ja viel zu lang! Mit einer Schere, schnipp und schnapp, da schneidet sie die einfach ab. Jetzt ist es eins mit knappem Röckchen und drüber einem kurzen Jäckchen"
Heidi & Co.

Ich hatte mal wieder eine super Idee – wie ich fand, und ehe ich mich versah, war ich mittendrin und gründete eine Firma, natürlich nebenberuflich. Ich wartete ja auf den Erlass aus Bonn und auf meinen fünfundfünfzigsten Geburtstag, danach hatte ich ja alle Zeit der Welt. An der Hochschule standen mir liebe Kolleginnen mit Rat und Tat zur Seite.
Wahrscheinlich fanden sie es einfach nur interessant, zu beobachten, was ich schon wieder ausbrütete und was sich daraus entwickeln würde. Diesmal wollte ich mein kreatives Hobby an den Mann und an die Frau bringen. Ständig bekam ich irgendwelche Komplimente über meine Kleidung. Eine Sekretärin sagte mal: „Sie haben ja andauernd was Neues an."

„Neu? Das ist nicht alles neu, ich mach nur oft aus Alt – Neu und kombiniere immer wieder Alt mit Neu, darin bin ich Weltmeisterin."

Um nun genau dieser Art von Modeberatung eine zutreffende Bezeichnung zu geben, zerbrach ich mir tagelang den Kopf. Irgendetwas mit dem internationalen Begriff ‚Design' sollte es schon sein. Ich wälzte meine neuen und alten englischen Wörterbücher, und wurde einfach nicht fündig. Bis mir das Wort „Re" einfiel, wie aus der Medizin ‚Reanimation' was „Wiederbelebung" bedeutet. Ja, das war es. Re-Designing bedeutete für mich aus Altes – Neues zu zaubern. Wo ich auch nachschlug, nirgends fand ich dieses Wort.

„Hamburger Modeberatung" – Styling & Re-Designing: Zufrieden mit meiner Idee, meldete ich mein neues Unternehmen im Januar 1989 beim Wirtschafts- und Ordnungsamt an. Martina, Annas Freundin, war Visagistin und Hairstylistin von Beruf, ein nicht nur hübsches, sondern sehr talentiertes Mädchen. Sie hatte Zauberhände. Wenn sie einem mit ihren flinken Fingern durchs Haar fuhr, fühlte man sich schon mal sauwohl und irgendwie auch schon leicht verändert, im positiven Sinne. Auch Martina war von meiner Idee begeistert und wollte unbedingt mitmachen.
Kurzerhand räumte ich mein Zimmer aus, brachte große Spiegel an der rechten langen Wand an und kaufte kleine, runde Kosmetikspiegel sowie einen Kleiderständer. An die gegenüberliegende Wand stellte ich Stühle für die Kunden. Zuviel wollte ich anfangs lieber nicht investieren. Im Büro entwarf ich – in den Pausen – gemeinsam mit zwei Kolleginnen, Geschäftspapier und Visitenkarten am Computer. Sie setzten meine Ideen am Computer um. Darin waren sie spitze. Ständig wurden sie – als Sekretärinnen und Fremdsprachenassistentinnen – durch Schulungen weitergebildet. Ich hingegen hatte nur einen Rechner, der am Rechenzentrum angeschlossen war, an dem ich nur begrenzt arbeiten konnte. Obwohl, ich hätte auch an solchen Schulungen teilnehmen dürfen, doch ich sagte mir: Wozu? Du hörst ja eh bald auf zu arbeiten – ich doofe Nuss!
Dann stellte ich mein Konzept auf, gab eine Annonce im Hamburger Abendblatt auf, und es konnte losgehen. Mein Konzept ging auf. Die ersten Anrufe und Anmeldungen trudelten ein. Es klappte wie am Schnürchen. Martina und ich konnten unsere erste Mode- und Schönheitsberatung bei mir zu Hause starten. Waren wir aufgeregt!

Am Samstagnachmittag hatte ich allein die Regie, denn Martina konnte an diesem Tag nicht. Drei Damen, Ursel, Inge und Berit, zwischen dreißig und vierzig Jahre, die mit ihrem Äußeren nicht zufrieden waren und unterschiedlicher nicht sein konnten, saßen mir gegenüber. Jede von ihnen bekam von mir ein selbsterstelltes DIN A4-Heftchen in die Hand gedrückt. Ich erzählte ihnen so allerlei über Körperfigur, Farben, Schnitte und Mode. Leider konnte ich nicht zeichnen. Das hätte ich gut gebrauchen können. Gespannt lauschten sie meinen Worten.

Ich zitierte große Modeschöpfer wie Franco Moschino, der gesagt haben soll:
„Meine Kreationen sind wie Kuchen. Wenn du Kuchen magst, iss ihn! Wenn nicht, lass ihn liegen. Aber iss ihn nicht, nur weil er von Moschino ist!"
Und Lacroix meinte:
„Ich hoffe, dass die 90er die Modedekade der allergrößten Freiheit werden und jeder seine eigene Persönlichkeit und eigenen Geschmack ausdrücken wird. Jeder für sich, das passende Mischverhältnis nach Lust und Laune, entweder den puren Stil oder das Durcheinander anwendet und sich schließlich durch Frisur und Make-up ausdrücken kann. Kurz, es wird die Nicht-Mode (la non mode) geben. Das Ende allen Modediktats."
„Ich kaufe alles in meiner Stammboutique. Allein kaufe ich mir nie etwas Neues, sondern immer nur das, was die Verkäuferin mir empfiehlt."
„Sind Sie denn zufrieden mit dem, was die Verkäuferin ihnen verkauft?"
„Nein, das ist es ja gerade, hinterher bin ich oft enttäuscht, weil ich immer wieder mit dem gleichen Zeug nach Hause komme. Mein Mann jammert schon ständig, ich solle mir doch endlich mal was völlig anderes kaufen."
„Ja, genau", mischte sich Berit ins Gespräch ein, „ ich kaufe mir zwar meine Sachen selber, aber nur ein ganzes Outfit und trage dann nur dass, was ich mir zusammen gekauft habe, ich kann einfach meine Garderobe nicht selbst untereinander kombinieren. Nicht einmal eine Bluse kann ich austauschen, dafür habe ich einfach kein Gefühl."

Inge, die Dritte im Bunde, war hauptsächlich für den Schminkkurs und eine neue Frisur gekommen. Ansonsten hatte sie kein Modeproblem, sie war, was die Mode anging, einfach nur neugierig.
„In Ordnung, eins nach dem anderen. Zunächst einmal rate ich Ihnen, Ursula, versuchen Sie sich eine ganze Weile nichts Neues zu kaufen, sondern bummeln Sie durch die Geschäfte, schauen sich die Auslagen in den Schaufenstern an, und sammeln Sie nur Eindrücke. So lernen Sie schon mal zu schauen, ohne zu kaufen.
Zu Berit gewandt sagte ich: „Auch für Sie gilt, anfangs nur in die Auslagen der Modeläden zu schauen, schauen und nochmals schauen, was die Modepuppen so tragen. Falls Ihnen eine hübsche Bluse oder Jacke besonders ins Auge fällt, prägen Sie sich das Teil gut ins Gedächtnis ein. Zuhause legen Sie ihre Sachen aus dem Kleiderschrank sortiert nach Kleidungstücken auf verschiedene Haufen, und versuchen Sie sich vorzustellen, zu welchem Kleidungsstück das Teil aus dem Schaufenster passen könnte. Je öfter sie es trainieren, desto sicherer werden Sie im Geschmack und der Zusammenstellung Ihrer Kleidung. Mit viel Spaß verging die Zeit wie im Fluge.
„Am besten Sie bringen morgen mal ein paar Sachen mit, die Sie im Kleiderschrank stören", gab ich den Damen mit auf dem Weg. Alle freuten sich auf morgen.
Als Erstes knüpfte sich Martina die Inge vor und übte mit ihr Schminktechniken. Dann kraulte sie ihr mit der rechten Hand durchs Haar, um es aufzulockern, schnippelte hier ein wenig und dort ein wenig. Im Handumdrehen hatte Inge einen neuen Look. Selbst ich staunte über die Fertigkeit und Verwandlungskunst, die Martina mit ganz wenig Aufwand an den Tag legte. Während Martina mit Inge beschäftigt war, zeigten mir die anderen beiden Damen ihre mitgebrachten Kleidungsstücke, und ich machte mit der Modeberatung weiter. Mit vielen Tipps und Spaß ging der Sonntagnachmittag zu Ende. Nach ein paar Wochen schrieb mir Ursel aus dem Urlaub, dass sie durch ihr neues, modebewusstes Verhalten viel selbstbewusster geworden sei. Ihr Mann überschüttet sie jetzt laufend mit Komplimenten. Ihr Ego sei gestärkt worden.

Vergoldeter Abschied: Neue Nachricht aus Bonn: Wer fünfundfünfzig Jahre alt ist und bereits seit einundzwanzig Jahren bei der Bundeswehr arbeitet, kann, wenn er möchte, in den Vorruhestand gehen.

Dafür bekommt er bis zur Rente mit dreiundsechzig Jahren sein Nettogehalt als Brutto. Steuern und Versicherung muss er selber tragen. Und schon war Moni wieder beim Personalchef.
„Haben Sie sich schon mal ausgerechnet, wieviel Sie monatlich weniger bekommen als jetzt?", wollte er mich aufklären.
„Mir egal, ich möchte nach Hause."
„In Ordnung, ganz wie Sie möchten, sobald die Papiere aus Bonn kommen, können Sie den Antrag stellen!"
Das mit der Krankenversicherung löste ich so: Ich rief meine Tochter, Janine, in ihrem Reisebüro an und bat sie, mir einen Minijob für das niedrigste Mindestgehalt zu geben, bei dem sie eine Krankenversicherung abführen müsste. Sie möchte sich doch mal bei ihrem Steuerberater erkundigen. Meine Krankenkasse in Hamburg war damit einverstanden. Meine Tochter auch. So war ich bis zu meinem dreiundsechzigsten Lebensjahr für einen kleinen Krankenkassenbeitrag krankenversichert.

„ Und wenn wir heute Abschied feiern, dann möchte ich dir sehr beteuern: Mir ist es um dich gar nicht bang, die Zeit wird dir bestimmt nicht lang.
Unsere Wünsche soll'n dich begleiten, für ruhige und glückliche Zeiten! Wir hoffen sehr, es bleibt auch so! Drum – Alles Gute!"
Heidi & Co

Einen Monat nach meinem fünfundfünfzigsten Geburtstag feierte ich nicht nur meinen Abschied von der Hochschule, sondern auch von meinem arbeitsreichen Berufsleben. Es war ein bewegender Abschied, kaum eine Kollegin und ein Kollege, die nicht dabei waren. Selbst Pille und Hanki-Boy vom Gerätedepot waren gekommen, um mir persönlich zu meinem wohlverdienten Ruhestand zu gratulieren. Helga, meine liebe Kollegin vom anderen Fachbereich, brachte mich und die vielen Abschiedsgeschenke nach Hause. Sie gehört auch zu meinen lebenslangen Freundinnen, die ich in meinem Berufsleben kennengelernt habe.
Wie recht Heidi hatte, als sie mir bei der Verabschiedung – eingerahmt in einem Bilderrahmen – ihre selbstverfassten Sprüche, die sie über mich gedichtet hatte, überreichte. Als ich die Verse zu Hause in Ruhe durchlas, hatte ich doch feuchte Augen.

Eine Modeschule meldet sich: Natürlich hatte ich keine Langeweile. Ich war ja voll drin in der Modeberatung. Unsere Annoncen im Hamburger Abendblatt wurden vom Direktor einer Modeschule in Hamburg gelesen. Er rief mich an und fragte mich, was ich denn so genau mache. Selbstbewusst erklärte ich ihm unser Konzept. Auch, dass wir Studentinnen aus der Modeschule, stundenweise als Beraterinnen einsetzen wollten, wenn wir expandieren. Ich wollte ja hoch hinaus. Interessiert hörte er zu. Als ich meinen ausführlichen Vortrag beendet hatte, fragte er mich:
„Wie ist es, Frau May, haben Sie nicht Lust, einen Vortrag vor einer Klasse in unserer Modeschule zu halten?" Upps, ich war sprachlos und wusste nicht, was ich darauf antworten sollte. Er schien meine Unsicherheit durch den Hörer zu spüren und ergriff erneut das Wort: „Na, Frau May, was ist? Wäre doch eine tolle Idee, das Thema ist auch für uns neu."
„Hm..., ich habe noch nie einen Vortrag vor einer Klasse gehalten."
„Macht nichts, so selbstbewusst wie Sie 'rüberkommen, schaffen Sie das schon."
„Wenn Sie meinen?!"
Nun verbrachte ich die nächsten Tage damit, einen Vortrag zusammenzubasteln, genug Material hatte ich ja. Der Tag rückte näher, und ich wurde nervös. Helga, die ich fragte, ob ich es packen würde, antwortete: „Bleib einfach so natürlich wie du bist, dann kann nichts schief gehen." Das nahm ich mir zu Herzen. Mit der Mappe unterm Arm fuhr ich zum Berliner Tor, dort befand sich die Schule für Modedesign.
Tische wurden in der Mitte eines Besprechungsraumes zu einem länglichen Block zusammengestellt, und rundherum mit Stühlen bestückt. Der Direktor meinte, wenn schon, könne ich ja auch gleich vor mehreren Klassen meinen Vortrag halten.
An der Stirnseite des Blocks war mein Platz. ‚So fühlt sich Lampenfieber an', dachte ich und kam mir wie eine Schauspielerin vor, die das erste Mal auf der Bühne steht. Nachdem ich mich vorgestellt hatte, schlug ich meine Mappe auf und fing an zu lesen. Nicht lange, dann nahm mein Selbstbewusstsein wieder voll Besitz von mir. Ich stand auf und redete und redete, ohne noch mal auf mein Manuskript zu schauen. Die Schüler hingen an meinen Lippen, ich glaube, die Lehrer auch. Eine Lehrerin, die neben mir saß, fragte mich verwundert, als ich den Vortrag beendet hatte:

„Das klang ja sehr professionell, haben Sie Modedesign studiert?"
„Leider nein!"
Dieses Kompliment seitens der Lehrerin muss mich derart motiviert haben, dass ich danach größenwahnsinnig wurde. An den nächsten Samstagen startete ich mit Martina in der Innenstadt eine Umfrage. Wir fragten Menschen mit Einkaufstüten in der Hand, ob sie mit der Beratung seitens der Verkäuferin zufrieden waren. Waren sie nicht – jedenfalls die meisten von ihnen nicht. Danach erstellte ich eine Statistik und entwarf einen Geschäftsbrief.
Im ersten Absatz hieß es:
„Die Hamburger Modeberatung für Styling & Re-Designing gibt als einziges Unternehmen in Deutschland dem Verkaufspersonal in der Bekleidungsbranche die Gelegenheit, sich kundenfreundlicher weiterbilden zu lassen".
Und so weiter, und so weiter...
Jedem Brief legte ich eine Umfrage-Statistik bei, und ab ging die Post.
Die Resonanz? Gleich null!
Ich fand den Brief sehr professionell. Und das war wahrscheinlich der Null-Punkt. Er war zu professionell. So, als ob jede Verkäuferin in Zukunft ein Modestudium absolvieren sollte! Außerdem bremste ich ja unter Umständen mit meiner Re-Designing Idee den Kaufrausch so mancher Kunden. Diese Idee ließen wir dann wieder fallen.

Kleiderschrank-Inspektion: Mit grenzenloser Begeisterung machten wir uns auf den Weg zu einer Modeberatung und Kleiderschrank-Inspektion eines etwa dreißigjährigen Mannes. Voller Erwartung empfing er uns an seiner Wohnungstür in Altona. Während ich die Hosen aus seinem Kleiderschrank links aufs Sofa legte und die Jacken rechts, schnippelte Martina bereits an seinen Haaren und seinem Oberlippenbart 'rum. Allein die neue Frisur und der gestutzte Oberlippenbart machten im Handumdrehen einen neuen Typ aus ihm. Ratlos stand er nun gemeinsam mit mir vor seiner Kleidung. Als ich eine braune Hose und die dazugehörige Jacke hochhob, meinte er schuldbewusst: „Den Anzug habe ich noch gar nicht angehabt, der ist ein Fehlkauf, den kann ich ja entsorgen!"
„Nicht so schnell junger Mann, wir wollen doch mal sehen, was wir damit machen", bremste ich ihn.

Die Jacke legte ich wieder zu den anderen und holte mir aus dem Stapel ein hellbraunes Jackett, das sogar einen dunkelbraunen Streifen hatte. „Jetzt brauchen wir nur noch ein passendes Oberhemd und die passende Krawatte dazu finden, fertig ist ihr neues Outfit."
Er war begeistert! Nichts von all den Sachen brauchte er wegzuschmeißen. Außer einer neuen Hose für die braune Jacke brauchte er sich auch nichts Neues zu kaufen. Mit der Jacke im Gepäck fuhren wir in die Innenstadt. Bei Karstadt wurden wir fündig. Inzwischen war es 20.00 Uhr und die Geschäfte schlossen. Nun machten wir auf der Straße mit der Modeberatung weiter. Vor dem Schaufenster eines Schuhgeschäftes zeigten wir ihm, welche Art von Schuhen er sich in Zukunft kaufen sollte. Beschämt schaute er auf seine klobigen Halbschuhe. Beim Optiker zeigten wir ihm, welche Brillenform er einmal ausprobieren sollte.
„Ab Morgen werde ich nach und nach alles ausprobieren, was ich heute gelernt habe", meinte er, als wir uns von ihm verabschiedeten. Glücklich rief auch er mich nach ein paar Wochen an und sagte: „Ich habe jetzt ein völlig neues Selbstbewusstsein entwickelt, und eine Freundin habe ich auch endlich kennen gelernt." Na, wer sagt`s denn!
Unser Urlaub nahte. Jetzt, wo ich nicht mehr arbeitete, wollte mein Mann unbedingt gemeinsam mit mir eine längere Zeit in Pakistan verbringen. So war es von vornherein geplant. Darauf hatten wir ja die ganzen Jahre hin gearbeitet. Ich besprach den Anrufbeantworter, gab keine weiteren Annoncen in der Zeitung auf und düste mit meinem Mann ab. Als ich erholt und glücklich nach drei Monaten zurückkam, war das Band des Anrufbeantworters voll, und auf dem Wohnzimmertisch lagen haufenweise unbeantwortete Briefe. Vera, meine Nachbarin, hatte den Briefkasten geleert und die Blumen gegossen. Mehr konnte ich nicht von ihr verlangen. Nun musste ich mich entscheiden: Entweder Reisen oder Modeberatung, beides ging nicht.
In bester Urlaubslaune ließ ich die ganze Modegeschichte allmählich wieder einschlafen und reiste lieber durch die Weltgeschichte. War mal wieder nichts mit der Erfolgsleiter nach ganz oben!

Reisen und Schreiben...

Mein vierzehnjähriger Enkel Alexander meinte:
„Oma, warum schreibst du nicht mal ein Buch, soviel wie du schon erlebt hast. Wär' doch schade, wenn es eines Tages verloren ginge. Das wärest du zumindest uns, deinen beiden Töchtern und mir, schuldig. Muss ja nicht unbedingt ein Bestseller werden. Hauptsache, du bringst alles einmal zu Papier."
„Witzig", antwortete ich, „gedacht habe ich auch schon daran, nur bisher hatte ich keine Zeit. Eines Tages, werde ich bestimmt mit dem Schreiben anfangen.
„Wie meinst du das, eines Tages?"
„Na, später vielleicht so mit achtzig."
„Also Oma, solange kannst du nicht warten."
„Warum nicht?"
„Oma, kein Mensch weiß wie alt er wird und wenn, kannst du bis dahin viel vergessen haben! Oder schreibst du ein Tagebuch?"
„Außer die London-Geschichte, nein. Ich lass es mir noch mal durch den Kopf gehen!"

Nicht nur, dass mein Mann und ich jedes Jahr für drei Monate nach Pakistan flogen, auch sonst war ich viel unterwegs. Einmal monatlich fuhr ich für ein paar Tage nach Düsseldorf, um meinen Teilzeitjob im Reisebüro auszuüben. Und ehe ich mich versah, war ich eingetaucht in eine bunte, aufregende und abenteuerliche Welt des Reisens. Die vielen Inforeisen der Reiseveranstalter kamen mir dabei sehr gelegen. Mit Begeisterung war ich jetzt „Reisetester" oder wie Janine stets zu ihren Kunden meinte:
„Für Sie vor Ort getestet!"
Es blieb nicht aus, dass ich auf all meinen Reisen immer wieder auf Singles traf. Beim Glas Wein erzählten sie mir so manche Horrorgeschichten: wie sie als ‚Alleinreisende' oft stiefmütterlich behandelt wurden, obwohl sie stets mehr bezahlten als Paare.
„Allein dieses 'Überflüssig-sein-Gefühl', wenn sich um einen herum nur Paare oder Familien mit Kindern tummeln, ist frustrierend", erzählte mir eine Singlefrau. Nirgends fühlten sie sich richtig wohl oder willkommen. Eine andere Singlefrau verriet mir mal:
„Hätte ich Sie nicht kennen gelernt, würde ich mich gleich nach dem Abendessen mit einem Buch auf mein Zimmer verkrümeln."

Mehr und mehr brachten mich diese Erlebnisse mit den Alleinreisenden ins Grübeln. Als ich Ende der neunziger Jahre in der Zeitung las, wie viele Singles und Alleinlebende es in Deutschland gab, wunderte ich mich, dass so wenig für diese Zielgruppe – von sage und schreibe 12 Millionen – getan wurde.
Überrascht fragte ich meine Tochter – schließlich war sie Reiseprofi:
„Sag mal, Janine, wenn es so viele Singles gibt, warum tut die Reisebranche nichts für sie?" Ich erzählte ihr von den vielen Schwierigkeiten der Singles und Alleinreisenden.
„Also ich habe bisher keine Schwierigkeiten mit meinen Kunden, die allein verreisen wollen."
„Und? Was machst du anders?"
„Mama, wie du weißt, habe ich mich schon seit Jahren auf Club- sowie Studien- und Erlebnisreisen spezialisiert: Ich weiß welcher Club und welche Erlebnisreise singlefreundlich sind. Schließlich habe ich ja selber als erlebnishungrige Aktivurlauberin diese Reisen oft genug getestet!"

Trotz alledem brodelte es wieder in meiner Ideenküche. Irgendwann war ich reif für ein neues Abenteuer und nicht mehr zu bremsen. Janine versprach mir, mich zu unterstützen wo sie nur konnte. Mit Jens, Alexander sowie einem Freund von ihm entwarfen wir gemeinsam das Logo – „Single & Solo Touristik" – Solo steht für Alleinreisende, die in einer Partnerschaft leben und mal allein verreisen wollen. Zusätzlich entwarfen wir Flyer und Visitenkarten. Jens bastelte inzwischen an einer Webseite. Bereits im Januar 2000 eröffneten wir ein schmuckes Reisebüro für unsere zukünftigen „Single"-Kunden. Viel Platz bekam eine Rattan-Besuchersitzecke, wenig Platz die Kataloge. Die meisten brauchten wir nicht – noch nicht. Sie waren eh nur für Familien mit Kindern oder Paare bestimmt. Der Katalog, „me & more" von Studiosus Reisen, bekam einen Ehrenplatz, er war der einzige Katalog für Singles- und Alleinreisende, den es zu dieser Zeit gab.
Auf der Hamburger Reisemesse gönnte ich mir einen Single-Reisestand. Janine war extra fürs Wochenende nach Hamburg gekommen und half mir am Stand, der ständig von interessierten Singles belagert wurde. Ein Zeichen, dass der Bedarf da war.

Allmählich tauchten auch die reisewilligen Singles im Reisebüro auf. Nur, sie zu beraten, war sehr schwierig. Ein Single weiß genau, was er will und noch mehr weiß er, was er nicht will.
‚Ein Single schließt keine Kompromisse, so wie es Ehepaare täglich tun. Ich hatte das Gefühl auf einhundert Singles kommen neunundneunzig verschiedene Reisewünsche.
Nun studierte ich intensiv jede Reisekatalogseite, der vielen großen und kleinen Reiseveranstaltern. Und siehe da, ich wurde fündig und staunte. Denn gerade Sprach-, Kreativ-, Segel-, Fahrrad- oder Wanderreisen, um nur einige zu nennen, fand ich sehr singlefreundlich – boten sie doch oft halbe Doppelzimmer und relativ viele Einzelzimmer an.

Die glorreiche Idee: Um sie nun alle unter einen Hut zu bringen, machte es mal wieder klick bei mir und schon hatte ich eine neue glorreiche Idee: Ich schreibe ein Buch – ein Nachschlagewerk über Singlereisen und singlefreundliche Reisen – weltweit. Kurzentschlossen löste ich das Reisebüro wieder auf.
Zuhause richtete ich mir mit Hilfe von Alexander und Jens einen PC-Arbeitsplatz ein und telefonierte pausenlos mit den Marketing- und Presseabteilungen der großen und kleinen Reiseveranstalter – nicht nur in Deutschland, sondern auch in der Schweiz und Österreich.
Alle, auch Janine, waren von meiner Idee begeistert, als ich ihnen von meinem neuen Projekt erzählte. Jeder wollte dabei sein und mich unterstützen. Mein oberstes Ziel war, jeder Single sollte in Zukunft seine Wunschreise in meinem Nachschlagewerk finden können.
Nach dem Motto: „Ein Buch statt tausend Kataloge"
Diesmal war ich nicht nur im Taumel der Begeisterung angekommen sondern auch ‚Trendsetter'!

Nach drei Jahren intensiver Arbeit hielt ich im Herbst 2003 mein Erstlingswerk mit dem Titel „Die besten Single-Reisen" in den Händen. Ein Nachschlagewerk mit 400 Seiten, über 350 Reise-Ideen von 58 Reiseveranstaltern. Wer aus diesem Buch keine passende Reise fand, wollte gar nicht verreisen.
Ich war jetzt Autorin.

Alles lief wie am Schnürchen. Die Presse war voll des Lobes. Von der „Hörzu" bekam ich sogar die beste Note. Der Verkauf lief gut an. Tausende Bücher gingen weg wie warme Semmel.

Nach zwei Jahren musste ich das Buch überarbeiten.
Janine stieg jetzt als Reiseprofi mit ins Boot und wurde meine Co-Autorin. Sie hatte mich eh schon beim ersten Buch beraten.
Unterdessen hatten wir uns in Deutschland zu Singlereisen-Expertinnen gemausert. Ständig bekamen wir Anrufe oder Emails von Journalisten und Redakteuren, die über dieses Thema schreiben wollten. Die Zeitungsartikel waren eine hilfreiche Werbung.
Noch einmal machten wir uns die Mühe und schrieben eine Neuauflage. Diesmal entschieden wir uns für eine Trilogie. Sie kam im Oktober 2008 auf den Markt.
Mehr und mehr Reiseveranstalter für Single- und Alleinreisende eroberten den Markt. In all den Jahren habe ich mit Freude viele kleine und mittelständische Reiseveranstalter wachsen sehen. Manche hatten anfangs nur einen Flyer, heute haben sie neben ihren Internetauftritten wunderschöne Reisekataloge.
Endlich hatte ich mein Ziel, das ich mir 1999 gesetzt hatte, – die Reiseveranstalter für die Zielgruppe der Singlereisen zu sensibilisieren – erreicht.
Außerdem bin ich den vielen Journalisten dankbar, dass sie stets positive Artikel über uns geschrieben haben.

Längst hatte ich angefangen, mir auf meinen vielen Reisen Notizen zu machen. Geübt im Schreiben war ich inzwischen. Mein Enkel hatte Recht: Warum noch länger warten, endlich schien für mich die Zeit reif zu sein, um über mein bisheriges, aufregendes und spannendes Leben zu schreiben.

Bis jetzt im BoD Verlag erschienen:

„Die besten Single-Reisen"

„Moni auf Achse"
die etwas anderen Singlereisen

„Die Mooskate am Jungfernstieg"
spannende Dorfgeschichten von 1938 – 1953 aus Kollow.

„Im Taumel der Begeisterung"
habe ich viel Neues angefangen und somit viel zu erzählen.
Endlich bin ich angekommen!